DE ZONDE WAARD

SIMONE
VAN DER
VLUGT

DE ZONDE WAARD

2021 Prometheus Amsterdam

Eerste druk oktober 2021
Tweede druk oktober 2021
Derde druk oktober 2021

Omslagontwerp Roald Triebels
Foto auteur Wim van der Vlugt
www.uitgeverijprometheus.nl
ISBN 978 90 446 4545 3

1

Ella

Het meisje ligt op de achterbank van de auto. Ze lijkt te slapen, maar er is iets vreemds aan haar houding. Iets onnatuurlijks. Het portier staat open, Ella kan zo naar binnen kijken, terwijl ze met haar polsbandje het zweet van haar voorhoofd veegt. Ze buigt iets naar het kind toe, dat een gele broek en een donkerblauw vestje draagt. Ze ligt op haar zij, de mond halfopen.

Er gaat een schok door Ella heen als ze ziet dat de polsen van het meisje vastgebonden zijn. Ze kijkt naar het vrijstaande huis waar de donkergroene Peugeot voor geparkeerd staat. Strikt genomen bevindt ze zich op privéterrein, zoals een bord met dreigende zwarte letters aangeeft.

Ze begrijpt waarom ze hier geen pottenkijkers willen hebben, want ze weet wie dit meisje is: Demi Hulshof, vijf jaar oud. Vermist.

Ella werpt een blik op het huis – niemand te zien –, schuift haar arm onder Demi en tilt haar van de achterbank. Als een lappenpop ligt ze in haar armen.

Ella's auto staat een stukje verderop, voorbij de bocht. Niet ver, maar als ze op de weg blijft lopen, zal ze meteen gezien worden.

Haastig stapt ze de berm in, die vol staat met hoog opschietend onkruid en brandnetels, en ze verdwijnt in het stuk bos dat langs de doorgaande weg loopt. De bomen staan er dicht opeen, maar er zijn handige olifantenpaadjes waar wandelaars gebruik van maken om de weg af te snijden. Het is er niet gemakkelijk lopen, maar het voordeel is dat je nauwelijks zichtbaar bent.

Ze schrikt als achter haar geschreeuw klinkt, gevolgd door rennende voetstappen die snel dichterbij komen. Gejaagd baant ze zich een weg door de braamstruiken. De stekels blijven haken aan haar sportkleding, en ze rukt zich wild los. Achter haar klinkt gekraak van brekende takken. Is ze toch gezien?

Het paadje dat ze volgt is nauwelijks zichtbaar, maar ze weet waar ze is en ook waar ze uitkomt: op dezelfde doorgaande weg, die in bochten naar beneden voert. Het scheelt dat ze niet hoeft te klimmen, het wordt steeds moeilijker om haar vrachtje te dragen. Af en toe kijkt ze over haar schouder, maar er komt niemand achter haar aan.

Ze worstelt verder tot het asfalt tussen de bomen door schemert. Buiten adem blijft Ella staan, met scheuren in haar sportkleding, modder aan haar schoenen. Ze zakt door haar knieën en legt Demi achter een struik op de grond. Vervolgens loopt ze behoedzaam naar de weg en blijft staan. Aan de overkant gaat het bos verder. De weg ligt er verlaten bij. Toch bevalt het haar niets dat ze de beschutting van het bos moet verlaten, maar er zit niets anders op. Haar auto staat op het zandpad aan de overkant.

Ella haalt Demi op, draagt haar naar de autoweg en steekt haastig over.

Net als ze aan de andere kant is, hoort ze een auto aankomen. Ze haast zich het bos in, gaat achter een boom staan en houdt haar adem in.

De auto komt met hoge snelheid aanrijden en neemt de bocht. Ella vangt een glimp op van een groene Peugeot. Hij rijdt voorbij en dan wordt het weer stil. Een paar minuten lang blijft Ella staan, tot ze voldoende moed heeft verzameld om verder te gaan.

Nog één bocht, dan is ze bij het onverharde pad waar ze haar auto geparkeerd heeft. Half struikelend loopt ze verder. Daar staat hij, haar rode Ford Fiësta.

Ze legt Demi op de grond, maakt met trillende handen het achterportier open en tilt het meisje op de achterbank. Ze pakt een deken van de hoedenplank, legt die over haar heen en gooit de deur dicht. Dan rukt ze haar eigen portier open, laat zich op haar stoel vallen en vergrendelt de deuren.

Het gezoem waarmee dat gebeurt klinkt geruststellend, maar ze weet dat het een schijnveiligheid is. Die mannen zijn vast gewapend. Eén kogel door het raam en alles is voorbij.

Ella start de motor en rijdt achteruit. Haar zenuwen zijn tot het uiterste gespannen, haar blik schiet van links naar rechts. Niets te zien.

Ze neemt de bocht en rijdt de weg op.

2

Het is een kleine tien minuten rijden naar haar huis, maar daar kan ze niet naartoe. Ze moet hier zo ver mogelijk vandaan zien te komen. Haar portemonnee ligt in het dashboardkastje, haar telefoon heeft ze ook bij zich, meer heeft ze niet nodig.

Ella volgt de doorgaande weg, de heuvel af, naar de splitsing. Daar moet ze rechtdoor, maar tot haar schrik is de weg afgezet. Ze neemt gas terug en rekt haar hals om te zien wat er aan de hand is.

Mannen met oranje hesjes lopen heen en weer, een van hen steekt zijn hand op om haar tot stoppen te manen. Wat er gebeurd is, weet Ella niet en het kan haar ook niet schelen. Het enige wat ertoe doet, is dat ze er niet door kan.

Ze probeert te keren, wat niet meevalt op de smalle weg. De achterwielen belanden in de berm en zakken weg in de modder, en in paniek geeft Ella gas. Haar auto schiet naar voren, raakt bijna een stenen muurtje.

Rustig nu. Langzaam achteruit, een stukje naar voren, weer achteruit, bijsturen.

Als ze eindelijk wegrijdt haalt ze opgelucht adem, al is ze er nog niet. Nu deze geplande route doodloopt moet ze wel naar het dorp. Kan ze dat risico nemen? De ontvoerders kunnen zich opgesplitst hebben, en al kunnen ze niet weten dat zij in de auto is gestapt, Ella vindt het toch een eng idee.

Haar hersenen werken op topsnelheid. Wat moet ze doen, welke kant uit?

De splitsing nadert en ze neemt een besluit. Als ze hier afslaat, kan ze bij haar vakantiehuisje komen. Dat wordt flink hobbelen en schudden, maar het moet maar. In het huisje kunnen ze zich verschuilen tot het donker wordt, en daarna vertrekken.

Ella slaat links af en rijdt een slecht onderhouden weg op. Na een paar kilometer gaat die over in een onverhard pad, dat ze een tijdje volgt, tot ze bij haar vakantiehuis is. Ze parkeert haar auto zo goed mogelijk uit het zicht, achter een groep bomen. Het liefst had ze hem achter het huis gezet, maar daar is niet genoeg ruimte.

Ze draagt Demi het huis in, legt haar op de bank in de woonkamer en zakt op het tapijt neer. Bezorgd kijkt ze naar Demi, die bewegingloos blijft liggen, zich totaal onbewust van wat zich allemaal rond haar heeft afgespeeld. De tiewraps om haar polsen wekken Ella's woede op. Verdoofd én vastgebonden! Wat hebben ze dat kind in godsnaam gegeven? Waarschijnlijk een slaapmiddel, zodat ze haar zonder problemen konden vervoeren.

Na een tijdje komt Ella overeind, haalt een schaar en knipt de tiewraps door. Daarna kijkt ze naar buiten. Kon ze maar om hulp bellen, maar dat is onmogelijk. Niemand mag weten dat zij hier zit. Het zou fijn zijn geweest als er gordijnen hadden gehangen, die ze dicht had kunnen doen.

Maar zoals bij de meeste huizen hier in de buurt zijn er alleen luiken, en als ze die sluit ziet ze zelf ook niets meer.

Ze maakt een rondje door het huis en controleert of alle ramen goed dicht zijn. In elke kamer werpt ze opnieuw een angstige blik naar buiten, maar alles blijft rustig.

Terwijl ze de weg in de gaten blijft houden, trekt ze haar hardloopkleding uit en verwisselt die voor een spijkerbroek, een dunne trui en sneakers. Dan haast ze zich terug naar de woonkamer. Demi is nog onder zeil.

In de halfopen keuken schenkt Ella een glas water in en drinkt terwijl ze naar het meisje kijkt. Ze zal vast erg bang zijn als ze wakker wordt. Het is goed dat Ella met haar naar het vakantiehuis is gegaan, nu kan ze haar geruststellen. Achter het stuur zou dat een stuk lastiger geweest zijn.

Er wordt op de keukendeur geklopt. Even krijgt ze geen lucht, maar het is Riannes gezicht dat voor het raam verschijnt. Ella ademt diep in en uit en doet de deur open.

'Hoi!' Rianne, de Nederlandse eigenaresse van het vakantiehuis, heeft een stapel handdoeken in haar armen en duwt met haar schouder de deur wat verder open. 'Stoor ik? Ik dacht, ik kom wat extra handdoeken brengen.' Ze loopt door naar de woonkamer en blijft verrast staan. 'Hé, heb je een logé?'

Ella glimlacht ongemakkelijk. 'Ik heb een vriendin op bezoek. Dit is haar dochtertje.'

'Wat gezellig. Hoelang blijven ze?'

'Niet lang. Ze zijn op doorreis.'

'Oké. Als jullie iets nodig hebben hoor ik het wel.' Rianne legt de handdoeken op tafel. Ze werpt een blik uit het raam en zegt: 'Het is wel somber vandaag, hè? Zo grijs en mistig... Maar vanmiddag zou het opklaren, en ik geloof dat de voorspelling voor de rest van de week wel goed is.'

Ella is blij dat Rianne verder niet naar de zogenaamde logés vraagt, en ze glimlacht. 'Het weer maakt mij niet zoveel uit. Ik ben hier om uit te rusten, een boek te lezen. Lekker, bij het haardvuur.'

Onmiddellijk gaat Riannes blik naar de open haard. 'Heb je genoeg hout? Anders laat ik mijn man een stapel brengen.'

'Nee, nee, er ligt genoeg. Kijk, de hele mand zit vol.'

Buiten klinkt het geluid van een motor, en Ella kijkt opzij.

Een donkergroene Peugeot met een Nederlands kenteken komt het erf op rijden, de banden knerpen op het grind.

'Is dat je vriendin?' vraagt Rianne.

3

Manuel

'Hier,' zegt Freek, terwijl hij op de rem trapt. 'Een Nederlands kenteken.'

Manuel kijkt naar de rode Fiësta die geparkeerd staat achter een groepje bomen op de oprit. Hij slaakt een diepe zucht. Na de paniek toen hij ontdekte dat het kind verdwenen was, verspreidt de opluchting zich nu als dope door zijn lichaam, bedwelmend en kalmerend.

'Zet hem er maar achter,' zegt hij. 'Blokkeer hem.'

Freek rijdt de oprit op. Als ze stilstaan, knikt Manuel zijn vriend waarderend toe. Het is aan Freek te danken dat ze het kind op het spoor zijn gekomen. Ze dachten dat ze haar kwijt waren, maar toen begon Freek over een rode Fiësta met Nederlands kenteken die gistermiddag heel langzaam langs hun huis was gereden. Het had Manuel niet lekker gezeten toen Freek dat vertelde, maar hij had besloten er niet te veel achter te zoeken. Er reden hier wel meer Nederlanders. Alles veranderde toen Lis gisteravond laat zag dat er iemand over hun terrein liep die naar binnen probeerde te kijken. Ze waren onrustig geworden, en na kort overleg besloten ze om de volgende ochtend naar een andere schuilplaats te verkassen. Manuel wist wel een adresje, in een buitenwijk van Maastricht. En dus hebben ze vanochtend hun spullen gepakt.

Het kind was huilerig en vervelend. Manuel had haar een slaapmiddel gegeven en tegen Lis gezegd dat ze haar op de achterbank moest leggen.

En toen, op het moment dat even niemand op Demi lette, was ze verdwenen. Hij heeft staan schelden en tieren, en hij moest de neiging onderdrukken om Lis, die bij het kind zou blijven, tegen de vlakte te slaan. Alleen het besef dat hij haar nodig heeft om te helpen zoeken heeft hem daarvan weerhouden. Ze zijn onmiddellijk in actie gekomen. Het meisje kon niet zelf weggelopen zijn, dus iemand moest haar hebben meegenomen. En aangezien ze geen verkeer voorbij hebben horen komen, moet het een wandelaar zijn geweest. Een Nederlander waarschijnlijk, iemand die het kind heeft herkend. Er was alleen geen spoor van die wandelaar te bekennen, terwijl ze hem toch hadden moeten zien als hij op de weg was gebleven. Dus hij moet wel het bos in zijn gegaan.

Lis doorzocht het deel links van het huis en hij het deel rechts, terwijl Freek de auto pakte en ging rondrijden. Op de terugweg zag Freek een vrouw in sportkleding in een rode Fiësta met Nederlands kenteken stappen. Hij keerde zo snel mogelijk, maar toen hij op die plek aankwam was de vrouw al weg.

In het dorp zat geen politiebureau, dus daar kon die vrouw niet naartoe zijn gegaan. Voor de zekerheid ging Lis wel in het dorp kijken. Freek en hij besloten om met de auto te gaan zoeken. De weg die naar een naburig stadje voerde, was afgesloten, en dat betekende dat de vrouw omgedraaid moest zijn.

Ze volgden de weg die zij genomen moest hebben, en toen hadden ze mazzel. Domweg mazzel. Freek had de rode Ford Fiësta op een oprit zien staan, half aan het oog onttrokken door bomen.

'Kom op, we gaan naar binnen en trekken ze eruit,' zegt Manuel.

Ze stappen uit en lopen naar de voordeur. Met de kolf van zijn pistool slaat Manuel de ruit van de deur in, verwijdert de achtergebleven glasscherven uit de sponning en steekt zijn arm door de opening. Zijn hand vindt het schuifslot. Hij maakt het open en reikt nog wat verder, naar de klink. Die geeft mee, en met hun wapens in de aanslag gaan ze naar binnen.

4

Ella

Ze hebben haar gevonden. Hoe is dat in vredesnaam mogelijk? Ella's hart begint als een razende te kloppen. Ze pakt haar tas, tilt Demi op en haast zich naar de keuken.

'Wat is er? Wat ga je doen?' vraagt Rianne.

'Ik heb geen tijd om het uit te leggen,' zegt Ella. 'Kom mee, snel.'

'Waarom niet? Wie zijn die mannen?'

'Laat ze niet binnen. Snel, het bos in!' Ella rent naar buiten, de adrenaline pompt door haar aderen.

Er komt geen antwoord en ze kijkt over haar schouder. Door het raam ziet ze Rianne de woonkamer door lopen, op weg naar de voordeur. Een paar seconden later klinkt er glasgerinkel, gevolgd door een hoge gil.

Met Demi tegen zich aan gedrukt holt Ella de tuin in. Die benaming verdient het stuk grond eigenlijk niet, het is meer een uitloper van het bos, waar wat bomen zijn weggehaald.

Drie, vier passen is ze vol in het zicht, en ze bidt dat de mannen niet net naar buiten kijken. Dan verdwijnt ze in de vegetatie en staat ze op het slingerpaadje dat door het dichte groen leidt.

Ze kent de weg. Je kunt rechtdoor lopen, het bos in, of afslaan en het paadje nemen dat om het huis heen loopt. Op die manier zou ze ongezien haar auto kunnen bereiken.

Met bonzend hart volgt Ella het pad. De mannen zijn nog steeds in het huis. Ze hoort Rianne niet meer gillen, maar er wordt nog wel geschreeuwd. Moet ze haar te hulp schieten? Ze zou een wapen kunnen zoeken in de schuur, een breekijzer of een schop. Maar wat kan ze daarmee uitrichten? Het beste wat ze kan doen is Demi in veiligheid brengen.

Ze heeft de voorkant van het huis bereikt. De Peugeot staat voor haar Ford Fiësta, ze zal hem moeten rammen. En dat gaat lawaai maken.

Ella pakt haar autosleutel alvast en verlaat de beschutting van het struikgewas. Het zweet breekt haar uit. Elke stap doet het grind knerpen. Ze houdt haar ogen strak op de openstaande voordeur gericht, klaar om bij het minste teken van onraad een sprint te trekken.

Nog drie stappen, nog twee, nog één. Ze drukt op het knopje van haar sleutel. Met een zacht gezoem gaan de spiegels opzij. Ze opent het portier, legt Demi op de achterbank en gaat achter het stuur zitten. Ze trekt de deur dicht en start de motor.

5

Manuel

Een vrouw met donker haar blijft stokstijf staan en geeft een gil. Met grote ogen kijkt ze van het wapen naar Manuel en Freek.

'Waar is ze?' blaft Manuel haar toe.

De vrouw is zo geschrokken dat ze niet tot antwoorden in staat is. Manuel duwt haar de woonkamer in, terwijl Freek doorloopt naar de keuken. Even later komt hij terug en schudt zijn hoofd.

Manuel richt zijn pistool op de vrouw. 'Waar is het kind?'

'Dat heeft ze meegenomen.' Doodsbang kijkt ze hem aan.

'Wie is "ze"? En wie ben jij?'

'Ik ben Rianne, ik verhuur dit huis. Ik kwam schoon linnengoed brengen, kijk, daar ligt het.'

'Waar is het meisje?'

'Meisje? Het dochtertje van haar vriendin bedoel je? Ik...'

Buiten klinkt het geluid van een motor die wordt gestart. Manuel draait zich om, en ziet hoe de Ford Fiësta zijn auto ramt.

'Daar gaat ze, verdomme!' brult hij. 'Freek, erachteraan!'

Het liefst was Manuel zelf gegaan, maar Freek is een betere schutter. Terwijl Manuel Rianne onder schot houdt, ziet hij Freek naar buiten rennen en zijn pistool trekken. Een schot klinkt, de Ford Fiësta scheurt weg. Freek rent erachteraan, maar de vrouw is de oprijlaan al af. Net als hij weer vuurt neemt ze de bocht, waardoor hij opnieuw mist.

'Verdomme!' schreeuwt Manuel.

Freek rent naar de Peugeot en zet de achtervolging in. Manuel ziet het vol ergernis aan. Zo'n goede schutter is Freek dus ook weer niet. Hij had het beter zelf kunnen opknappen.

Hij draait zich om naar Rianne. 'Zeg op! Wie is die vrouw?'

'Ik ken haar helemaal niet,' zegt ze met hoge stem. 'Ik heb een website waarop je dit huis kunt huren, en zij heeft voor een week geboekt.'

'Hoe heet ze?'

'Mariëlla van Doornik.'

'Wat?' Verbijsterd kijkt Manuel haar aan.

'Mariëlla van Doornik. Maar ze noemt zich Ella.'

'Is ze hier in haar eentje?'

'Ja, maar ze had een vriendin op bezoek, zei ze. Dat kind is het dochtertje van die vriendin.'

'Heb je haar telefoonnummer?'

'Ja, we appten met elkaar.'

'Geef me je telefoon.'

Rianne gehoorzaamt.

'Code?'

Rianne noemt vier cijfers. Manuel voert ze in en knikt tevreden. 'Nou, dan hebben we jou verder niet meer nodig, hè?' zegt hij, en hij richt zijn pistool op haar hoofd.

6

Ella

De eerste tien minuten rijdt Ella veel te hard en zonder duidelijk doel. Het enige waar ze aandacht voor heeft, is de weg voor haar. Het liefst zou ze Demi door een arts laten onderzoeken, maar ze kan zich nergens laten zien. Niet bij een ziekenhuis en al helemaal niet bij de politie. Ze moet haar huisje in Frankrijk zien te bereiken, dus geen brokken maken nu. Als ze een ongeluk krijgt, heeft ze helemaal een probleem.

Ella neemt gas terug en volgt de weg die naar de grens van Luxemburg leidt. Van daaruit is het één lange weg naar Beaune, een kleine vijf uur rijden. Dat is te doen.

Vroeger ging ze met haar ouders en haar zus elk jaar op vakantie naar Duitsland, tot vervelens toe. Na de breuk met hen heeft ze nooit meer een stap over de grens met de oosterburen gezet. In plaats daarvan ging ze een paar keer naar Frankrijk, en ze werd verliefd op het land.

Ze droomde van een huisje in de Bourgogne, haar lievelingsstreek, en ze spaarde net zo lang tot ze er een kon kopen, in de omgeving van Beaune. De ouders van een vriendin, die daar zelf een vakantiehuisje hadden, hadden haar getipt. Veel stelde het niet voor, daarom kon ze het zich ook veroorloven. Er was geen elektriciteit, maar dat vond ze niet erg. Het had wel iets om helemaal back to basics te gaan. Onbereikbaar te zijn. Alleen. Als het donker wordt steekt ze gewoon olielampen en kaarsen aan. In de woonkamer is een open haard om zich bij te warmen, en om te koken gebruikt ze een gasfles.

Het is perfect. En nu helemaal. Haar achtervolgers zullen haar daar nooit kunnen vinden.

Terwijl Ella door Luxemburg rijdt slaapt Demi gewoon door. Pas als ze de Franse grens passeren, beweegt ze onrustig, en er komen benauwde geluiden uit haar keel. Ella gaat snel op de rechterbaan rijden en kan nog net afslaan naar een *aire*, met picknickbanken aan een grasveldje. Er is geen tankstation of winkel.

Ze parkeert zo ver mogelijk van de andere bezoekers en draait zich om naar de achterbank. Het meisje kijkt haar verschrikt aan.

'Hé, Demi,' zegt Ella op zachte toon. 'Wees maar niet bang, lieverd. Alles is goed.'

Ze stapt uit de auto, gaat op de achterbank zitten en doet het portier achter zich dicht. Dankzij de zonneschermen aan de binnenkant van de ramen kan niemand hen zien.

Demi komt half overeind en Ella glimlacht naar haar. 'Ik heb je meegenomen toen je in de auto lag te slapen. Je bent nu veilig.'

Met grote ogen kijkt Demi haar aan. Ze lijkt eerder in de war dan bang.

'Mama,' zegt ze dan, op huilerige toon.

'Ik breng je naar mama. Alles komt goed.'

'Mama,' zegt Demi weer, nu heel zachtjes. Even lijkt het erop dat ze echt gaat huilen, maar dan laat ze haar hoofd tegen de achterbank rusten en valt weer in slaap. Ella voelt ongerust haar pols: normaal.

Opgelucht gaat ze weer achter het stuur zitten en rijdt verder.

7

Manuel

'We moeten weg,' zegt Freek. 'Alles is naar de kloten nu.'

Ze staan in Riannes woonkamer. Freek oogt nerveus, maar Manuel voelt zich juist een stuk rustiger nu hij weet wie Demi heeft meegenomen. In stressvolle situaties wordt hij meestal heel kalm. Toen hij jonger was niet altijd, maar inmiddels heeft hij zijn impulsen wat beter onder controle.

'Relax,' zegt hij. 'Niemand weet wat er is gebeurd. Misschien komt ze straks terug met dat kind. Er liggen nog spullen van haar. Haal jij Lis op, dan blijf ik hier wachten.'

'En als die vrouw met Demi naar de politie gaat? Dan staan ze straks voor de deur.'

'Of ze staan bij Lis voor de deur. Haal haar op, zeg ik, en snel een beetje.'

Freek vertrekt en dan wordt het stil in huis. Een vlieg zoemt om het lichaam van Rianne heen, meer geluid is er niet.

Manuel loopt wat heen en weer, trekt laden open en bekijkt alle voorwerpen die rondslingeren. Op de bank liggen twee stukken van een doorgeknipte tiewrap. Die stopt hij in zijn broekzak, en dan zucht hij eens diep.

Hij kent de vrouw die er met Demi vandoor is gegaan.

Hij weet waarom ze het heeft gedaan, en dat ze niet naar de politie zal gaan. En dus is er nog een kans dat het goed komt. Het is belangrijk om nu kalm te blijven. Na te denken.

Hij heeft altijd onrust in zich gehad, altijd honger naar actie en avontuur. Als kind wilde hij bij de brandweer, gefascineerd als hij was door vuur. Maar dan zou hij branden moeten blussen, terwijl hij ze liever aanstak. Bij de politie werken leek hem ook wel wat. Hij heeft verschillende pogingen gedaan om door de keuring heen te komen. De fysieke testen haalde hij met gemak, maar hij strandde elke keer bij het psychologisch onderzoek. Na de derde afwijzing besloot hij om dan maar een heel andere richting uit te gaan, bij de tegenpartij, waar zijn talenten ook tot hun recht konden komen.

Zijn nicht Lis hielp hem af en toe, en ze deed dat zo goed dat hij algauw niet meer zonder haar kon. Ze wees hem erop dat er ook minder riskante manieren waren om snel geld te verdienen, zoals internetfraude. Dus zei hij de inbraken en overvallen gedag en specialiseerde zich in spoofing. Hij deed zich voor als iemand van de bank of de Belastingdienst en maakte mensen hun geld afhandig door ze 'waarschuwingsmailtjes' te sturen.

Lang niet iedereen trapte erin, maar wel als Lis zich ermee ging bemoeien. Als zij met haar zachte, vriendelijke stem belde en zich voordeed als een medewerkster van de afdeling fraudebestrijding van de bank, gingen de meeste twijfelaars wel om. Ze waarschuwde klanten dat criminelen probeerden geld van hun rekening te halen, en dat ze hun kapitaal beter veilig konden stellen op een tijdelijke rekening. Op die manier hadden Lis en hij al heel wat rekeningen leeggetrokken. Ze vormden een gouden duo, zijn nicht en hij. Maar deze klus is heel wat anders.

Buiten knerpt het grind en Manuel kijkt op. Freek en Lis, mooi zo. In de auto heeft Freek haar blijkbaar bijgepraat, want ze komt op hoge poten binnen.

'Waarom bén je hier nog? Waarom zijn jullie mij niet samen komen halen, dan hadden we er meteen vandoor kunnen gaan!'

'Omdat die vrouw niet naar de politie gaat.'

'Nee? En hoe weet je dat zo zeker?'

'Ik ken haar,' zegt Manuel.

'Wat?'

'Van het verpleegtehuis waar oma zat. Daar werkte zij. Ze heet Ella. Zegt die naam jou niets?'

'Nee.'

'Freek kent haar ook. We zijn haar een keer tegengekomen toen we gingen stappen.'

'O ja?' zegt Freek.

'Dat blonde meisje dat jij zo leuk vond. Je probeerde haar te versieren, maar ze liep gewoon weg toen je dacht dat ze meeliep naar de dansvloer.'

'Dat overkomt Freek zo vaak,' zegt Lis.

'O, die,' zegt Freek. 'Wat doet zij opeens hier? Dat kan toch geen toeval zijn?'

'Dat lijkt mij ook niet, nee.'

'Hoe kan ze weten dat wij hier zijn, en dat we dat kind

hebben?' vraagt Lis met gefronste wenkbrauwen. 'Niemand wist ervan. Alleen wij drieën.'

'Ja.' Manuels blik glijdt van Lis naar Freek en blijft rusten op zijn vriend. Een echte vriend kan hij hem eigenlijk niet noemen. Eerder een maatje, iemand met wie hij vroeger vaak kraken zette. Hij heeft hem alleen gevraagd om een handje te helpen omdat hij zo gauw niemand anders kon vinden.

'Die gasten die je om het huis zag lopen,' zegt Manuel, 'heb je die goed kunnen zien?'

'Nee, niet echt. Ze liepen ook niet om het huis heen, maar erlangs.'

'Je zei eerst eromheen.'

'Echt niet.'

'Jawel, dat zei je wel.' Manuel kijkt naar Lis voor steun.

'Dat zei ík,' zegt ze. 'En het was er maar één. Een oude man, misschien een buurman. En als jij nu zegt dat je die Mariëlla, Ella of hoe ze ook heet, kent... Waarom zou zij Demi hebben meegenomen?'

'Vanwege het losgeld. Ella heeft ons het vuile werk laten doen en nu wil ze het geld zelf inpikken. Dat is haar plan, daarom gaat ze niet naar de politie,' zegt Manuel. 'De grote vraag is alleen hoe ze erachter is gekomen dat wij dat kind hadden.'

'Dat zoeken we later wel uit. Laten we ons eerst concentreren op de vraag hoe we haar terugkrijgen,' zegt Lis.

'Wat een shitzooi.' Freek spuwt op de vloer.

'Laat dat,' zegt Lis. 'Het is nergens voor nodig om je DNA te verspreiden.'

'Dat is toch allang gebeurd. We steken de boel straks wel

in de fik. Zijn we meteen van háár af.' Manuel maakt een hoofdbeweging naar de plek waar Rianne ligt.

Zijn nicht werpt hem een geërgerde blik toe. 'We steken helemaal niks in de fik, dat trekt veel te veel aandacht. We gaan naar ons schuilhuis en wachten tot die Ella contact opneemt. App haar anders even, Manuel. Doe alsof je Rianne bent en vraag waar ze zit.'

Manuel knikt en pakt Riannes telefoon.

'Daar trapt ze toch nooit in.' Freek staat op en loopt de gang in. 'Schijtzooi. Ik ga even pissen.'

Lis kijkt Manuel aan. 'We moeten van dat lichaam af, en daarna moeten we hier ook alles goed schoonmaken.'

'Ja, daar hebben we lekker de tijd voor.'

'We moeten toch afwachten of Ella nog op die appjes reageert, dus we kunnen net zo goed iets nuttigs doen.'

'Ik zei toch al dat we de boel in de fik moeten steken! Zijn we overal meteen van af. Dat hadden we met ons schuilhuis ook moeten doen.'

'Wel ja, twee branden! Eén trekt al veel te veel aandacht. Wat is dat toch met jou en vuur? Als we die vrouw begraven en hier de tent schoonmaken heeft voorlopig niemand in de gaten dat er iets is gebeurd.'

Lis heeft natuurlijk gelijk. Manuel probeert de innerlijke drang te negeren, die bijna onbedwingbare neiging om vonken tot vlammen te zien uitgroeien, tot een allesverterend vuur dat zuigt en loeit. Hij ademt een paar keer diep in en uit, maar voelt de behoefte nog steeds in hem gloeien. Het enige wat in zo'n geval helpt is afleiding. In beweging komen.

Hij springt overeind en loopt naar de gang. 'Afknijpen, Freek! Wat ben je daar allemaal aan het doen, gast?'

Hij kijkt naar de deur van het toilet, ziet dat er geen slot op zit, en rukt hem open. Freek staat met zijn telefoon in de hand en kijkt hem verschrikt aan. Iets in die blik wekt Manuels wantrouwen.

'Wat doe je? Met wie sta jij te appen?' Manuel rukt het toestel uit Freeks hand. Op het schermpje is een stip te zien die traag beweegt. 'Wat is dat?'

Met een nerveus gebaar haalt Freek zijn hand door zijn haar. 'Dat is die vrouw, Ella. Ik heb een tracker in het vestje van dat kind gestopt.'

'Wát?'

'Voor de zekerheid.'

Met een strakke blik kijkt Manuel hem aan. 'Jij hebt zonder te overleggen een tracker in Demi's kleding gedaan?'

'Ja, voor het geval ze zou verdwijnen. Zoals nu.'

'Zoals nu. Wat een vooruitziende blik heb jij opeens, zeg. Ik heb nooit gemerkt dat je helderziend was. Waarom zou dat kind verdwijnen?'

'Nou, gewoon. Dat kan toch?'

'Hoe dan?'

'Ze had kunnen weglopen. Je weet toch nooit hoe de dingen gaan? Dat zie je nu maar weer.'

'En je vond het niet nodig om met mij te overleggen over die tracker?' Er klinkt een dreigende ondertoon in Manuels stem door. 'Ook niet toen we ontdekten dat dat kind uit de auto was gehaald? In plaats daarvan kwam je met een lulverhaal over een rode Fiësta die voorbijreed.'

'Dat was geen lulverhaal. Daarom had ik die tracker in haar vest gestopt. Hé man, dat was toch juist goed?'

'Heel goed,' zegt Manuel kalm, om na een korte stilte te schreeuwen: 'Maar dat had je me moeten vertellen!'

'Je hebt gelijk, sorry. Ik hield mijn mond omdat ik wel dacht dat je zo zou reageren.'

'Vind je het gek? Je hebt haar natuurlijk ook helemaal niet in haar auto zien stappen toen we haar zochten. Hoe had je ons uiteindelijk bij Demi willen brengen?' Manuel brengt zijn gezicht dichter bij dat van Freek. 'Weet je wat ik denk? Dat je van plan was om de kluit te belazeren, samen met die Ella. De klungelige manier waarop je haar liet ontsnappen beviel me al niet. Is dit soms een een-tweetje van jullie?'

'Wat lul je nou! Natuurlijk niet! Als ik met Ella samenwerkte zou ik toch nooit hiernaartoe gereden zijn!'

'Dan heb je dus plannen voor jezelf gemaakt.'

'Nee, natuurlijk niet. Je denkt toch niet echt...' Freek zwijgt abrupt als hij de loop van Manuels pistool op zich gericht ziet. Hij doet zijn handen omhoog en zegt: 'Hé, man, wat nou? Je gelooft me toch zeker wel!'

'Nee, ik geloof er geen barst van. Eerst zie je verdachte figuren bij het huis en moeten we weg, dan is dat kind opeens verdwenen en nu dit weer. Denk je dat ik achterlijk ben?'

'Ik zweer...' begint Freek, maar hij krijgt niet de tijd om zijn pleidooi af te maken, want Manuel haalt de trekker over.

8

Bloed en hersenweefsel zijn verspreid over de muur, de wc-pot, het plafond. Lis, die in de woonkamer meeluisterde, komt aanrennen.

'Wat dóe je!'

'Hij belazerde ons, dat hoorde je toch?' Geërgerd kijkt Manuel naar de toiletruimte. 'Wat een puinhoop. Nu móeten we de boel wel in de fik steken.'

'Je hebt hem doodgeschoten! Ben je helemaal gek geworden?'

'Wat had ik dan moeten doen? Hem ermee weg laten komen?'

'Je had hem het voordeel van de twijfel kunnen geven. Wie zegt dat hij het niet verteld zou hebben van die tracker?'

'Dat zag ik aan hem. Hij schrok toen ik de deur opendeed. En anders was hij er wel erg laat mee geweest.'

Lis sluit haar ogen en wendt zich af. 'Je bent gestoord!' bijt ze hem toe. 'Wat moeten we nu?'

'We gaan gewoon door. We kunnen ons plan heel goed samen uitvoeren. Dankzij die tracker weten we in ieder geval waar Ella naartoe gaat.' Manuel slaat zijn arm om Lis heen en voert haar mee naar de woonkamer. 'En we hoeven nu ook de buit niet met Freek te delen. Het was sowieso al óns plan. Van die sukkel hadden we alleen maar last.'

'Hij was anders wel slim genoeg om die tracker te verstoppen.'

'Ja, en wie weet wat hij nog meer bedacht had. Een tracker in het losgeld, of een kogel door ónze hoofden zodra we het geld binnen hadden. Met dat soort figuren weet je het maar nooit.'

'Denk je echt dat hij met die Ella samenwerkte? Wie is dat eigenlijk? Je zei dat ze in het verpleegtehuis van oma werkte.'

'Ja, het is een verpleegkundige waar oma nogal gek op was. Geen idee hoe dat mens erachter is gekomen wat wij van plan waren. Freek moet haar hebben ingelicht. Misschien kende hij haar wel een stuk beter dan ik dacht. De klootzak! Weet je wat we doen? Ik breng je naar huis, en daar pak jij onze spullen in en je maakt de boel schoon. Echt schoon, er mag geen haar meer liggen.'

'Dat heb ik al gedaan. Alles is brandschoon, en ik heb onze spullen meegenomen. Ze liggen in de kofferbak.'

Manuel knikt goedkeurend. 'Mooi, dan kunnen we meteen weg. Maar eerst leg ik deze tent in de as.'

'Dat lijkt me echt geen goed idee.'

'Mij wel.' Manuel loopt verder de gang in en doet de deur van de kelder open. In deze streek, waar het dichtstbijzijnde tankstation een paar dorpen verder staat, heeft bijna iedereen een reservevoorraad benzine.

Het is stikdonker beneden. Op de tast zoekt Manuel het

lichtknopje, en hij wacht tot het licht aanspringt. Hij gaat naar beneden en kijkt in het rond. De kelder is netjes en vrij leeg, maar achter een houten wand bevindt zich nog een bergruimte. En daar staat wat hij zoekt: twee jerrycans vol benzine. Hij draagt ze naar boven, terwijl hij zich voorbereidt op gezeur van Lis. Ze is slim en ze kan goed vooruitdenken – dat zie je maar weer met het schoonmaken van hun schuilhuis –, maar het irriteert hem dat ze hem altijd wil afremmen als hij juist wil doorpakken.

Hij houdt zich al een tijdje met de zwaardere misdaad bezig, en tijdens die klussen heeft hij wel vaker harde beslissingen moeten nemen. De eerste keer dat hij iemand moest neerschieten, tijdens een gewapende overval, was heftig, maar daarna wende het. Hij heeft Lis daar nooit bij betrokken omdat hij dacht dat ze dat soort shit te ver vond gaan. Het verbaasde hem dan ook toen ze voorstelde om een kind te ontvoeren. Hij had er wel oren naar, en ze besloten het te doen. Maar nu vraagt hij zich af of het wel een goed idee was om met haar te blijven samenwerken.

'Wat doe je?' vraagt hij aan Lis, die gehurkt bij Freeks lichaam zit.

Ze komt overeind en houdt Freeks portefeuille omhoog. 'Ik heb zijn zakken doorzocht voór het geval hij iets bij zich heeft dat slecht brandbaar is. Een wapen, of iets anders waardoor ze hem kunnen identificeren.'

Ze gooit de portefeuille naar Manuel toe en hij vangt hem met één hand.

'Is dat alles? Waar is zijn wapen?'

'Hier.' Lis overhandigt hem het pistool en kijkt hem met

een bezorgd gezicht aan. 'Moeten we niet snel achter die vrouw aan?'

'Dit gaat voor. Dankzij die tracker vinden we haar wel. Ik ken de code van Freeks telefoon.'

'Echt waar?'

'Ja, je weet toch dat ik altijd oplet als mensen die intoetsen. Zeker mensen met wie ik werk.'

Lis staart haar neef aan. 'Dus je kent de mijne ook.'

'Ja. Je hebt hem pas nog veranderd.' Manuel glimlacht, maar Lis lacht niet terug. Ze wendt zich af en kijkt naar Freeks lijk.

'Denk je echt dat die Ella niet naar de politie gaat?' vraagt ze na een tijdje.

Manuel schudt zijn hoofd. 'Als ze dat had gedaan, zouden ze allang voor de deur hebben gestaan. Nee, ze wil iets anders.'

'Het losgeld.'

'Dat zit er dik in.' Manuel laat Freeks pistool in zijn jaszak glijden en stopt de portefeuille in zijn kontzak en draait zich om naar de jerrycans.

'Ik wacht wel in de auto.' Lis loopt de gang door, naar buiten.

Manuel schroeft de dop van de eerste jerrycan, zijn gedachten bij Ella. Hij kan nog steeds niet geloven dat ze hen is gevolgd en het kind heeft meegenomen. Wanneer zou het contact met Freek zijn ontstaan?

Hij had geen idee dat ze met elkaar omgingen na die ontmoeting in die club, dat heeft Freek hem nooit verteld. Nu begrijpt hij waarom.

De klootzak. En de bitch. Waarschijnlijk denkt Ella dat ze erg slim is, maar hij krijgt haar wel te pakken. Hij moet alleen goed nadenken. Als hij nu in paniek raakt, gaat hij fouten maken. Terwijl het plan zo strak in elkaar zat.

Ella, de favoriete verpleegkundige van zijn oma. Altijd belangstellend en lief. Hij heeft zich behoorlijk in haar vergist. Nou ja, niet dat hij haar zó goed kende. Als ze elkaar zagen in het verpleegtehuis praatten ze wat, meer niet. En één keer wat langer, toen hij haar tegenkwam in die club, samen met Freek.

Wat is ze van plan? Het móet om het losgeld gaan, anders zou ze wel naar Nederland zijn gereden om dat kind terug te brengen.

Ze gaat hem chanteren, ze wil een deel van de buit. Prima, hij speelt het spelletje wel mee. Maar eerst de problemen hier oplossen.

Hij tilt de jerrycan op en giet een flinke plens benzine over Freeks lichaam.

9
Lis

Lis zit in de auto te wachten tot Manuel klaar is. Ze heeft er behoefte aan om even alleen te zijn en te verwerken wat er net is gebeurd. Freek is dood. Afgeknald.

Ze begrijpt Manuels beweegredenen, maar ze is nog steeds verbijsterd over het gemak waarmee hij dat deed. Ze dacht dat ze hem door en door kende, maar blijkbaar is dat toch niet het geval.

Als kind trokken ze al veel met elkaar op. Ze woonden in dezelfde wijk, en kwamen allebei uit een gezin waarin je al jong voor jezelf moest zorgen.

Dat hebben ze ook gedaan, zeker nadat Manuels ouders bij een auto-ongeluk om het leven waren gekomen. Hij kwam in een pleeggezin terecht, en vanaf dat moment hadden Bureau Jeugdzorg en Halt hun handen vol aan hem. Als puber verzamelde Manuel een groepje vrienden om zich heen met wie hij kraken zette, en zij sloot zich daarbij aan. Gaandeweg raakte ze steeds meer betrokken bij de criminele zaken van haar neef. Het kleine werk, maar het ging wel eens mis en de straf die erop stond was niet bepaald licht.

Die keer dat ze de gevangenis in draaide was verschrikkelijk. Tussen de gedetineerde vrouwen zat van alles, van dievegges tot moordenaressen, en iedereen had een verhaal over hoe het zover was gekomen. Ze hoefde die verhalen niet te horen, ze wist hoe het leven je naar een bepaald punt kon drijven. Haar moeder is gestorven toen Lis tien was, en haar vader, die kunstschilder was, en totaal ongeschikt als ouder, emigreerde daarna naar Portugal, waar hij in de verlaten Alentejo ging schilderen. Lis heeft bij haar oma in huis gewoond tot ze volwassen was.

Achteraf begrijpt Lis pas hoe zwaar die tijd voor haar oma moet zijn geweest, met het verdriet om haar omgekomen dochter, om een zoon die ze zelden zag en een rebelse kleindochter om op te voeden. Toen Lis op zichzelf ging wonen zagen ze elkaar niet zo vaak meer, en nadat ze een keer in de gevangenis was beland nog minder. In die tijd trok ze veel op met Manuel, hij stond altijd voor haar klaar. Dat is ook de reden dat ze hem hielp als hij haar nodig had.

Ze betwijfelt echter of ze er goed aan heeft gedaan om hem bij deze ontvoering te betrekken. Hij is veranderd, een stuk harder geworden. Hij vertelt haar ook niet meer zoveel, heeft nieuwe vrienden gemaakt en doet geheimzinnig over wat hij met hen uitvoert. Misschien vertrouwde Freek hem niet helemaal, was dat de reden dat hij die tracker in Demi's vest had gestopt.

Doodzonde dat het zo gelopen is. Ze hebben juist zo goed over het plan van aanpak nagedacht, alle stappen besproken. Ze mogen geen fouten maken, geen sporen achterlaten. Daarom heeft ze net ook als een bezetene schoongemaakt. Geen plekje in huis is ontsnapt aan haar aandacht.

Gelukkig hebben ze niet het hele huis in gebruik genomen. Sommige kamers zijn ze zelfs niet binnen geweest. Daarom kon ze snel hun sporen wissen, maar of het goed genoeg is... De forensische politie heeft aan een enkele haar genoeg om DNA-materiaal te bemachtigen.

Lis duwt die zorgwekkende gedachte opzij en kijkt naar Riannes huis. Manuel komt net naar buiten en grijnst naar haar.

'Gelukt?' vraagt Lis terwijl hij instapt.

'Ja. Je ziet het nog niet, maar achterin fikt het al lekker.'

'De recherche zal erachter komen dat die brand is aangestoken.'

'Nou en? Ze zullen de lichamen ook vinden, en het pistool. Ik heb Freeks pistool bij hem neergelegd, dan denken ze dat hij die vrouw heeft neergeschoten.' Manuel zet Freeks telefoon in de houder op het dashboard, start de auto en rijdt de weg op.

'En hoe moet híj dan aan zijn einde zijn gekomen?'

'Misschien heeft hij zichzelf wel voor z'n kop geschoten. Dat kan toch?'

'En voor hij stierf heeft hij nog snel even benzine in het rond gesprenkeld? Natuurlijk! Echt, Manuel, je had ze nooit moeten neerschieten.'

'Ja zeg, alsof ik dat van tevoren van plan was! Wat had ik dan moeten doen? Die vrouw verhoren en haar gewoon laten gaan? En Freek ook?'

'Zij was inderdaad een probleem, maar Freek doden was niet nodig.'

Er valt een stilte, waarin Manuel woedend opzijkijkt.

'Wat zou jij dan gedaan hebben, als je het allemaal zo goed weet?'

Lis haalt haar schouders op en zegt, om de angel uit de opkomende ruzie te halen: 'Nou ja, je kon inderdaad niet anders, maar ik maak me wel zorgen. We zijn al die tijd zo goed onder de radar gebleven, en nu wordt het opeens een stuk gevaarlijker. Heb je nog wat gevonden in dat huis?'

'Een paar boeken, niets bijzonders. Zo te zien heeft ze het belangrijkste bij zich.'

'Dit bevalt me niks, Manuel. Ik vraag me af of we er niet beter mee op kunnen houden.'

'Hé, je laat me nu niet in de steek, hè? We vinden die bitch echt wel.'

Er valt een lange, zware stilte waarin ze beiden naar de tracker kijken.

'Waar zou ze naartoe gaan?' vraagt Lis zich hardop af.

'Niet naar Nederland in ieder geval. Zo te zien naar Luxemburg, of naar Frankrijk. Ze rijdt niet al te snel, we halen haar wel in.'

Achter hen klinkt het jankende geluid van sirenes. Lis draait zich half om en ziet een rookkolom naar de blauwe hemel klimmen.

'Hoe laat wil je het losgeld gaan vragen? Of wachten we tot we Demi terug hebben?' vraagt ze.

'Nee, waarom? We kunnen het beter zo snel mogelijk doen. Niemand weet dat we haar kwijt zijn.' Manuel slaat de weg naar de grens in. 'Om twaalf uur gaan we bellen.'

10

Ella

Ella heeft twee uur lang de E42 gevolgd. Ze kon lekker doorrijden en inmiddels is ze door Luxemburg heen en nadert ze de Franse stad Thionville. Ze heeft een playlist op haar telefoon aangezet, in de hoop dat daar muziek op staat die Demi leuk vindt. Ze heeft geen idee waar kinderen van die leeftijd graag naar luisteren.

Met enige regelmaat werpt ze via de spiegel een blik op Demi, die nu goed wakker is en zonder iets te zeggen naar buiten kijkt. Is ze altijd zo rustig of zit er nog van die slaaprommel in haar lichaam? Hoe dan ook, ze is blij dat Demi niet overstuur is. Ze moeten zo snel en onopvallend mogelijk in Beaune zien te komen.

Haar telefoon, die in de houder op het dashboard zit, maakt een geluidje, en Ella kijkt naar het beeldscherm. Een bericht van Rianne.

Ella, waar ben je? Wat is er aan de hand? App me!

'Laten we dat maar niet doen,' mompelt ze.

Haar telefoon pingelt opnieuw, en vermoeid kijkt ze naar het schermpje. Een appje van een vriendin. Ook daar reageert ze niet op.

'Ik voel me niet zo lekker.'

Demi's stemmetje klinkt zo onverwacht dat Ella opschrikt. Ze werpt een snelle blik over haar schouder, recht in haar bleke gezichtje.

'Wat is er dan? Ben je misselijk?'

Demi knikt.

'Moet je spugen? Ik kan hier niet stoppen. Wacht, ik doe je raam open.' Ella laat het raam naast Demi een stukje zakken.

Het meisje leunt ertegenaan en ademt de frisse lucht in.

'Gaat het? Nog een klein stukje, dan komt er een picknickplaats en kun je de auto uit.'

Terwijl ze Demi in de gaten houdt, gaat Ella op de rechterbaan rijden en geeft ze richting aan. Even later rijdt ze de aire op. Het is er vrij druk, maar ze moet wel stoppen, want achter haar maakt Demi kokhalsgeluiden. Haastig draait Ella de auto een parkeervak in. Ze vliegt naar buiten en trekt Demi's portier open. Terwijl ze nog naar de sluiting van de veiligheidsriem zoekt, begint Demi al over te geven. Ella springt weg en kijkt hulpeloos toe hoe een stroom braaksel in haar auto belandt. Drie golven, dan is het klaar en zit alles onder. Demi barst in tranen uit.

Ella strijkt troostend over haar korte donkere haren. 'Het geeft niet, ik heb water bij me. We maken alles schoon en dan is het weer goed. Stil maar, niet huilen.' Ze maakt Demi's riem los en helpt haar uit de auto.

'Mijn kleren,' zegt Demi snikkend.

'Ik heb iets anders voor je. Kom, dan gaan we je even opknappen.'

Ella laat Demi haar mond spoelen en water drinken, en ze geeft haar een linnen broek en een shirt. 'Kleed je voor in de auto maar om.'

Demi gaat weer in de auto zitten. Ondanks het feit dat Ella de portieren open heeft gezet, hangt er een vreselijk zure lucht. Ze gaat er bijna zelf van over haar nek. Snel doet ze een paar stappen bij de auto vandaan en haalt diep adem. Als ze zich omdraait, ziet ze dat Demi haar aanstaart.

'Dit zijn niet mijn kleren,' zegt het meisje.

'Nee, ik heb voor de zekerheid iets voor je gekocht. Ik wist dat je daar zat en was van plan om je weg te halen. Ik moest alleen het goede moment afwachten.'

'Hoe wist je dan dat ik daar zat?'

'Dat leg ik nog wel een keer uit. Wat zullen we met je oude kleren doen? Vind je het erg als ik die weggooi?'

Demi schudt haar hoofd. 'Die wil ik toch nooit meer aan.'

'Dat kan ik me voorstellen.' Ella kijkt om zich heen op zoek naar een vuilnisbak en ziet er tien meter verder een staan. 'Ik ben zo terug,' zegt ze, en ze loopt weg met het stinkende bundeltje. Ze propt het zo diep mogelijk in de vuilnisbak en neemt zelfs de moeite om er ander vuil overheen te leggen.

Eenmaal terug bij de auto wast ze haar handen met het laatste water uit de fles.

'De auto is vies,' zegt Demi.

'Ik weet het, maar we moeten snel verder. Hier is een pak vochtige doekjes. Wil jij proberen de bank schoon te krijgen? Doe de vieze doekjes maar in deze plastic tas.'

Demi knikt en Ella gaat weer achter het stuur zitten. Dit oponthoud was een lelijke streep door de rekening. Ze vielen op, mensen zullen dit misschien onthouden. Aan de andere kant, iedereen zit onderweg wel eens met een spugend kind.

Ze draait zich half om en kijkt Demi vragend aan. 'Gaat het weer?'

'Ik wil naar mama.'

'Dat kan nog niet. We moeten ons verbergen voor die mannen, dus we gaan naar Frankrijk.'

'Komt mama dan ook?'

Ella zwijgt even, dan knikt ze.

11

Manuel

De stip op het beeldscherm staat al een tijdje stil. Minstens een halfuur. Waarom? Je zou zeggen dat Ella haast heeft.

'Misschien moet ze tanken,' zegt Lis, als Manuel erover begint.

'Dat is in tien minuten gebeurd. Een kwartier als je nog naar de wc moet en een broodje koopt.'

'Ze voelt zich veilig. Ze weet niet dat wij haar op de hielen zitten. Waarschijnlijk heeft ze een rustig plekje gevonden waar ze haar benen kan strekken.'

'Of ze is op de plaats van bestemming, waar dat ook mag zijn.' Manuel gooit zijn telefoon in Lis' schoot. 'Kijk nog eens waar ze zit.'

Lis tikt op het beeldscherm. 'In de buurt van Thionville.'

'Dat ligt in Frankrijk, toch? Wat moet ze dáár in godsnaam?'

'Geen idee, maar hoe langer ze stil blijft staan, hoe beter.'

Manuel knikt en zet het gas erop.

Een kwartier later is de stip nog steeds niet in beweging gekomen. In de tussentijd heeft Lis wat nauwkeuriger bekeken waar Ella stilstaat, en dat is langs de A31.

'Ze zitten vast in een wegrestaurant, of op een picknickplaats. Dat kan haast niet anders,' zegt ze.

'Tegen de tijd dat wij daar aankomen zal ze wel net vertrokken zijn, maar dan is haar voorsprong bijna verdwenen.' Met een grimmig gezicht schiet Manuel naar de linkerbaan en haalt hij een paar auto's in.

'Pas op,' zegt Lis. 'We rijden op een controletraject. Straks worden we nog van de weg gehaald.'

Een klein halfuur later komt het bord van een picknickplaats in zicht. De stip staat nog steeds stil en Manuel moet zich inhouden om er niet via de vluchtstrook naartoe te racen. De hele rit heeft hij zich voorgesteld wat hij met Ella zou doen als hij haar te pakken krijgt, en nu het bijna zover is kan hij zichzelf amper beheersen. Met opeengeklemde kaken neemt hij de afslag.

Lis gaat rechtop zitten en tuurt uit het raam.

'Zie je haar?' vraagt Manuel.

'Nee. Rij eerst maar een rondje. Als ik haar was, zou ik op een van de bankjes tussen die bomen gaan zitten.'

'Kijk uit naar die rode Ford Fiësta.'

Ze volgen langzaam de weg die langs de eilandjes met picknickbanken leidt. De stip op de telefoon beweegt nog steeds niet. Lis maakt de plattegrond wat groter en zegt: 'Ze moet hier ergens zijn.'

'Hoe precies is die tracker?'

'Hij geeft alleen aan dat ze op deze picknickplaats is, maar je krijgt geen bankje in beeld, als je dat bedoelt.'

Manuel draait een parkeervak in en zet de motor uit.

'Geef eens hier.' Hij pakt de telefoon van Lis af, kijkt ernaar en werpt een blik om zich heen. 'We gaan eruit. Zoeken.' Als hij uitstapt komt een golf van warmte hem tegemoet.

Ook Lis stapt uit. Met haar handen in haar zij speurt ze de omgeving af. Geen Ella. Geen Demi.

'Ze zijn weg, Manuel. Waarschijnlijk heeft ze de tracker gevonden en in de bosjes gegooid.'

'Dan zoeken we tot we hem vinden. Begin jij daar. Vraag die mensen of ze een blonde vrouw en een klein meisje gezien hebben.' Manuel knikt naar een groepje tafels en banken waar mensen zitten.

'Ben je gek geworden? We gaan toch zeker niet de aandacht op onszelf vestigen! En als ze Ella en Demi gezien hebben, wat dan nog? Ella heeft hun echt niet verteld waar ze naartoe gaan.'

Daar heeft ze natuurlijk gelijk in. Het is hopeloos, ze zijn haar kwijt. Met een toenemend gevoel van frustratie loopt Manuel naar de vuilnisbakken en werpt er een blik in. Hij verwacht er weinig van, maar toch inspecteert hij ze allemaal. Bij de middelste is het raak. Hij wil al doorlopen als hij een stuk stof ziet, bedolven onder lege frisdrankblikjes, plastic zakjes en wikkels van ijsjes. Hij vist het eruit en dan heeft hij een gele broek in zijn hand. Met zijn andere hand zoekt hij verder en vindt een besmeurd donkerblauw vestje. Er komt een zure lucht vanaf, en met een vies gezicht houdt hij het zo ver mogelijk van zich af.

Zonder iets te zeggen draait hij zich om naar Lis. Bij het zien van de kleding trekt ze een sprintje in zijn richting. Ze bekijkt het vest en zegt: 'Dat is van Demi! Gatver, wat is ermee gebeurd? Heeft ze eroverheen gekotst of zo?'

Manuel doorzoekt de zomen. Zijn vingers stuiten op iets hards, en hij trekt de wollen stof stuk.

'Bingo!' Hij houdt de tracker, die zo groot is als zijn duimnagel, omhoog.

'Dat betekent dat Ella hem niet heeft gevonden. Het is puur toeval dat ze hem heeft weggegooid.'

'Ja. Die bitch heeft verdomd veel geluk gehad.'

'En nu?'

'Geen idee. Laat me even nadenken.'

'Kun je dat in de auto doen? De mensen kijken een beetje vreemd naar ons. En neem die kleren mee. Geen sporen achterlaten.'

Ze gaan in de auto zitten en Manuel start de motor, zodat de airco voor wat koelte kan zorgen.

'Het is klaar,' zegt Lis. 'Ze kan overal wel zijn. Heeft ze vrienden of familie in Frankrijk? Ik bedoel, ze rijdt toch niet zomaar hiernaartoe.'

'Daar valt wel achter te komen.' Manuel pakt zijn telefoon en opent Instagram. Hij zoekt op Ella's naam en knikt tevreden. '*Gotcha!* Ze heeft hem niet beveiligd. Nu maar hopen dat ze er ook wat mee doet.'

Dat valt helaas tegen.

'Verdomme,' zegt Manuel. 'Er staat bijna niets op.'

'Misschien zit ze op Facebook.'

Manuel zoekt en schudt zijn hoofd.

'Wat nu?' vraagt Lis.

'Geen idee. We zijn gedist.'

'We moeten weg, Manuel. Helemaal weg, bedoel ik.

Even van de radar verdwijnen. Straks brengt Ella Demi nog naar huis, of naar de politie.'

'Ik denk het niet. Dan had ze dat meteen wel gedaan, maar in plaats daarvan rijdt ze naar Frankrijk. Wat moet ze dáár in hemelsnaam?'

'Ons van de wijs brengen? Misschien legt ze een dwaalspoor aan en rijdt ze met een bocht weer terug.'

'Terug waar naartoe? Als ze van plan is om zelf losgeld te vragen, en ze heeft ergens een schuilplaats, waarom rijdt ze daar dan niet meteen naartoe? Ik denk dat ze alleen in Frankrijk terechtkan. Dat ze daar een adresje heeft.'

'Misschien, maar daar komen we toch niet achter. Ik stel voor dat we de hele zaak vergeten. We houden ons een tijdje schuil en als de politie ons niet op het spoor komt, komen we weer tevoorschijn. Het wordt me te gevaarlijk, ik heb echt geen zin om weer de bak in te draaien.'

'Nee,' zegt Manuel met een zucht. 'Misschien heb je wel gelijk. Hier blijven rondhangen heeft sowieso geen zin. We zouden alvast naar Olaf kunnen gaan, Maastricht is niet zo ver. Ik heb het gevoel dat Ella nog wel contact met ons gaat opnemen.'

Lis knikt. 'Dan zitten we niet te ver weg, en de politie zal ons daar ook niet zoeken. Bel Olaf maar.'

12

Ella

Er is slecht weer op komst. Een band met dunne, melkachtige bewolking trekt over en maakt de zon flets. In de verte wordt de lucht donker en de dreigende wolkenmassa schuift langzaam dichterbij.

Het is nog maar twintig minuten rijden naar haar huisje, een tochtje over landwegen dat bij mooi weer zeer idyllisch is, maar bij regen een stuk minder. Niet voor niets staan overal borden dat je moet oppassen voor slecht wegdek, maar Ella geeft gas bij. Hoe eerder ze thuis is, hoe beter.

Ze kijkt om naar Demi, die weer in slaap is gevallen. Het wordt aardedonker, alsof er een reusachtige deksel over de omgeving wordt gelegd. Een paar kilometer verderop regent het al; een brede, bijna lichtgevende sluier waaiert uit over het landschap. Niet lang daarna klinkt er getik op het dak, en dan gaat het los.

Een enorme stortbui zet in een mum van tijd de weg onder water. Het valt niet mee om in de stromende regen te zien waar ze rijdt. De ruitenwissers moeten op de hoogste stand, en dan ziet ze nog niet veel.

In de verte verschijnt een tegenligger die met groot licht op haar afkomt. Ella concentreert zich op haar weghelft. De tegemoetkomende auto blijft hard doorrijden, en ze neemt gas terug voor het geval hij een rare manoeuvre gaat maken. Waarom ze dat verwacht weet ze niet precies, misschien vanwege de combinatie van zijn hoge snelheid, het gladde wegdek en de vele bochten.

Terwijl de auto haar nadert houdt ze hem scherp in de gaten, maar ze schrikt evengoed hevig als hij op haar weghelft belandt. In de verwachting dat de bestuurder snel zal corrigeren, stuurt ze iets naar rechts, maar hij rijdt door. Recht op haar af.

In een reflex gooit Ella het stuur om. Haar auto schuurt langs het stenen muurtje en in die paar seconden flitst de tegenligger op enkele centimeters afstand voorbij.

Een bocht doemt op. Ella stuurt naar links en probeert de wagen onder controle te houden, maar ze raakt in een slip. Wanhopig draait ze het stuur naar rechts, tegen de slip in. Op een recht stuk weg was haar correctiepoging waarschijnlijk wel gelukt, maar het is net in de bocht en ze kan de muur niet vermijden.

Ella klapt naar voren, de autogordel vangt haar op. Ze leunt naar achteren en haalt diep adem. Niets doet pijn, ze bloedt niet en alles functioneert nog. Goddank.

Op de achterbank is het stil en verontrust kijkt ze om. Demi kijkt haar slaperig aan.

'Zijn we er?' vraagt ze.

'Nee, ik ben ergens tegenaan gereden. Is alles goed met je? Heb je ergens pijn?'

Demi schudt haar hoofd.

Ella stapt uit, inwendig scheldend op de Fransman. In de

stromende regen inspecteert ze de bumper, die flink ingedeukt is. Maar ze kan nog rijden.

Ze stapt weer in, schudt de regen uit haar haren.

'Is de auto stuk?' vraagt Demi.

'Een beetje. Even kijken of hij het nog doet.' Ella draait de sleutel om en de motor slaat aan. 'Gelukkig,' zegt ze met een glimlach, terwijl ze weer omkijkt.

Demi wendt haar gezicht af.

Het huisje staat een stuk van de weg af. Normaal gesproken schemert er iets van de verweerde muren en lichtblauwe luiken door het groen heen, maar nu zijn ze nauwelijks zichtbaar in de regensluiers.

Ella parkeert op het erf, zo dicht mogelijk bij de deur, en haalt de sleutel uit haar tas.

'Ik ga wel eerst,' zegt ze tegen Demi.

Ze stapt uit en de regen slaat in haar gezicht. Ze holt naar de voordeur, maakt hem open en rent terug naar de auto. Boven het geraas van de regen uit roept ze: 'Doe die deken maar om je heen!'

Demi pakt de deken die naast haar ligt en slaat hem om haar schouders.

Binnen is het koud en donker. Ella zet koers naar de haard, waar flinke blokken hout, kranten en aanmaakblokjes klaarliggen, en maakt handig een vuur aan. Meteen ziet de woning er een stuk gezelliger uit.

'Mag het licht aan?' vraagt Demi, met een blik op de donkere hoeken.

'Dat kan niet, er is geen elektriciteit. Ga maar lekker bij

de haard zitten, dan maak ik iets te eten. Heb je trek?'

Zonder iets te zeggen blijft Demi in de kamer staan, de deken strak om zich heen.

'Ik heb wel zin in pizza,' zegt ze na een hele tijd.

Ella loopt naar de keuken en zet een lamp, die op batterijen werkt, aan. 'Dat gaat niet, maar ik heb wel gas, dus ik kan pannenkoeken bakken. Is dat ook goed?'

Als er geen reactie komt, gaat Ella maar gewoon aan de slag. Ze heeft altijd een paar pakken kant-en-klare bakmix in huis.

Uit haar ooghoeken kijkt ze toe hoe Demi naar de haard schuifelt en met de deken om zich heen bij het vuur gaat zitten.

Ze heeft haar in de gaten gehouden. Meestal van een afstandje, en een paar keer van dichtbij. Meermalen had ze haar zo mee kunnen nemen. De verleiding was elke keer groot, maar ze wist zich te beheersen. Het was te vroeg. Eerst contact maken, zorgen dat Demi niet bang werd.

Op de dagen dat Demi's ouders allebei werkten, was er een oppas, Chantal, die haar naar school bracht en ophaalde. Voor zover Ella het kon beoordelen was ze lief en oplettend. Maar wel goed van vertrouwen. In het park, waar Chantal Demi regelmatig mee naartoe nam, kletste ze met iedereen. Soms verloor ze Demi uit het oog. Niet dat dat tot problemen leidde; Demi bleef altijd in de buurt. Ze zat op de schommel of speelde met andere kinderen, en als Chantal haar riep kwam ze meteen. Ze was wat verlegen, maar nadat ze Ella een paar keer had gezien, werd ze wat spontaner.

Op een middag zat Ella wat met Chantal te praten toen Demi aan kwam lopen met een witte steen in haar hand.

'Kijk eens wat ik heb gevonden!' riep ze, dwars door hun gesprek heen.

Chantal vond het niet erg dat ze gestoord werden. 'Mooi zeg,' zei ze enthousiast, en dat vond Ella lief van haar. Per slot van rekening was het gewoon maar een steen. Niets bijzonders.

'Dat is zeker een mooie,' zei ze zelf. 'Zo glad en wit. Waar heb je die gevonden?'

Even leek Demi wat verlegen, maar de blijdschap om haar schat was groter dan haar schuwheid voor vreemden. Ze draaide zich half om en wees in de richting van het klimrek. 'Daar!'

'Zo een zou ik ook wel willen. Liggen er nog meer?' vroeg Ella.

'Zal ik voor je kijken?'

'Nou, graag.'

'Goed. Ben zo terug!' Demi rende weg, en ze keken haar lachend na.

'Wat een leuk kind,' zei Ella.

'Het is een schatje. Ik heb nooit problemen met haar. Ze reageerde trouwens heel spontaan op jou. Meestal is ze wat terughoudend naar vreemden toe.'

'Dat is wel goed,' zei Ella. 'Je hebt zo veel rare mensen op de wereld.'

Even later kwam Demi terug. Ze bleef vlak voor Ella staan, strekte haar hand en zei: 'Er liggen er nog meer. Jij mag deze wel hebben. Het is een gelukssteen.'

De witte steen lag in haar handpalm. Ella glimlachte en pakte hem.

'Wat lief van je. Daar ben ik heel blij mee.'

Toen ze terug naar huis reed, legde ze de steen in het vakje naast de versnellingspook en liet hem daar liggen. Nu zit hij in haar tas.

Ella zet een bord met pannenkoeken op de eettafel. Ze gaat zitten, haalt de steen uit een zijvakje van haar tas en geeft hem aan Demi.

'Weet je nog dat je deze aan mij gaf?'

Er glijdt een verraste uitdrukking over Demi's gezicht. 'De gelukssteen! Héb je die nog?'

'Ja, ik had hem in mijn tas gedaan.'

Demi pakt hem op en bekijkt hem. 'Ik had er nog een paar gevonden, maar ik ben ze kwijtgeraakt.'

'Hou deze dan maar,' zegt Ella. 'Ik heb hem een tijdje gehad en nu mag jij hem weer.'

Demi legt de steen naast haar bord en kijkt Ella aan. 'Waarom?'

'Omdat jij hem harder nodig hebt dan ik.'

13

Ruud

Vanaf het moment dat hij hoorde dat er een vijfjarig meisje verdwenen was, zit inspecteur Ruud Brandt boven op de zaak. Een vermist kind van die leeftijd krijgt altijd de hoogste prioriteit en hij heeft meteen alles uit de kast getrokken. Demi Hulshof zat 's ochtends voor haar ouderlijk huis te stoepkrijten toen ze verdween. Haar moeder, Naomi Hulshof, zag haar dochter opeens nergens meer, ging haar zoeken en toen ze haar niet kon vinden, sloeg ze alarm.

Ruud stuurde patrouillewagens de wijk in en liet een team rechercheurs een buurtonderzoek houden. Niet alleen zijn mensen zochten Demi, ook omwonenden hielpen mee.

Intussen had Ruud de digitale recherche opdracht gegeven om in de hele buurt camerabeelden op te vragen. In de straat waar Demi woonde stonden dure huizen en de meeste waren voorzien van bewakingscamera's.

Het was meteen raak. Op een van de beelden was te zien hoe Demi op straat zat te krijten terwijl een witte Golf haar van achteren naderde. De auto stopte, het raam zoefde naar beneden en het meisje keek op. Ze kwam overeind, stond even met de bestuurder te praten, en stapte toen in. Helaas was de kentekenplaat onleesbaar, en vanaf dat moment waren ze het spoor bijster.

Die nacht werkte iedereen door. Van hogerop werd een recherchebijstandsteam samengesteld, en Ruud heeft van hoofdinspecteur Ingrid Blokhuis de leiding over de tactische recherche gekregen. Het voelt alsof hij persoonlijk verantwoordelijk is voor het terugvinden van Demi. Niet dat dat een nieuwe ervaring is, hij heeft vaker grote onderzoeken geleid, maar als het om een kind gaat, drukt het altijd zwaarder op zijn schouders.

Nu, na een lange nacht op het bureau, zonder enig resultaat geboekt te hebben, voelt Ruud zijn frustratie groeien. Hij weet dat de eerste uren in een verdwijningszaak cruciaal zijn. Hoe jonger het kind, hoe groter de kans dat hem of haar iets fataals is overkomen. Wat de zaak extra ernstig maakt is dat Demi voor kanker behandeld wordt en medicijnen nodig heeft.

Geconcentreerd bladert Ruud door Demi's dossier. Heeft een onbekende haar meegelokt of kende ze die persoon? En als dat laatste het geval is, waarom kennen haar ouders dan niemand met een witte Golf?

Ruud neemt een slok koude koffie en wrijft vermoeid in zijn ogen. Heeft hij iets over het hoofd gezien? Is er nog iets anders wat hij kan doen?

Nee. Alle taken zijn verdeeld. Een deel van het team doet onderzoek naar de witte Golf, terwijl een ander deel de politiebestanden raadpleegt en kijkt of er verdachte figuren in de buurt wonen. Elselien, de familierechercheur, staat de ouders van Demi bij en houdt hen op de hoogte van de ontwikkelingen. Er is een AMBER Alert uitgegaan, en veel meer kunnen ze op dit moment niet doen.

Een paar minuten kijkt Ruud in gedachten verzonken voor zich uit.

Gisteren was een mooie zondag. De Hulshofs wonen in een rustige wijk. Er speelden geen andere kinderen buiten, niemand was op straat toen Demi werd meegenomen. Toch kan hij zich niet voorstellen dat niemand die witte Golf heeft gezien. Misschien moet hij het buurtonderzoek opnieuw laten doen. Wat hij zich in ieder geval niet kan veroorloven is afwachten, hij moet actie blijven ondernemen.

In gedachten ziet hij de grafiek met de overlevingskansen van vermiste kinderen voor zich. Bij kinderen die ten prooi vallen aan een pedofiel is het vooruitzicht slecht: binnen een uur na de vermissing is meer dan de helft dood. Na vier uur 70 procent.

Even staat Ruud zichzelf toe te denken aan zijn eigen dochter toen ze die leeftijd had, en een huivering gaat over zijn rug. Destijds maakte hij zich elke dag zorgen om haar, en ook al is Lotte inmiddels halverwege de twintig, dat doet hij nog steeds. Zeker nu ze in verwachting is, en hij opa wordt.

Er wordt geklopt en Sabhia komt binnen: negenentwintig jaar, rustig, serieus, een grote belofte binnen het korps.

'Je wilde me spreken?' vraagt ze.

'Ja, ga zitten. Ik heb je verslag gelezen, maar misschien komt er al pratend toch iets nieuws naar boven.'

Sabhia knikt en neemt plaats aan de andere kant van het bureau.

'Laten we alles nog eens samenvatten,' zegt Ruud, terwijl hij het dossier erbij pakt. 'Gisterochtend om halfelf was Demi aan het stoepkrijten voor haar ouderlijk huis toen ze is meegenomen door de bestuurder van een witte Golf die rond die tijd aan kwam rijden. Dat hebben we op camera.'

Ruud pakt het verslag op. 'Om tien uur tweeënveertig komt die Golf aanrijden en stopt bij Demi. Het raam gaat open, maar de chauffeur blijft buiten beeld. Demi kijkt opzij en loopt naar de auto toe. Er volgt een kort gesprek, waarna ze het portier opent en instapt. Vervolgens rijdt de wagen weg.'

'Ja,' zegt Sabhia. 'Jammer dat we de bestuurder niet goed kunnen zien, en dat het kenteken onleesbaar is door die laag vuil. Dat zal wel geen toeval zijn.'

Ruud knikt. Ze hebben de camerabeelden in de rest van de stad en van benzinestations buiten Utrecht bekeken. Die Golf bleef nog een tijdje in het zicht, maar op een gegeven moment reed hij de stad uit en toen zijn ze hem kwijtgeraakt.

'Maar we kunnen er nu wel van uitgaan dat Demi niet meer in de stad is en dat het zoekgebied dus behoorlijk groot is,' zegt hij. 'Is er een bekende van de familie in beeld? Iemand met wie ze onenigheid hebben gehad, of een kennis die nog geld van de ouders krijgt?'

'We zijn ermee bezig, chef. Het móet wel een bekende zijn geweest. Volgens Demi's ouders is ze erg verlegen. Daarom vinden ze het ook zo vreemd dat ze zomaar bij iemand in de auto is gestapt. Al is ze natuurlijk vijf, en met kinderen van die leeftijd weet je het nooit. Maar het lijkt de ouders in ieder geval sterk dat het een onbekende zou zijn. En als je naar de camerabeelden kijkt, zou je inderdaad zeggen dat het iemand is geweest die ze kende.'

'Het gemak waarmee Demi in die auto stapte is inderdaad opvallend,' zegt Ruud. 'Een onbekende kidnapper heeft tijd nodig om een kind over te halen om mee te gaan, en Demi aarzelde geen moment. Wat me ook bezighoudt is dat haar ouders Jehova's getuigen zijn.'

'Zou dat er iets mee te maken hebben?'

'Het is wel een heel hechte, gesloten gemeenschap. Je weet nooit wat daar speelt, en die mensen zullen voor Demi heel vertrouwd zijn. Wat weet jij van die lui?'

'Van jehova's? Niet zoveel,' zegt Sabhia. 'Ik had vroeger een klasgenoot die Jehova's getuige was. Hij mocht niks. Zijn verjaardag niet vieren, niets aannemen als een ander kind trakteerde, niet naar feestjes als hij uitgenodigd werd, niet naar het sinterklaas- en kerstfeest op school. Ik voelde altijd wel een band met hem omdat ik ook niet veel mocht vanwege mijn geloof.'

Ruud knikt en kijkt peinzend naar de dossiers op zijn bureau. Het is zijn taak om het onderzoek te coördineren en de resultaten te beoordelen. Als hij alle benodigde gesprekken zelf moest voeren, zou hij nergens meer aan toe komen, maar het spijt hem wel dat hij dat onderdeel van de job aan zijn ondergeschikten moet overlaten. Per slot van rekening is dat juist de reden dat hij bij de recherche is gegaan. Nu brengt hij het grootste deel van de dag achter zijn bureau door, precies wat hij vroeger níet wilde. Af en toe krijgt hij de onbedwingbare neiging om zelf ergens op af te gaan.

Hij schuift zijn stoel naar achteren en zegt: 'Kom mee. We gaan naar Demi's ouders.'

'Die zijn al uitgebreid gehoord.'

'Dat weet ik, maar ik wil zelf ook even met ze praten.'

14

Ze rijden naar een chique wijk in de stad. Als Ruud de bocht naar de lommerrijke straat neemt en de grote vrijstaande huizen ziet, fluit hij.

'Nummer zeven,' zegt Sabhia.

Ruud parkeert op de oprit van de villa. Ze stappen uit, en zijn blik valt op de krijttekeningen op de stoep. Ook Sabhia kijkt ernaar, maar ze zegt niets. Ze lopen het tuinpad op en Sabhia belt aan.

Een plezierig getingel echoot door de hal. Door een lang raam naast de deur kan Ruud naar binnen kijken. Vlugge voetstappen klinken op de parketvloer, de glas-in-looddeur van de woonkamer gaat open. Naomi Hulshof, smaakvol gekleed en met haar donkere haar in een paardenstaart, doet open.

'Inspecteur Brandt,' zegt Ruud. 'Mijn collega kent u al. Mogen we binnenkomen?'

'Is er nieuws?' vraagt Naomi hoopvol.

'Nee, sorry dat ik u moet teleurstellen. We wilden alleen even met u praten.'

Naomi doet een stap naar achteren zodat Ruud en Sabhia naar binnen kunnen. 'Stan, de politie is er.'

Onmiddellijk klinkt er beweging in de woonkamer, en even later verschijnt Stan Hulshof in de hal. Met een gespannen gezicht geeft hij Ruud en Sabhia een hand en vraagt: 'Hebt u nieuws?'

'Ze willen met ons praten,' zegt zijn vrouw.

'U hebt gisteren natuurlijk al uitgebreid met mijn mensen gesproken,' zegt Ruud, 'maar ik dacht, het kan geen kwaad als ik zelf alles nog eens hoor.'

'Komt u verder.' Stan loopt voor hen uit naar de woonkamer.

Ruud en Sabhia laten zich een plaats op de strakke leren bank wijzen. Demi's ouders gaan tegenover hen zitten en kijken hen verwachtingsvol aan, ondanks Ruuds opmerking dat er geen nieuws is.

Ruuds blik glijdt naar een stapel dunne boekjes die op tafel liggen. *De Wachttoren*, staat erop. Hij pakt er een en zegt: 'U bent Jehova's getuige. Ik weet niet veel van dat geloof, maar wel dat jehova's op zondagochtend in de kerk zitten.'

'In de zaal,' zegt Naomi. 'Wij houden onze diensten in de Koninkrijkszaal. En ja, op zondagochtend zitten we daar normaal gesproken ook, maar Demi zag erg bleek, dus ik besloot met haar thuis te blijven. Stan is wel naar de zaal gegaan.'

'Uw dochter heeft kanker, heb ik begrepen. Hoe ziek is ze?' vraagt Ruud.

'Op dit moment gaat het goed, ze zit tussen twee behandelingen in,' zegt Stan. 'Een paar maanden geleden is er een tumor uit haar nek verwijderd. De operatie en de chemotherapie hebben haar ernstig verzwakt. Het gaat nu wat beter, maar ze heeft binnenkort opnieuw chemo nodig.'

'Wat vreselijk.'

'Op zich zijn haar vooruitzichten wel positief. Ze heeft de minst agressieve vorm, maar er is wel een uitgebreide behandeling nodig, en verschillende soorten medicijnen.'

'Die ze nu niet krijgt,' zegt Naomi schor.

'Ik begrijp het. Dat moet erg moeilijk voor u zijn.'

'Ja, zeker.'

Er valt een stilte, waarin Ruuds blik opnieuw naar *De Wachttoren* dwaalt, en hij vraagt: 'Kun u wat over uw geloof vertellen?'

'Wat heeft dat met Demi's vermissing te maken?' vraagt Naomi.

'U zou in iemands ogen iets verkeerds gedaan kunnen hebben. Ik heb begrepen dat er veel voorschriften zijn binnen uw geloof.'

Stan en Naomi kijken elkaar aan.

'Tja,' zegt Stan dan. 'Er zijn natuurlijk regels.'

'Welke?'

'Het verbod op geweldpleging, diefstal, dronkenschap, het vieren van christelijke feestdagen of het hebben van een verkeerde omgang.'

'Een verkeerde omgang?'

'Met niet-jehova's die een slechte invloed hebben. De regels zijn duidelijk en iedereen heeft zich daaraan te houden,' zegt Stan.

'En als dat niet gebeurt?'

'Dan volgt er een disciplinaire straf.'

'En die wordt gegeven door...'

'Door het comité van ouderlingen.'

'Wat voor straffen worden er zoal opgelegd?' vraagt Sabhia.

'Het ligt eraan hoe ernstig de overtreding is,' zegt Stan. 'Bij lichte overtredingen komt iemand onder stille restrictie te staan. Dat betekent dat de ouderlingen je in de gaten houden en dat je regelmatig op gesprek moet komen. Als je misstap groter is, krijg je een publieke restrictie, dus dan weet iedereen ervan. Dat is een grote schande. Mensen mijden je zolang die straf duurt. Als iemand het echt te bont maakt, volgt uitsluiting.'

Ruud knikt nadenkend. 'Uitsluiting. Dat is nogal wat. Ik neem aan dat de sociale controle groot is?'

'Ja,' zegt Stan. 'Iedereen let op elkaar.'

'Geven mensen elkaar ook aan?'

'Dat komt wel eens voor.'

'Hebt ú onlangs iemand aangegeven? Of iemand op zijn gedrag aangesproken?'

Stan en Naomi wisselen een blik.

'Dat is inderdaad een paar keer gebeurd,' zegt Naomi dan, enigszins onwillig. 'Mijn man is nogal... strikt.'

Ruud kijkt naar Stan. 'Ik wil graag de namen van die mensen weten.'

'Ik begrijp waar u naartoe wilt, inspecteur,' zegt Stan terwijl hij wat naar voren buigt. 'U denkt dat iemand mij iets kwalijk neemt en daarom mijn dochter heeft ontvoerd. Maar ik ken die mensen goed en dat lijkt mij erg onwaarschijnlijk.'

'Het gaat inderdaad ver,' zegt Ruud met een toegeeflijk knikje. 'Maar we moeten die mogelijkheid toch onderzoeken.'

'Het spijt me zeer, maar ik kan u die namen niet geven. Het gaat voornamelijk om jonge mensen en lichte vergrijpen, zoals dronkenschap. Omdat ik hen ken heb ik dat gerapporteerd bij de ouderlingen, en het klopt dat ze daar niet blij mee waren, maar ik kan me niet voorstellen dat iemand daarom mijn dochter heeft ontvoerd.'

Diep in zijn hart is Ruud dat met hem eens, maar hij moet het onderzoeken. Rechercheren is uitsluiten. Hij begrijpt niet goed waarom Stan zo tegenstribbelt. Heeft hij een vermoeden wie zijn dochter in handen heeft? Beschermt hij iemand, om de een of andere reden?

'Ik kan u dwingen om die namen te geven,' zegt hij.

Ze kijken elkaar recht aan, maar Stan capituleert niet.

'Doet u dat dan maar. Vrijwillig zal ik u ze niet geven. Ik zou mijn goede naam verliezen als ik dat deed.'

'En dat is natuurlijk het belangrijkst,' zegt Sabhia.

Stan kijkt haar even aan en wendt dan zijn gezicht af.

'Waarom hamert u zo op de Jehova's getuigen?' vraagt Naomi. 'Het kan toch ook heel iemand anders zijn? Een onbekende, of iemand met wie wij werken? We hebben een goedlopend exportbedrijf, en daar gaan grote bedragen in om.'

Ruud kijkt haar vragend aan. 'Is er iemand met wie u onlangs ruzie hebt gehad, of iemand die nog geld van u krijgt?'

'Nee, ik heb geen achterstallige betalingen, en ik heb ook geen problemen binnen mijn bedrijf,' zegt Stan. 'Bovendien kent Demi de mensen met wie ik werk helemaal niet. Ze zou nooit met hen meegaan.'

'Daar hebt u een punt,' zegt Ruud. 'Demi stapte inderdaad zó in. Ze moet degene die haar heeft meegenomen dus goed kennen. En dat brengt ons weer terug bij familie en kennissen.'

Er valt een korte stilte.

'Geef die namen nou gewoon, Stan,' zegt Naomi dan, op geïrriteerde toon. 'Het belangrijkste is dat we Demi vinden, en snel ook. Ze heeft haar medicijnen nodig.'

Stan staart naar de vloer. Na een paar seconden kijkt hij op en zegt: 'Goed, ik zal u die namen geven. Ik mail ze wel. Maar ik weet zeker dat u daarmee uw tijd verknoeit, dus wat gaat u verder doen? Wachten tot de ontvoerder contact opneemt? Ik begrijp niet waarom hij zo lang wacht. Als het om losgeld gaat, dat is geen probleem.'

'Waarom denkt u dat het om losgeld gaat?' vraagt Sabhia.

'Dat hopen we,' zegt Naomi met trillende stem. 'Want zoals mijn man al zegt, dan zouden we betalen en Demi terugkrijgen. Maar als ze in handen van een pedofiel is gevallen...' Even lijkt ze in tranen uit te barsten, maar ze beheerst zich en kijkt Ruud wanhopig aan. 'Denkt u dat het een pedofiel is?'

'Kent u iemand met pedofiele neigingen?'

'Nee, maar dat zegt natuurlijk niets.'

'Wat bedoelt u daarmee?'

'Dat je mensen nooit echt kent, ook al denk je van wel.'

Ruud knikt. 'Daar hebt u helemaal gelijk in,' zegt hij.

15

Terug in de auto voelt Ruud zich opeens doodmoe. De afgelopen nacht op het bureau eist zijn tol. Daar is niets aan te doen, voorlopig kan hij geen rust nemen, maar nu hij zo dicht bij huis is kan hij wel snel douchen.

‘Kan ik jou ergens afzetten? Ik ga heel even naar huis,’ zegt hij.

‘Ik ook,’ zegt Sabhia. ‘Zou je me thuis kunnen afzetten? Dan kom ik met de fiets terug naar het bureau.’

Ruud knikt en rijdt de straat uit. ‘Wat denk jij van die ouders?’

‘Ik weet het niet. Er is iets met ze, maar ik weet niet precies wat.’

‘Ja, dat heb ik ook. Het is niet dat ze niet in angst zitten, maar...’ Ruud zoekt naar de juiste woorden. ‘Ze komen zo beheerst over.’

‘Precies, dat is het. Beheerst. Keurig in de kleren ook, alsof er niets aan de hand is. Ik zou in een joggingbroek op de bank liggen janken.’

‘Dat zegt natuurlijk niets. Iedereen reageert op zijn eigen manier in zo’n situatie. Ben jij eigenlijk gelovig?’

‘Niet praktiserend,’ zegt Sabhia. ‘Af en toe ga ik naar de

moskee, maar vooral voor mijn ouders. Ze waren al niet blij toen ik mijn hoofddoek niet meer wilde dragen, maar daar hebben ze zich bij neergelegd. Wat dat betreft zijn ze best liberaal. Ik mocht ook gewoon op zwemles, terwijl veel van mijn Marokkaanse vriendinnen dat absoluut niet mochten.' Ze zwijgt even en gaat dan verder: 'Op de basisschool kregen we schoolzwemmen. Ik weet nog goed dat er een nieuw, Turks meisje in mijn klas kwam en dat ze meeging met zwemles. Ze sprong ons achterna, het diepe in, en zonk meteen naar de bodem. De badmeester ging erachteraan en haalde haar boven.'

'Maar jij mocht dus wel op zwemles.'

'Ja, maar ik mocht ook heel veel niet. Toen ik ouder werd mocht ik bijvoorbeeld geen vriendje hebben. Mijn vader controleerde me, maar hij kon me niet de hele dag bewaken, dus ik deed van alles achter zijn rug om. Maar intussen hebben ze wel geaccepteerd dat ik andere keuzes maak.'

Ruud knikt en kijkt haar van opzij aan. 'Wat gaf voor jou de doorslag om je eigen weg te zoeken?'

'Ik wilde bij de politie. Dat zag mijn vader helemaal niet zitten, hij vond het een mannenberoep. Maar ik wilde zó graag dat ik bereid was om voor die droom te vechten. Nu doet hij naar buiten toe alsof ik aan de balie werk.'

'Echt? Vind je dat niet vervelend?'

Sabhia haalt haar schouders op. 'Als dat het voor hem gemakkelijker maakt... Maar het is wel jammer dat ik thuis nooit met mijn verhalen terechtkan.'

Als hij Sabhia heeft afgezet, rijdt Ruud door naar zijn eigen huis. Lotte zou komen, misschien is ze er al. Dat zou mooi zijn, dan ziet hij haar nog even.

Hij parkeert op de oprit en ziet door het erkerraam Marlies en Lotte in de achtertuin zitten. In plaats van de voordeur te openen, loopt hij over het pad langs de zijkant van het huis. Zijn vrouw en zijn dochter drinken koffie en zitten zo geanimeerd te praten dat ze hem pas in de gaten hebben als hij het terras op stapt.

'Goedemorgen,' zegt hij met een glimlach.

Met enige moeite komt Lotte overeind. Ze slaat haar armen om hem heen, wat steeds moeilijker gaat nu haar buik in de weg zit. 'Pap! Ik had je helemaal niet verwacht.'

Hij beantwoordt haar omhelzing alsof hij haar in geen weken gezien heeft in plaats van eergisteren nog. 'Ik blijf niet lang. Hoe gaat het, meisje? Nog steeds hetzelfde?'

'Ja, je kleinkind zit hier goed.' Lotte laat hem los en legt haar hand op haar buik. 'Van mij mag hij komen, ik ben er klaar voor.'

'Hij?'

'Bij wijze van spreken.'

'Ik vind het heel bijzonder dat je niet wilt weten wat het wordt,' zegt Marlies achter haar. 'Dat hoor je tegenwoordig niet veel meer.'

'Wat maakt het uit?' Lotte laat zich weer op het dikke kussen van de tuinstoel zakken. 'Bij de eerste is het allebei goed wat mij betreft. Ik kan me voorstellen dat je bij een tweede of derde een voorkeur krijgt.'

'Ik had het wel leuk gevonden om zo'n taart te bestellen,'

zegt Marlies. 'Je weet wel, die als je hem opensnijdt roze of blauw is vanbinnen.'

'Zodat de bakker de eerste is die het geslacht van de baby weet? Vreemd idee.' Ruud buigt zich naar zijn vrouw toe en kust haar.

'Strikt genomen is de verloskundige of gynaecoloog de eerste. Hij schrijft het op een papiertje dat je aan de bakker moet geven.'

'Zij,' zegt Lotte. 'Mijn verloskundige heet Bianca. Topwijf.'

Ruud strijkt door zijn haar en onderschept de bezorgde blik van zijn vrouw.

'Je ziet er moe uit,' zegt ze. 'Wil je koffie?'

'Nee, dank je. Ik heb de hele nacht al koffiegedronken. Ik kom alleen even douchen en me omkleden.'

'Zit er een beetje schot in de zaak van dat verdwenen meisje?' vraagt Marlies.

'Niet echt,' zegt Ruud met een zucht.

'En daar zit je mee, zo te zien.'

'Natuurlijk zit ik daarmee. Dat kind is al een halve dag en een nacht weg en we hebben geen enkel spoor.'

'Wat vreselijk.' Lotte huivert en legt haar beide handen op haar buik. 'En nu?'

'Geen idee. We kunnen niet veel meer doen dan de onderzoeksresultaten afwachten.'

'En daar word je natuurlijk helemaal gek van. Heeft ze gescheiden ouders? Kan ze ontvoerd zijn door een van hen?' vraagt Marlies.

'Nee, haar ouders zijn nog gewoon bij elkaar en niets

wijst op problemen in de gezinssituatie.' Ruud kijkt de zonnige tuin in en zegt dan: 'Ze zijn Jehova's getuigen.'

'O ja? En wat heeft dat ermee te maken?' vraagt Marlies.

'Geen idee.'

'Ik had laatst nog jehova's aan de deur,' zegt Lotte. 'Ik lag net lekker op de bank toen ze aanbelden. Ik verwachtte een pakketje, maar toen stonden zij daar. Een man en een vrouw, van mijn leeftijd, met een kind. Of ze even met me mochten praten. Ik heb gezegd dat het niet uitkwam.'

'Dan ben je nog netjes gebleven,' zegt Ruud. 'De meeste mensen gooien gewoon de deur voor hun neus dicht.'

'Dat lijkt me ook weer niet nodig. We kunnen wel beleefd blijven tegen elkaar,' zegt Marlies.

Lotte knikt. 'Ja, dat vind ik ook. Ik vond het ook wel zielig voor dat jongetje dat erbij was.'

Er valt een stilte, die Ruud aangrijpt om van onderwerp te veranderen. Hij wendt zich tot zijn dochter en vraagt: 'Zeg, heb je nu alles in huis voor de bevalling? En wanneer zien we Jeroen weer eens?'

'Subtiel, pap, hoe je over iets anders begint. Had je dat eigenlijk wel mogen zeggen, van die jehova's? Nee hè? Relax, wij weten toch niet hoe die mensen heten. En ja, ik heb alles in huis. Jeroen werkt elke dag een uur langer door zodat hij straks, als de baby er is, een tijdje vrij kan nemen.'

'Goed idee.'

'Dat had ik je al verteld, hoor.'

'Je vader heeft veel aan zijn hoofd, lieverd,' zegt Marlies. 'Een kind verdwenen en een kind op komst. Dat lijkt me verwarrend. Toch, Ruud?'

'"Verwarrend" is niet het goede woord.'

'Nee, dat snap ik,' zegt Lotte. 'Het is natuurlijk gewoon kut.'

16

In de badkamer kijkt Ruud naar zijn spiegelbeeld, dat in het binnenvallende zonlicht terugkijkt met nog meer rimpels dan anders.

Toen Lotte aankondigde dat ze in verwachting was, was hij natuurlijk blij voor haar, maar voor hemzelf gaat het nu pas leven.

Hij wordt opa. Dat woord roept het beeld op van een bedaarde grijsaard. Hij is vijfenveertig. Zou het kind later niet gewoon Ruud kunnen zeggen? Lotte en Marlies lachten hem uit toen hij dat een keer voorstelde.

'Doe niet zo idioot,' zei Lotte.

Marlies was het met haar eens. 'Iedereen kan je Ruud noemen, maar er is straks maar één persoon die je opa noemt. Dat is toch juist heel bijzonder?'

Daar had ze natuurlijk gelijk in. Maar toch.

Ruud bekijkt zichzelf kritisch, iets wat hij in geen tijden heeft gedaan. Hij heeft altijd een normaal gewicht gehad, maar nu ziet hij een buikje. Met een diepe zucht gooit hij zijn overhemd in de wasmand.

Terwijl hij onder de douche staat pingelt zijn telefoon, en in zijn haast om het bericht te lezen valt hij bijna uit de douchecabine. Staand op de badmat leest hij het appje van Martijn, een van zijn rechercheurs.

Er zit hier een jonge vrouw die beweert dat ze informatie over Demi heeft. Het is de oppas van het gezin, Chantal Verkaik.

Ruud typt terug:

Begin maar alvast. Kom eraan.

Hij kleedt zich aan en gaat haastig naar beneden. In de gang loopt Marlies hem tegemoet.

'Zal ik een lunch voor je maken voor straks?'

'Nee, ik moet gaan. Er is iemand die misschien informatie heeft.'

'Echt? Dat zou geweldig zijn.'

'Ja, nou, eerst maar eens zien. Zeg jij Lotte gedag voor mij?' Ruud kust zijn vrouw en loopt naar de voordeur.

'Ze zit tien meter bij je vandaan, Ruud.'

'Sorry, ik heb haast.' Hij trekt de deur open en loopt met snelle passen naar zijn auto.

Chantal Verkaik is begin twintig en heeft kortgeknipt, lichtbruin haar. Ze zit op het puntje van haar stoel en fladdert nerveus met haar handen terwijl ze de twee rechercheurs, Martijn en Sven, te woord staat. Achter de doorkijkwand luistert hoofdinspecteur Ingrid Blokhuis mee.

'Heeft ze iets te melden?' vraagt Ruud terwijl hij naast haar gaat staan.

'Ze zei dat ze zich opeens herinnerde dat een vrouw in het park veel belangstelling toonde voor Demi.'

'Wat voor vrouw?'

'Iemand van haar leeftijd die naast haar kwam zitten, en met wie ze in gesprek raakte.'

'Over Demi?'

'Ja. Demi speelde graag op de klimtoestellen in het park, dus daar ging ze vaak met haar naartoe. Zo heeft ze die vrouw leren kennen.'

Ze kijken beiden de verhoorkamer in, waar Martijn en Sven zo veel mogelijk informatie uit de oppas proberen te krijgen.

'Wanneer kreeg je precies het gevoel dat die vrouw speciale belangstelling voor Demi had?' vraagt Sven.

'Eigenlijk pas nadat ik met die andere politieagenten gesproken had. Ze vroegen of ik heel goed na wilde denken of er de afgelopen weken iets bijzonders was gebeurd, en of vreemden hadden geprobeerd in de buurt van Demi te komen. Ik zei van niet, maar later moest ik opeens aan die vrouw denken. Nou ja, vrouw, ze was niet veel ouder dan ik. Begin twintig, denk ik. Zeg je dan nog "meisje"?'

'Maar ze kwam dus naast je zitten en jullie raakten met elkaar in gesprek. En dat is daarna nog een paar keer gebeurd. En je weet niet wat haar achternaam is?'

Chantal schudt haar hoofd. 'Zo goed kenden we elkaar niet.'

'En je hebt ook geen foto van haar? Jullie hebben geen selfie gemaakt of zo?'

'Nee,' zegt Chantal. 'Zoals ik al zei hebben we alleen

maar een beetje gepraat. Heel oppervlakkig. Ik weet verder niets van haar, maar ik dacht, er zullen toch wel camera's in dat park hangen? Die moeten haar gefilmd hebben.'

'Dat gaan we zeker uitzoeken. Hoe ziet ze eruit?'

'Kort blond haar. Slank. Best wel knap. Ongeveer even groot als ik.'

'Wanneer was de laatste keer dat je haar gezien hebt?'

'Ik weet het niet precies meer. Iets van drie weken geleden, geloof ik.'

Terwijl Martijn en Sven het gesprek afronden, kijkt Ruud naar Ingrid. 'Die vrouw zat daar vaker?'

'Ja. Ze heeft aan Chantal verteld dat ze pedagogiek studeerde, en bezig was met een scriptie over hoe kinderen onderling communiceren.'

'De perfecte smoes om een kind in de gaten te houden. Ik wil dit gesprek meteen terugluisteren.' Ruud verlaat de kamer en wenkt Martijn, die net de gang in stapt. 'En? Ik heb niet het hele gesprek kunnen horen.'

'Kan interessant zijn,' zegt Martijn. 'De vrouw die Chantal in het park aansprak heet Mariëlla. Haar achternaam weet ze helaas niet. Chantal heeft die Mariëlla een paar keer gesproken bij de speelplaats in het park. Ze zaten naast elkaar op een bankje en raakten aan de praat.'

'Waar hadden ze het zoal over?'

'Over van alles. Hun studies, bijbaantjes, dat soort dingen. Mariëlla had een studieboek over pedagogiek bij zich, en zo kwam het gesprek op Demi. Maar niets geks. Gewoon, zoals je praat over kinderen. Chantal had geen verkeerd gevoel bij die vrouw. Ik denk dat ze meer heeft verteld dan verstandig was, en dat ze zich daar nu zorgen over maakt.'

'Ze weet niet waar die Mariëlla woont?'

'Nee. Volgens Chantal woonde ze wel in de buurt, want ze kwam altijd lopend.'

'Dat zegt natuurlijk niets. Ze kan haar fiets of auto een eind verderop hebben gezet. Check de camerabeelden van de speelplaats en van alle straten eromheen. Ik wil weten hoe die vrouw daar gekomen is, en uit welke richting ze kwam. En stuur me de opname van het verhoor. Onmiddellijk.'

Het gesprek met Chantal krijgt ruim aandacht in de ochtendbriefing, en daarna gaat het hele team aan de slag om de identiteit van Mariëlla te achterhalen. Een paar rechercheurs bellen opleidingsinstituten die een studie pedagogiek aanbieden en noteren alle studentes met de naam Mariëlla. Leo, de coördinator van de digitale recherche, laat de beelden nalopen van de camera's die in het park en in de nabijgelegen wijken hangen, maar dat levert niets op.

'De laatste keer dat Chantal Mariëlla sprak is drie weken geleden. Zo lang worden die beelden niet bewaard,' zegt Leo als Ruud en hij overleggen.

'Maar ze kan wel vaker in dat park gezeten hebben, in de hoop dat ze Chantal en Demi tegen zou komen.'

'Klopt. We checken nu of we iemand zien die voldoet aan haar beschrijving,' zegt Leo. 'En we kijken nog eens goed naar de camerabeelden van de straat waar Demi woont. Als die Mariëlla iets met Demi's verdwijning te maken heeft, zal ze daar ook wel rondgehangen hebben.'

'Dat zit er dik in. Goed werk, Leo. Houd me op de hoogte.' Ruud loopt door naar zijn kantoor en gaat aan het werk.

Een halfuur later komt Leo binnen. 'Bingo, chef. Er is iemand in beeld gekomen.' Hij legt een paar uitgeprinte foto's op Ruuds bureau. 'Op het filmpje zie je een vrouw van begin twintig de straat in lopen, en stilstaan voor het huis van de Hulshofs. We hebben deze foto's aan Chantal laten zien, en zij bevestigde dat het de vrouw is die ze in het park heeft gesproken.'

Ruud pakt de foto's op en bekijkt ze aandachtig. 'Mariëlla,' zegt hij. 'Die naam zal wel vals zijn, maar we hebben in ieder geval een beeld. Laat die foto aan Demi's ouders zien, en stuur hem naar de andere korpsen. Laat iedereen naar haar uitkijken. Haal hem ook door het opsporingssysteem, al denk ik dat de kwaliteit van de foto niet goed genoeg is om gezichtsherkenning te krijgen.'

Leo knikt en loopt weg.

Ruud gaat naar de afdeling van de tactische recherche en vraagt Martijn om het buurtonderzoek te herhalen met de foto in de hand.

'En ook in en rond dat park,' zegt hij. 'Informeer in winkels, restaurants, koffietentjes, overal. Als Mariëlla in de omgeving van dat park woont, zouden ze haar kunnen herkennen.'

Aan het begin van de middag komt de informatie binnen. Iedereen die ook maar een vage gelijkenis vertoont met de gezochte vrouw, Mariëlla, wordt gecheckt, maar er is nog geen verdachte naar voren gekomen. Sabhia stuurt de foto naar Stan en Naomi, maar die herkennen haar niet.

De tactische recherche behaalt meer resultaten: de vrouw is door meerdere ondernemers in de buurt van het park herkend. Mariëlla heeft er regelmatig geluncht, boodschappen gedaan en kleding gekocht, wat het sterke vermoeden doet ontstaan dat ze in de wijk woont. Een van de winkeliers kon zelfs een recente aankoop van haar achterhalen.

'Aan de hand van haar pintransacties is wat meer informatie naar voren gekomen,' zegt Ruud tijdens de tweede briefing van die dag. 'We weten nu dat de vrouw die we zoeken een betaalrekening bij de Rabobank heeft. De officier van justitie heeft toestemming gegeven om de bank naar haar persoonlijke gegevens te vragen. Die heb ik een halfuur geleden gekregen. De rekening staat op naam van Mariëlla van Doornik. Er is zojuist een aandachtsvestiging op deze jongedame uitgegaan.'

17

Het bericht dat er losgeld is geëist komt tijdens de lunch, net als Ruud een lepel soep naar zijn mond brengt. Sabhia verschijnt in zijn kantoor en zegt: 'Stan Hulshof is gebeld door een man die beweert dat hij Demi heeft. Hij eist een miljoen euro.'

De soep belandt niet in Ruuds mond maar op zijn overhemd.

'Een miljoen? Allemachtig! Hoe laat was dat telefoontje?' Met een papieren servetje probeert hij de schade te herstellen.

'Net, om twaalf uur,' zegt Sabhia, en met een blik op zijn overhemd: 'Tomatensoep. Dat hemd is verpest.'

'Ik heb er een extra meegenomen van thuis. Zorg dat je over vijf minuten klaarstaat.'

Terwijl Ruud zijn overhemd verwisselt, belt hij Ingrid en licht haar in.

'Ga met die ouders praten, en kom dan zo snel mogelijk terug. Ik ga eerst met de driehoek overleggen, maar we gaan natuurlijk opschalen,' zegt ze.

'Doe ik. Ik houd je op de hoogte.' Ruud verbreekt de verbinding en loopt de rechercheafdeling op. Hij wenkt

Sabhia en Elselien en samen haasten ze zich naar de parkeerplaats.

'Dus Demi is ontvoerd. Dat is slecht nieuws,' zegt Elselien.

'Maar de kans dat ze nog leeft is nu wel groter dan wanneer ze in handen was gevallen van een pedo.' Ruud opent het portier. 'Kom, stap snel in.'

Zodra ze het tuinpad van de familie Hulshof op lopen, doet Naomi de deur open. Ze ziet doodsbleek. Als ze met elkaar in de hal staan, barst ze in tranen uit. Terwijl Elselien haar troost, sluit Ruud de voordeur en gaat hij met Sabhia de woonkamer in.

Stan Hulshof zit aan de tafel in de open woonkeuken, zijn gezicht in zijn handen. Hij kijkt op als hij Ruud en Sabhia hoort en zegt: 'Ze hebben mijn meisje ontvoerd! Mijn kleine meisje!'

'Ja, het is verschrikkelijk.' Ruud neemt tegenover hem plaats, en ook Sabhia gaat zitten. 'Maar het is goed dat u ons ingelicht heeft. We gaan er alles aan doen om die gasten te pakken en uw dochter veilig thuis te brengen.'

Elselien en Naomi komen ook de keuken binnen en Ruud wacht tot ze zitten. 'Vertelt u eens hoe het gegaan is,' zegt hij. 'Hoe laat werd u gebeld?'

'Om twaalf uur precies. Dat weet ik omdat het journaal op de radio net begon, en daar luisterde ik naar. Het was een man, hij klonk vrij jong.'

'Was zijn stem niet vervormd?'

'Nee, hij klonk heel normaal. Hij zei dat ze Demi laten

gaan als we een miljoen betalen. En dat we één dag hebben om het geld bij elkaar te krijgen.'

'Dat betekent dat hij aan het einde van de dag, of morgenochtend, weer belt.'

'Ik weet het niet, dat heeft hij niet gezegd. Alleen dat hij opnieuw contact zal opnemen.'

'Had hij het over "wij", of sprak hij in de ik-vorm?'

Stan denkt even na. 'Hij zei "we",' zegt hij ten slotte.

'Weet u dat zeker?'

'Ja. Ik moest even nadenken over wat hij precies zei, maar het was volgens mij: "We hebben je dochter. Als je haar terug wilt, hou de politie er dan buiten." En toen zei hij dat hij een miljoen wilde. En dat hij terug zou bellen.'

'Goed. Voorlopig houden we de ontvoering stil. Demi's veiligheid gaat boven alles. Dus geen woord tegen de media, en ook niet tegen buren en familie.'

'Maar de meesten weten al dat Demi vermist wordt,' zegt Naomi met trillende stem. 'Jullie hebben hier iedereen in de buurt ondervraagd.'

'Dat klopt, maar dat is niet erg. Wat we willen is dat de ontvoerder denkt dat hij veilig is. Wat we níet willen is dat hij zich opgejaagd gaat voelen en overhaaste beslissingen gaat nemen.'

Het is duidelijk wat hij met 'overhaaste beslissingen' bedoelt. In de stilte die valt wordt Stan nog wat bleker en ziet Naomi eruit alsof ze elk moment flauw kan vallen. Sabhia legt een hand op die van haar.

'Wilt u een glaasje water?' vraagt ze, maar Naomi schudt haar hoofd.

'We zullen het stilhouden,' zegt ze hees. 'Wat gaan jullie doen om haar te vinden?'

Ze richt haar blik op Ruud, die ernstig terugkijkt.

'Alles,' zegt hij op besliste toon. 'Alles wat in ons vermogen ligt.'

Een halfuur later rijden Ruud en Sabhia terug naar het politiebureau. In de auto belt Ruud Ingrid en praat haar bij.

'Ik heb twee rechercheurs naar de familie gestuurd en zij zullen daar blijven, voor het geval de ontvoerder contact opneemt via de vaste telefoon,' zegt Ingrid. 'Over een uur is de volgende briefing. Tot zo.' Ze verbreekt de verbinding, en in een hoog tempo rijdt Ruud door.

Op de rechercheafdeling gonst het van de bedrijvigheid. Overal klinken telefoongesprekken, en er wordt in groepjes overlegd. Ruud roept de andere teamchefs bij zich en licht hen in over de laatste bijzonderheden.

'Ga aan de slag met wat jullie nu weten,' zegt Ruud. 'Lees de verslagen van het buurtonderzoek door en kijk of we de nieuwe informatie anders moeten bekijken nu we weten dat het om een ontvoering gaat.'

Uit alle bureaus van naburige steden zijn rechercheurs opgeroepen, die zich allemaal in de vergaderzaal verzamelen voor de briefing. Ingrid wacht nog even op een paar laatkomers en heet dan iedereen welkom.

Ze begint met een uiteenzetting van de situatie, waarbij ze hen ook inlicht over de mogelijke betrokkenheid van ene Mariëlla van Doornik. De vermissing van Demi is bij alle collega's bekend, maar de meeste horen nu pas de details.

‘Inmiddels is er een nieuwe ontwikkeling,’ zegt Ingrid. ‘Vanmiddag zijn de ouders van Demi, Stan en Naomi Hulshof, gebeld door een van de ontvoerders. We weten nog niet met hoeveel personen ze opereren, maar hij had het over “wij”, dus het zijn er minimaal twee. De ontvoerder zei dat Demi nog leeft, en dat ze een losgeld van een miljoen euro eisen.’

Gemompel stijgt op.

‘Helaas hebben we meer vragen dan feiten, dus we zullen in de volle bandbreedte moeten rechercheren,’ gaat Ingrid door. ‘Dat betekent dat we ook de ouders, familie en bekenden van Demi verder moeten doorlichten. We kunnen het ons niet veroorloven om iets over het hoofd te zien. Ik wil alles weten, elke roddel, elk duister geheim, wat dan ook.’

Een aantal rechercheurs knikt grimmig, andere schuiven op hun stoel heen en weer, en weer andere kijken alsof ze niet kunnen wachten om te beginnen.

Voor ze aan de slag gaan geeft Ingrid een samenvatting van alle feiten die ze hebben ontdekt, hoe weinig ook, en de stappen die ze wil zetten.

‘Nu we zeker weten dat Demi is ontvoerd, moet alles wat we tot nu toe hebben onderzocht opnieuw worden bekeken. De kans dat de ontvoerders in Nederland zijn gebleven is net zo groot als de kans dat ze naar België of Duitsland zijn uitgeweken. Als ze zo slim zijn geweest om met een volle tank te vertrekken, hebben ze in Nederland niet hoeven stoppen om te tanken. Maar op een gegeven moment moet dat wel, ervan uitgaande dat ze in dezelfde auto zijn blijven rijden. Daarom moeten we de camerabeelden hebben van tankstations in Duitsland en België die in de straal liggen die de ontvoerder zou kunnen bereiken. Ik wil ook dat de gegevens van uitgebrande of te water geraakte wagens nog een keer worden bekeken.'

Als ze alle te nemen stappen besproken heeft, zegt Ingrid: 'Ik wil nogmaals benadrukken dat we de ontvoering stilhouden. We willen de ontvoerders niet opjagen en Demi in nog groter gevaar brengen, dus jullie mogen geen enkele informatie geven over dat telefoontje. Ja?'

Een rechercheur heeft zijn hand opgestoken en stelt zijn vraag. 'Maar de buurtbewoners weten toch al dat er een meisje vermist is?'

'Ja, maar niet dat ze ontvoerd is. En ik wil morgen geen vette koppen op de voorpagina's van de kranten zien, dus mond dicht. Zijn er nog meer vragen? Nee? Dan gaan we zorgen dat Demi Hulshof weer veilig bij haar ouders terugkomt. Aan de slag, mensen!'

18

Ella

Tegen de tijd dat de pannenkoeken op zijn regent het niet meer. De bewolking breekt en stukken blauw verschijnen aan de hemel. Het kon nog wel eens een mooie avond worden.

Ella loopt de tuin in, die eigenlijk geen tuin is maar een woest stuk grond dat ze enigszins getemd heeft. Eromheen strekken glooiende velden zich uit, afgebakend met lage stenen muurtjes. Brem en klaprozen bloeien uitbundig. Het natuurschoon en de leegte om haar heen brengen Ella tot rust.

Dit huis zou echt iets voor Suze zijn. Zo jammer dat ze haar dit alles nooit zal kunnen laten zien, dat ze hier nooit samen zullen rondlopen.

En daar is hij weer, die oude pijn. Dat gevoel van gemis. Opeens steekt het de kop op, indringender dan ooit.

Ella haalt een paar keer diep adem. Ze probeert niet aan Suze te denken, maar het is alsof haar zus naast haar staat. Ze kan haar verrukte uitroepen bijna horen.

Abrupt draait ze zich om en loopt terug naar het huis. Demi zit met gebogen hoofd in de deuropening, de zon op haar bruine stekelhaar. Ze speelt met een zwerfkat. Het dier duikt altijd op zodra het ontdekt dat het huis weer bewoond is. Als Demi opkijkt valt het Ella op hoe bleek ze ziet.

'Hoe heet die poes?' vraagt Demi.

'Geen idee. Hij komt altijd aanlopen als ik hier ben. Ik heb hem Mellow genoemd.'

'Mello?'

'Dat betekent "zacht".'

Demi knikt en aait de kat. 'En waarom heet dit huis Het paradijs?'

'Omdat dit voor mij het paradijs is,' zegt Ella terwijl ze naast haar gaat zitten.

'Het paradijs is als je dood bent.'

'Dat hoeft niet. Het kan ook een plek zijn waar je je gelukkig voelt.'

'In de Bijbel staat dat je daar pas naartoe gaat als je dood bent. Iedereen die niet in Jehova gelooft wordt vernietigd, en daarna komt er een nieuwe, veel mooiere aarde.'

Het klinkt alsof Demi iets opdreunt.

'Ach ja,' zegt Ella. 'Er staat zoveel in de Bijbel. Ik weet dat jij Jehova's getuige bent. Dat ben ik ook geweest, maar ik ben weggegaan.'

Geschrokken kijkt Demi haar aan. 'Waarom?'

'Omdat ik niet in God geloof.'

Demi fronst haar wenkbrauwen.

'Jij wel?' vraagt Ella.

'Ja. Mijn vader zegt dat Hij bestaat.'

'Maar dat kan je vader niet zeker weten. Niemand weet het zeker.'

'Hoe weet jij dat ik Jehova's getuige ben?'
'Dat heeft Chantal verteld.'
'In het parkje.'
'Ja. En dat ze het zelf ook is.'
'Tuurlijk,' zegt Demi. 'Anders mocht ze mijn oppas niet zijn.'
'Zijn je ouders daar erg streng in?'
Demi haalt haar schouders op.
'Mag je met kinderen spelen die geen jehova zijn?'
'Op school wel.'
'En in de buurt waar je woont?'
'Ook, maar papa en mama hebben liever dat ik met kinderen uit de zaal speel. Die mogen ook blijven slapen. Andere kinderen niet.' Demi streelt de kat, die klaaglijk miauwt. 'Waarom mauwt hij zo? Dat doet hij de hele tijd al.'
'Ik denk dat hij honger heeft. Je mag hem wel wat te eten geven,' zegt Ella. 'Er staan blikjes in de voorraadkast.'

Als kind vond Ella het al lastig om zich te conformeren aan de regels van het geloof. Ze begreep ze niet, zag de logica van wat haar verteld werd niet in. Op school leerde ze dat Jezus was gestorven aan het kruis, maar in *De Wachttoren* stond dat hij stierf aan een paal. Hij had ervoor gezorgd dat al je zonden je vergeven werden, mits je jehova was. Op de dag des oordeels, het Armageddon, zouden alle niet-jehova's worden vernietigd, en alle doden zouden weer tot leven worden gewekt, want de dood wiste alle zonden.
'Ook die van Hitler?' vroeg Ella toen ze thuis aan tafel zaten na het bidden.

'Daar gaat God over,' zei haar vader.

'En als je nou een baby bent? Dan kun je toch nog niet geloven?' zei Ella.

Maar ook daar had haar vader geen duidelijk antwoord op. Ook dat was aan God.

Het was die vaagheid, het voortdurend terugverwijzen naar Gods ondoorgrondelijke afwegingen die Ella zo onbevredigend vond. Ze probeerde zich een voorstelling te maken van het paradijs, waar mensen en wilde dieren in vrede samenleefden. Toen ze klein was sprak dat verhaal haar wel aan, maar al op de basisschool begon ze te twijfelen. Het klonk allemaal zo onwaarschijnlijk. Als een sprookje. En aan het begin van de puberteit was geloven in God voor haar hetzelfde als geloven in de Kerstman. Het leek een beetje op het hebben van een fantasievriendje: iemand die je opriep met je verbeeldingskracht.

Het was het schoolleven dat haar een blik op die andere wereld gaf. Een wereld waarin mensen Kerstmis, sinterklaas en verjaardagen vierden. Zij niet. Zij keek alleen maar toe.

Als er in de klas uitnodigingen werden uitgedeeld, werd zij overgeslagen; als de hele klas mocht komen, dan was zij de enige die thuis moest blijven. Met het sinterklaasfeest en het kerstdiner werd ze door haar moeder ziek gemeld.

Zij vierden enkel Pasen, alleen noemden ze dat 'de gedachtenisviering'. Niet aan een feestelijk gedekte tafel met beschilderde eieren, maar in de zaal, waar ze eindeloos moest zingen en bidden. Maar dat vond ze nog niet eens zo erg. Wat ze echt heel jammer vond was dat ze haar verjaardag niet mocht vieren.

'En jullie trouwdag wel!' riep ze uit, een paar dagen voor ze twaalf werd. 'Waarom mijn verjaardag dan niet?'

'Omdat een huwelijk een verbintenis is in het aangezicht van God,' zei haar moeder.

'Mijn verjaardag toch ook? God heeft mij op die dag gemaakt. Waarom mag ik dat niet vieren?'

'Omdat je dan niet Gods bestaan viert maar dat van jezelf,' legde haar moeder uit. 'Je verjaardag vieren is ijdel. Een beetje egoïstisch. Begrijp je?'

Ella haalde haar schouders op. Begrijpen wat iemand zei was niet hetzelfde als het ermee eens zijn.

19

Van het slechte weer van vanmiddag is niets meer te bespeuren. De avond is zacht en warm, en de zon zakt langzaam achter de wijngaard. Demi is onrustig, en Ella maakt net een wandelingetje met haar als haar telefoon gaat. Op het schermpje verschijnt Riannes naam.

'Ik moet even bellen,' zegt ze, en ze loopt een stukje bij Demi vandaan. Dan pas neemt ze op.

'Ja?'

'Met mij. Manuel.'

'Waar is Rianne?'

'Die kan even niet aan de telefoon komen.'

'Waarom niet?'

'Daarom niet. Luister, ik weet dat jij het meisje hebt. Ik wil je een voorstel doen.'

Ella wacht zwijgend af.

'Laten we samenwerken, Ella. Als je naar de politie stapt, ga ik misschien de bak in, maar misschien ook niet. Ze moeten me eerst nog te pakken krijgen, hè. En met bewijzen komen. En die zijn er niet, daar heb ik voor gezorgd.'

'Maar je plannetjes zouden niet doorgaan, en dat zou ik erg leuk vinden.'

'Dat begrijp ik, maar denk na. Van wraak word je niet rijk, van een deel van de buit wel.'

'Je biedt me een deel van het losgeld aan?'

'Ja.'

'En waarom zou ik jou vertrouwen?'

'Dat is natuurlijk lastig voor je, dat snap ik. Maar waarom niet? Wat zou ik je kunnen flikken? Ik neem aan dat je nu op een veilige plaats zit met dat kind?'

'Heel veilig.'

'Nou, prima. Je hoeft de locatie niet aan mij te vertellen, je hoeft alleen het kind verborgen te houden. Mijn maatje en ik doen de rest.'

'Mijn maatje? Jullie zijn toch met z'n drieën?'

'Ja, maar nu niet meer, dus jij kunt een deel van het losgeld krijgen. Het enige wat je hoeft te doen is het kind verborgen houden.'

Er valt een stilte.

'Nou?' zegt Manuel.

'Ik vind het niet zo'n goed plan. Ik denk dat ik het losgeld zelf ga opeisen.'

'Dat zou vreemd zijn, want dat heb ik vanmiddag al gedaan. Het is trouwens niet handig om in je eentje te werken. Je moet contact met de ouders opnemen, het geld ophalen en op het kind letten. Hoe wil je dat allemaal in je eentje doen?'

Ella staart voor zich uit de zonovergoten tuin in. 'Goed, dan gaan we samenwerken, maar onder twee voorwaarden: ik vertel jou niet waar ik zit en ik krijg de helft van het geld.'

Manuel moet zijn hand over zijn telefoon hebben gelegd,

want er dringt alleen een onverstaanbaar gemompel tot Ella door. Waarschijnlijk is hij aan het overleggen met Lis. Terwijl ze wacht tot die twee eruit zijn, wandelt ze wat in het rond, en dan klinkt Manuels stem weer, duidelijk en zakelijk.

'Je kunt eenderde krijgen. We verdelen de buit in drie gelijke porties. Per slot van rekening hebben we het kind niet echt meer nodig om het losgeld te innen.'

'O nee? En als de ouders een teken van leven willen?'

'Dan gaan we daar niet op in.'

'En jij denkt dat je dan het geld nog krijgt? Ik dacht het niet. Hoogstens een deel, als aanbetaling. Maar ze zullen absoluut willen weten of Demi oké is voor ze het hele bedrag geven.'

Het blijft weer even stil.

'Oké,' zegt Manuel. 'Jij hebt het kind, jij wint. Je krijgt de helft, maar dan wil ik geen gezeik. Dit is míjn project, dus je doet precies wat ik zeg.'

'Best.'

'Ga maar alvast een teken van leven voorbereiden. Laat haar iets inspreken waaruit blijkt welke dag het is. Iets wat ze kunnen controleren. Een stukje uit de krant of zo.'

Bijna had Ella gezegd dat dat niet gaat, dat ze in Frankrijk zit, maar ze houdt die woorden nog net binnen. Ze kan wel een Nederlandse krant downloaden op haar telefoon. Demi is nog te jong om iets voor te lezen, maar ze kan het bericht laten zien.

'Zorg ervoor dat niemand het kind te zien krijgt,' zegt Manuel. 'Zitten jullie op een afgelegen plek?'

'We zitten op een prima plek.'

'Je neemt haar toch niet mee als je boodschappen gaat doen of zo? Hoe los je dat op, zo in je eentje? Ik zou haar opsluiten en vastbinden.'

'Het komt goed, maak je maar geen zorgen.'

'Dat doe ik wel, dat snap je toch? Als ze het kind op het spoor komen is alles voorbij.'

'Ik sluit haar op en bind haar vast. Ga jij dat losgeld nou maar regelen.' Ella hoort een geluid achter zich. Ze draait zich om en ziet Demi staan, die haar geschokt aankijkt. Op het moment dat zij de verbinding met Manuel verbreekt, rent Demi weg. Ze holt om het huis heen en Ella zet de achtervolging in. Erg hard kan Demi niet, en als Ella de hoek om is, ziet ze dat Demi zich achter een boom heeft verstopt. Het meisje merkt dat ze is ontdekt en rent weer weg.

'Demi! Het is niet waar wat ik zei! Kom terug!'

Demi kijkt over haar schouder, struikelt over een steen en valt languit op de grond. Ze krabbelt moeizaam overeind en even lijkt het erop dat ze verder wil rennen, maar Ella is al vlakbij en dan geeft ze het op. Huilend, gebogen over haar bloedende knie, blijft ze staan.

Ella hurkt bij haar neer. 'Heb je je bezeerd? O, dat ziet er akelig uit. Kom maar, dan maak ik het schoon en doen we er een pleister op.'

Door haar tranen heen kijkt Demi haar wantrouwig aan. 'Je zei dat je me ging vastbinden en opsluiten!'

'Ja, maar dat doe ik niet echt. Dat zei ik alleen maar om die man voor de gek te houden.'

'Ik geloof je niet, je zegt maar wat! Je zei dat je me zou

helpen, maar dat doe je helemaal niet. Je wilt alleen maar geld, net als die andere mensen!'

'Echt niet, Demi. Ik zweer het. Ik heb je nu toch ook niet opgesloten?'

Vol twijfel kijkt Demi haar aan.

'Morgen ben je weer bij je moeder,' zegt Ella.

'Beloofd?'

'Beloofd. Ga je mee?'

Demi werpt een blik op de openbare weg, die verlaten is, en accepteert de hand die Ella haar toesteekt. Hinkend loopt ze met haar mee terug naar het huis.

20

Met een schok wordt Ella wakker. Een paar seconden weet ze niet waar ze is, en ze zoekt met haar hand naar Suze. Maar het is niet Suze die naast haar ligt, het is Demi.

Ella slaat het dekbed terug en gaat op de rand van het ouderwetse ledikant zitten.

Het is donker, haar hart bonst en haar wangen zijn nat. Ze brengt haar hand naar haar gezicht en veegt erover. Tranen. Door die droom.

Hij kan haar een paar nachten met rust laten, om haar dan weer te overvallen. Elke keer hetzelfde. Ze loopt door de winkelstraat in haar woonplaats en dan ziet ze haar moeder en Suze gearmd aan komen lopen. Die droom doet altijd pijn, scherp en genadeloos. Net als toen het echt gebeurde, een paar weken geleden. Ella hapte naar adem en probeerde zichzelf onder controle te krijgen. Zich om te draaien of de andere kant op te kijken. Maar ze stond als aan de grond genageld naar hen te staren, niet in staat om de minste beweging te maken.

Ze passeerden haar. Zagen haar.

Het deed haar goed om te zien dat ze net zo schrokken als zij, dat ze hun pas even inhielden en aarzelden. Maar ze bleven niet staan en zeiden ook niets. Ze glimlachten alleen, en liepen toen snel door.

Ella keek hen na, in de verwachting dat haar moeder nog even over haar schouder zou kijken. Dat deed ze niet. Ze liep met licht gebogen hoofd door, alsof ze huilde. Dat Suze een arm om haar heen sloeg versterkte Ella's vermoeden.

Ze was de andere kant uit gelopen en de eerste de beste winkel in gegaan. Op straat was het bloedheet en in de aangename koelte van de airco hield ze zich vast aan een kledingrek tot ze tot zichzelf gekomen was. Een verkoopster benaderde haar voorzichtig en vroeg: 'Kan ik u ergens mee helpen?'

Het was duidelijk dat ze het niet over de nieuwe zomercollectie had, maar Ella lachte zwakjes en zei: 'Nee, dank u. Ik wilde alleen even rondkijken.'

De verkoopster zette een stoel voor haar neer en haalde een glas water. Het was die vriendelijkheid die de tranen uiteindelijk losmaakte, en ze was de winkel uit gevlucht. Sindsdien droomt ze erover.

Ella staat op en opent het raam. Ze duwt het luik een stukje open zodat er wat licht naar binnen kan vallen, en ze ziet tot haar verbazing dat het ochtend is.

De tuin en de velden erachter zijn nog nat van de regen, maar de zon is al op en doet de hele omgeving glinsteren. Als het paradijs.

'Hoe is het om jehova te zijn?' heeft Jiska, haar collega, een keer gevraagd. 'Moet je elke zondag naar de kerk?'

'Nee, je gaat naar de zaal. Twee keer in de week,' zei Ella.

'Toen ik jonger was vond ik dat nog wel leuk, want dan zag ik mijn familie en mijn vrienden, maar de dienst was altijd een lange zit.'

'En wat deden jullie dan? Bidden, neem ik aan.'

'Ja, bidden en zingen. En luisteren naar een ouderling op het podium. De vragen beantwoorden die hij stelde.'

Ella voelde weer hoe haar vader of moeder haar aanstootte om haar te motiveren haar vinger op te steken. Suze deed dat altijd. Dan zwenkte de microfoon in haar richting en gaf ze met heldere stem antwoord. Dikwijls was dat 'Jezus', of 'Dan gaan we naar het paradijs'.

Als kind begreep ze niet goed waarom volwassenen elke week dezelfde vragen stelden, en waarom er goedkeurend werd geknikt en geglimlacht als iemand het juiste zei. Zo moeilijk waren die vragen niet, de antwoorden stonden in het stukje tekst dat op dat moment behandeld werd.

De dienst op zondag vond ze als kind niet zo erg, maar doordeweeks viel het haar zwaar. Hij duurde tot kwart voor tien, waardoor ze de volgende dag gapend in de klas zat.

Op zaterdag had ze velddienst. Eerst onder begeleiding van een volwassene, later samen met iemand van haar leeftijd. Dan stond ze om acht uur 's morgens al op het station boekjes uit te delen. Of ze ging 's middags langs de deuren.

Ze schaamde zich altijd dood dat ze mensen moest lastigvallen. Ze drukte de bel kort in, wachtte maar heel even of er iemand kwam en duwde dan snel *De Wachttoren* in de brievenbus. Toen ze wat ouder werd, gooide ze ze gewoon her en der in de bosjes. Per slot van rekening was het de bedoeling dat ze Zijn woord zo wijd mogelijk verspreidde.

Binnen de jehovagemeenschap had ze veel vrienden, maar daarbuiten niet. Haar ouders waren daar geen voorstander van. Niet-jehova's hadden een negatieve invloed en daarom kon je ze beter uit de weg gaan. Op school en op het werk ging dat natuurlijk niet, en dat was ook niet erg, zolang je maar niet echt met iemand bevriend raakte.

Als kind nam Ella wel eens een klasgenoot mee naar huis. Dat mocht. Maar haar moeder begon altijd weer over het geloof tegen haar vriendinnen, waardoor ze niet meer met haar mee wilden. Om die reden had Ella voornamelijk vrienden binnen de geloofsgemeenschap.

Nikki werd haar beste vriendin, in het geheim. Haar ouders waren niet erg enthousiast over Nikki, die vaak werd berispt door de zaalopziener en ook een keer op stille restrictie was gezet. Ze had een rusteloosheid die Ella herkende. Tijdens de dienst maakten ze stiekem foto's van de mensen om hen heen, als die in hun neus peuterden of achter hun hand gaapten. Die appten ze elkaar, en dan was het moeilijk om niet de slappe lach te krijgen. Dankzij Nikki hield Ella de diensten vol.

Achter haar klinkt een snurkgeluidje. Ze draait zich om en kijkt naar Demi, die op haar rug ligt te slapen. Ella gaat op het bed zitten en checkt haar telefoon. Ondanks de droom heeft de nachtrust haar goedgedaan. Ze voelt zich weer in staat om haar plannen ten uitvoer te brengen. Demi vertrouwt haar, en Manuel heeft geen idee waar ze zitten.

Zo stilletjes mogelijk kleedt Ella zich aan en sluipt de kamer uit. In de keuken zet ze koffie en met de mok in haar hand loopt ze de tuin in. De regen van afgelopen nacht heeft de geuren buiten losgeweekt, en een aroma van natte aarde en kruiden komt haar tegemoet. Ze ademt een paar keer diep in en loopt met een zucht van genoegen wat rond, tot ze Demi hoort roepen.

Zo snel ze kan gaat Ella naar boven. Demi staat op de overloop en kijkt angstig naar beneden.

'Ik ben er al,' zegt Ella met een geruststellende glimlach. 'Heb je lekker geslapen?'

'Ik wil naar mama!'

'Dat begrijp ik, maar het kan nog even niet. Dat heb ik gisteren toch uitgelegd?'

Demi haalt haar schouders op en begint te huilen.

'Hé...' Ella laat zich op de bovenste traptrede zakken en klopt erop.

Na een korte aarzeling komt Demi naast haar zitten, en Ella slaat een arm om haar heen. 'Het duurt niet lang meer,' zegt ze. 'Echt niet.'

'Wanneer zie ik mama dan?'

'Misschien vanmiddag al. En anders morgen. In de tussentijd houden we hier gewoon een beetje vakantie. Het wordt mooi weer, we kunnen in de tuin picknicken. Of je kunt met Mellow spelen.'

'Ik moet mijn medicijnen hebben. Die moet ik altijd 's morgens innemen.'

'Ik heb ze bij me.'

'Heeft mama die aan jou gegeven?'

Ella geeft geen antwoord maar staat snel op om de medicijnen te halen. Ze brengt een bekertje water mee en zittend op de trap neemt Demi alles in. Daarna gaan ze samen naar beneden.

'Heb je veel last van je ziekte?' vraagt Ella, terwijl ze theezet en crackers en kaas pakt.

Demi haalt haar schouders op. Ze blijft zo lang stil dat het erop lijkt dat ze daar liever niet over praat, maar als Ella bij haar komt zitten, antwoordt ze toch.

'Ik had steeds nekpijn en toen gingen we naar het ziekenhuis en toen zat er een bultje in. Toen moest ik terugkomen en onder een groot apparaat liggen en daarna kreeg ik chemo en werd ik geopereerd. Daar werd ik heel ziek van, maar nu gaat het wel weer.'

'Gelukkig.'

'Maar het moet nog een keer.' Demi's stem klinkt gelaten.

'Ja, ik weet het. Hopelijk ben je daarna weer beter.'

'Ja,' zegt Demi, en dan klaart haar gezicht op. 'Kijk, daar heb je Mellow! Mag hij binnen?'

'Van mij wel.'

'En op schoot?'

'Natuurlijk.'

Demi schuift haar stoel naar achteren en tilt de kat op. 'Hij is zo lief,' zegt ze. 'Van papa en mama mag ik geen huisdier. Alleen een konijn in een hok in de tuin, maar daar heb je niet veel aan. En ik vind het ook zielig als hij steeds opgesloten zit. Hij mag er wel af en toe uit, maar het is toch helemaal niet leuk voor hem.'

'Nee,' zegt Ella. 'Dat vind ik ook.'

'Heb jij een huisdier?'

'Dat gaat een beetje moeilijk als je de hele week moet werken. Maar ik zou er wel graag een willen hebben. Het liefst een hond.'

'En vroeger, toen je kind was?'

'Toen mocht ik alleen twee waterschildpadjes.'

'Daar heb je ook niks aan.'

'Nee, niet echt.'

'Wat voor werk doe jij?'

'Ik ben verpleegkundige in een tehuis voor oude mensen.'

Demi neemt een hapje van haar cracker en observeert Ella intussen. 'Waar zijn die mannen en die vrouw?' vraagt ze na een tijdje.

'Geen idee. Ze zijn naar ons op zoek, maar ze weten niet dat ik dit huisje heb.'

'Dus ze kunnen ons niet vinden?'

'Nee, dat is onmogelijk.'

Terwijl ze haar cracker opeet, kijkt Demi in gedachten verzonken voor zich uit. Uiteindelijk zegt ze: 'Die ene man zei steeds dat ik niet bang hoefde te zijn, en dat ze me wel weer thuis zouden brengen, maar ik geloofde hem niet.'

'Hij deed toch niet gemeen tegen je, hoop ik?'

'Nee, dat niet. Die andere man was wel aardig, die maakte steeds grapjes. Ik vond ze niet echt leuk, maar ik deed net alsof.'

'En die vrouw?'

'Marjan? Die vond ik niet aardig,' zegt Demi resoluut. 'Helemaal niet.'

21

Manuel

Olaf zit op Ibiza, maar hij appt Manuel dat Lis en hij natuurlijk gebruik mogen maken van zijn huis. Ze kunnen de sleutel ophalen bij de buren.

Dat blijkt nog niet zo gemakkelijk te gaan als Manuel en Lis 's avonds laat aankomen, want die zijn niet thuis. Na wat heen-en-weergeapp met Olaf komt een leuk jong stel aanlopen.

'We waren uit eten,' zegt het meisje. 'Ik zal de sleutel even pakken.'

Manuel en Lis lopen met hen mee en even later staan ze in Olafs woning.

Terwijl ze een geïmproviseerde maaltijd maken van de ingeblikte voedselvoorraad, checkt Manuel nogmaals Ella's vrienden op haar socials. Helaas komt er niets bruikbaars uit. Zijn hoofd tolt van vermoeidheid, en uiteindelijk geeft hij het op en gaat naar bed.

Vlak voor de ochtend aanbreekt, pakt hij zijn telefoon en opent hij opnieuw Ella's Instagram, en daarna die van haar vriendinnen. En dan ziet hij het. Waarschijnlijk heeft hij gisteravond te gehaast gekeken, of was hij niet scherp genoeg meer.

Manuel gooit het laken van zich af en gaat op de rand van het bed zitten.

Ene Céline van Mourik heeft een foto gepost van een groepje meiden, zittend bij een open haard, een glas wijn in de hand. De foto is vrij donker en niet iedereen staat er herkenbaar op, twee vrouwen vallen zelfs half uit beeld. Zou een van hen Ella kunnen zijn?

Hij bekijkt de foto aandachtig, maar kan het niet met zekerheid zeggen. De reacties eronder zijn een stuk duidelijker. Bodine Reijnders schrijft:

Zo genoten in Beaune! Mazzelaar, met zulke ouders!

Ella heeft het bericht geliket, met toevoeging van een emoticon van proostende champagneglazen en de tekst:

Was gezellig!

Dat betekent dat ze erbij was. Dat huisje moet van Célines ouders zijn, en die meiden hebben er vakantie gevierd.

Manuel doorzoekt Célines berichten tot hij reacties tegenkomt van haar ouders, Bram en Annelies. Ze hebben allebei een Instagram-account, maar zo te zien doet Bram er niets mee. Annelies wel. Ze is zelfs behoorlijk actief, en ja hoor, daar is het vakantiehuisje. Van alle kanten gefotografeerd. In de avondzon, terwijl Bram en Annelies voor de verweerde muur een wijntje drinken. En nog een, een selfie van hen met het huisje op de achtergrond.

Manuel scrolt nog even door de foto's tot hij er een ziet van het interieur, en dan weet hij het zeker. Dit is het huis. Daar, bij de open haard, zaten die meiden wijn te drinken. Hij herkent de borden die ter decoratie aan de muur hangen. Het huis staat in Beaune. Dat ligt op de route die Ella volgde. Ze zóu ernaar op weg kunnen zijn. Misschien zit haar vriendin, Céline, daar nu wel. Het is een gok, maar het is wel de moeite waard om een kijkje te gaan nemen. Maar waar in Beaune staat dat huis precies?

Hij kijkt of ze ook Facebook hebben, en jawel. Annelies is er gelukkig wat mededeelzamer dan op Instagram.

Lekker klussen in Beaune! Nog een hoop te doen daar.

Manuel scrolt terug. Hoe verder hij gaat, hoe interessanter het wordt.

Annelies heeft uitgebreid verslag gedaan van de aankoop van het huis. Ze heeft ook een filmpje geplaatst waarin Bram en zij ernaartoe rijden en uiteindelijk het huis, overgoten door zonlicht, zien liggen.

Veel informatie levert dat echter niet op. Een straatnaam zou handig zijn, maar die komt niet in beeld. Alleen een wijnhuis dat ze passeren: Nuiton-Beaunoy.

Manuel gaat naar de website van het wijnhuis. Hij kent geen Frans, maar na een tijdje vindt hij het adres onder '*nous rencontrer*'. 97 Route de Pommard.

Hij glimlacht en komt overeind. Het is tien over vijf in de ochtend. Tijd om te gaan.

22

Ella

Dat ze zich aangetrokken voelde tot meisjes wist Ella al in groep acht. Dat dat überhaupt mogelijk was, had ze gezien in een aflevering van *Goede Tijden, Slechte Tijden*. Haar moeder zapte meteen weg, maar het beeld van twee zoenende meisjes bleef Ella bij.

Desondanks heeft ze het met een jongen geprobeerd. Op haar vijftiende ging ze naar een feestje van een vriend, die ook jehova was. Zijn ouders waren in goed vertrouwen 's avonds weggegaan, waarna er drank werd binnengehaald en de sfeer steeds losbandiger werd. Ella had ook gedronken, meer dan goed voor haar was, en zat in een hoekje te zoenen met Rick, een van de populairste jongens. Ze liet zich door hem meenemen naar een slaapkamer. Daar hadden ze liggen zoenen, tot Rick haar rok omhoogschoof en haar slipje naar beneden trok.

Op dat punt had ze kunnen protesteren, maar dat heeft ze niet gedaan. Waarom weet ze nog steeds niet. Ze was niet verliefd op Rick, ze had zich laten meeslepen. Al haar vriendinnen hadden het al gedaan, althans dat beweerden ze, en Ella wilde niet achterblijven. En het was bepaald geen schande om je eerste keer te beleven met Rick. Je zou het zelfs als een eer kunnen beschouwen, zo knap was hij. Ella begreep wel dat het eenmalig zou zijn, maar dat vond ze niet erg. Ze wílde helemaal geen verkering met hem.

Ze vond de seks niet vervelend, maar ze begreep ook niet goed waarom iedereen daar zo'n ding van maakte. Zelf kreeg ze dat speciale gevoel alleen als Nikki een arm om haar heen sloeg.

Ze had zich natuurlijk nooit moeten laten dopen, dan was ze niet uitgestoten. Dan had ze contact met haar familie en vrienden kunnen houden, al zouden die dat wel tot een minimum hebben moeten beperken. Maar daar was mee te leven.

Dat ze de stap om zich te laten dopen nam, had meer te maken met druk en met Nikki, die ook net die stap had gemaakt, en de behoefte om haar ouders te plezieren dan met religieuze overtuiging. En dus trok ze haar badpak aan en stapte ze het podium op in een speciale zaal met een zwembad. Ze heeft 'ja' gezegd op de drie vragen die haar werden gesteld en ze heeft gebeden, en daarna is ze voor het oog van haar familie en vrienden, die feestelijk gekleed in de zaal zaten, in het bad gestapt. Een van de ouderlingen hield even haar hoofd onder water en toen kon ze zich gaan afdrogen, haar feestjurk aantrekken en de felicitaties en cadeaus in ontvangst nemen.

Ze herinnert zich de blijdschap van haar ouders, vooral haar vader. Hij straalde alsof het de mooiste dag van zijn leven was, en misschien was dat ook wel zo. Toen Suze werd gedoopt was hij ook trots en blij, maar Ella's doop vervulde hem duidelijk met opluchting.

Op de dag dat ze besefte dat ze hiermee een grote fout had gemaakt, had Ella met Nikki velddienst. Het was een prachtige zomerdag en ze liepen zo dicht naast elkaar dat hun blote armen elkaar raakten.

Opeens stond Nikki stil en zei: 'Zullen we die hele zooi gewoon dumpen?'

'En dan?'

'Gewoon. Lekker zwemmen.'

Ella glimlachte. 'Ik weet een goede plek.'

'Om te zwemmen?'

'Nee, om die boekjes kwijt te raken.' Ze wenkte Nikki en ze nam haar mee naar een basisschool een paar straten verder. Achter het gebouw stond een grote container.

'Hier kun je oud papier kwijt,' zei Ella. 'Daar krijgt de school geld voor. Ze hebben al heel wat aan mij verdiend.'

Ze kieperden hun tassen leeg en keerden terug naar de plek waar ze hun fietsen hadden achtergelaten.

'Zullen we naar het strandje gaan? We hebben alleen geen handdoeken. En geen bikini.'

'We zwemmen gewoon in ons ondergoed. Kan ons het schelen. En we drogen vanzelf weer op.'

Ze fietsten naar het strand bij een meer even buiten de stad en bleven daar de rest van de middag. De zon brandde op hun huid, ze lagen dicht naast elkaar, ze praatten en lachten, en Ella kon zich niet herinneren ooit zo gelukkig te zijn geweest. Ze raakten elkaar voortdurend aan, met lichte, terloopse bewegingen, die steeds meer betekenis kregen. Dat idee had Ella tenminste, maar ze wist het niet zeker. Het enige wat ze wist was dat Nikki's hand op die van haar lag, en dat ze geen van tweeën terugtrokken.

Als vanzelf, alsof ze er geen controle over had, begonnen haar vingers met die van Nikki te spelen; een subtiel spel waar ze beiden zo een einde aan hadden kunnen maken zonder dat het gevolgen voor hun vriendschap zou hebben gehad. In plaats daarvan sloot Nikki haar vingers om die van Ella en hield ze vast. Ze keek opzij en Ella deed hetzelfde, recht in Nikki's bruine ogen. Haar gezicht was zo dichtbij dat Ella de sproetjes op haar neus kon tellen en haar adem kon voelen.

Nikki stak haar hand uit en streelde langzaam een lok nat haar uit Ella's gezicht. Ze schoof nog wat dichterbij, zodat hun neuzen elkaar bijna raakten.

'Hoi,' zei ze zacht.

Ella glimlachte en kuste haar. Het was de eerste keer dat ze een meisje kuste. Het voelde geweldig.

Na die middag op het strandje kwam ze totaal verdwaasd thuis, nog nagloeiend van de zon en Nikki's aanrakingen. Het verbijsterde haar dat haar ouders niets aan haar merkten.

Haar gevoelens voor Nikki waren geen verrassing voor haar, maar de intensiteit ervan overrompelde Ella. Het was alsof er een fles ontkurkt was. Alles wat jarenlang had liggen gisten, kwam er in één keer uit. Ze kon niet anders dan zich overgeven aan die stroom en zich erdoor laten meeslepen.

Met een jongen zou ze zich niet ongemerkt hebben kunnen afzonderen, maar Nikki en zij konden zich rustig samen terugtrekken in hun kamer zonder dat iemand argwaan kreeg.

In het openbaar was dat lastiger. Ella had het gevoel dat de verliefdheid van haar afspatte, zichtbaar voor iedereen. In de zaal gleden haar ogen voortdurend naar Nikki, en als ze naast elkaar belandden, leek de lucht tussen hen te vibreren. De wetenschap dat er iemand was die haar begreep en bij wie ze volkomen zichzelf kon zijn, gaf Ella rust. Het maakte de last van regels en verplichtingen minder zwaar. Samen met Nikki was niets zwaar, zelfs de velddienst niet.

Op de avond dat ze voor het comité moest verschijnen, was er geen dienst. De Koninkrijkszaal was donker en leeg. Ze was netjes gekleed voor de gelegenheid, in rok en blouse, haar haren in een staart.

Ella liep door een donkere gang naar het kantoor achterin, waar een fel licht brandde. Het voelde alsof ze vanuit het voorgeborchte op weg was naar de hel.

In de hel zaten drie ouderlingen, keurig in pak, aan een ronde tafel. Ze hadden allemaal een Bijbel voor zich liggen. Ella had de hare expres niet meegenomen, maar een van de heren legde een exemplaar voor haar neer. Per slot van rekening moesten ze samen Bijbelteksten lezen, om hun woorden te ondersteunen.

Eerst werd er gebeden en daarna kwam het hoofd van de ouderlingen, Ad van Berkhout, ter zake.

'Ella, we hebben je laten komen omdat we verontrustende berichten over je hebben gehoord.'

'Wat dan?'

Iemand had haar zien roken, ze dronk alcohol en ze deed niet echt haar best als ze velddienst had. Waarom was dat?

'Ik heb geen tijd. Ik heb het druk met school,' zei ze.

'Vind je niet dat je tijd zou moeten máken voor God?'

'Ik denk dat Hij het wel begrijpt.'

'Hij moet begrijpen dat jij geen tijd hebt voor Hem, die zoveel voor jou doet?'

'Hij heeft het vast zelf ook druk, met al die zondaars en zo.'

Ad van Berkhout boog zich licht naar haar toe. 'Dat is precies de houding waar we ons zorgen over maken, Ella. We hebben gehoord dat je vaker dit soort blasfemische uitspraken doet. Om eerlijk te zijn maken we ons gróte zorgen om jou. Omdat je vader zo'n goede naam heeft hebben we het een tijdje aangekeken, maar jouw gedrag wordt niet beter.'

Een andere ouderling, Bert Jonk, maakte een verzoenend gebaar. 'Je moet ons niet als je vijand zien, Ella. Je bent jong en we begrijpen dat er vragen in je opkomen, dat je misschien zelfs twijfelt. Die strijd hoef je niet alleen te voeren, we willen je graag helpen.'

Als ze op dat moment spijt had betuigd was het daarbij gebleven, maar Ella zei zo min mogelijk en uitte zeker geen woorden van berouw. En dus werd ze op stille restrictie gezet. Dat betekende een waarschuwing. Tijdens de dienst mocht ze geen antwoord geven als er vragen werden gesteld en ze mocht niet langs de deuren.

Thuis deed ze verslag van het gesprek. Haar ouders keken haar ontdaan aan.

'Jij vindt het zeker niet erg,' zei haar moeder, 'maar dat is het wel, Ella. Het is heel erg. Je moet je goed realiseren dat het God zelf is die je bestraft.'

De drie ouderlingen namen de zaak hoog op en hielden haar scherp in de gaten.

Ze lieten de kringopziener, de ouderling die toezicht hield tijdens de dienst, alle zalen in de gemeente langsgaan om naar Ella's gedrag te informeren. Ze moest wekelijks op gesprek komen. De ouderlingen kwamen ook onaangekondigd bij haar thuis, om met haar te praten. Er werd over haar geroddeld.

'Ik heb er zó genoeg van,' zei Ella tegen Nikki. 'Ik weet niet hoelang ik dit nog volhoud. Waarom stappen we er niet uit? Dan kunnen we gaan samenwonen. Ze bekijken het maar.'

Nikki keek haar onderzoekend aan. 'Meen je dat?'

'Ja. Ik denk er al een hele tijd over om eruit te stappen. Laten we het samen doen. Dan hoeven we ons niet meer te verstoppen.'

'Ella, dat is heftig! We zouden alles en iedereen moeten achterlaten. Niemand zou nog contact met ons mogen hebben. Zelfs onze ouders niet.'

'Ik weet het. Maar we zouden samen zijn. Ons eigen leven kunnen leiden. Stel je eens voor: niet meer twee keer per week de dienst bijwonen, niet meer langs de deuren, vriendschap sluiten met wie je maar wilt. We zouden onze verjaardag kunnen vieren. Met een knalfeest!'

Nikki lachte. 'We hebben er wel een paar in te halen.'

'Precies! Laten we het doen, Nik. Als we in het geloof blijven kunnen we niet samen zijn. Nooit!' Ella greep Nikki's handen en keek haar indringend aan.

'Ik weet het niet,' zei Nikki. 'Ik moet erover nadenken.'

Drie maanden duurde haar straf. Elke keer als Ella in de zaal kwam voelde ze vele ogen op haar gericht, elke week moest ze op gesprek komen en elke dag had ze aanvaringen met haar ouders.

Ze sliep slecht, voelde zich regelmatig duizelig en kortademig, ze verloor haar eetlust en viel kilo's af. Op een avond zat ze in haar kamer voor zich uit te staren, gestrest door het vooruitzicht van wéér een gesprek met de ouderlingen. Toen het tijd was om te gaan, stond ze langzaam op en liep ze naar beneden. Haar ouders zaten televisie te kijken.

'Pap, mam,' zei ze, 'ik kan dit niet meer.'

Haar moeder zette de televisie zachter, haar vader keek haar oplettend aan. 'Wát kun je niet meer?' vroeg hij.

'Zo leven. Op deze manier.' Ze liet zich in een stoel zakken, de televisie ging uit.

'Ik begrijp dat het zwaar voor je is,' zei haar vader. 'Je bent jong en je wordt aan alle kanten gecontroleerd en bekritiseerd. Dat is moeilijk. Maar je moet beseffen dat al die controle uit liefde is, en dat die gesprekken niet worden gevoerd om jou te...' Hij zocht naar woorden.

'Wat je vader bedoelt is dat iedereen je wil helpen.' Haar moeder boog zich naar haar toe en stak een hand uit, maar Ella sloeg haar ogen neer en deed alsof ze het niet zag.

'Hoe dan? Jullie kunnen niet iemand anders van me maken, iemand die ik niet ben. Als ik toegeef en de regels weer ga volgen, zou ik mezelf zo veel geweld moeten aandoen dat ik me afvraag of mijn leven dan nog zin heeft.'

'Ella, hoe kun je zoiets zeggen? Natuurlijk heeft je leven zin! En als het niet helemaal loopt zoals je had gewild, dan zal je beloning in het hiernamaals des te groter zijn. Dat weet je toch wel?'

'Nou nee, eigenlijk niet. Ik weet dat jullie daarin geloven, maar ik allang niet meer.'

Er viel een korte stilte, die haar moeder verbrak. 'Ik heb ook getwijfeld toen ik jong was, je vader ook. Iedereen gaat zich op een gegeven moment dingen afvragen, kanttekeningen bij de Bijbel plaatsen en zoeken naar antwoorden. Je moet niet overal antwoord op willen krijgen. Sommige dingen zíjn gewoon zo, en het geeft rust als je dat aanvaardt.'

'Dat kan ik niet.'

'Natuurlijk wel. Je hebt je toch ook laten dopen,' zei haar vader.

'Daar heb ik spijt van.'

Haar ouders staarden haar aan, en Ella voelde een steek van medelijden. Om wat ze hun aandeed, en om het verdriet dat ze hun nog ging doen.

'Spijt?' Haar vader stootte het woord uit. 'Je hebt spijt van je verbond met God? Van je gelófte?'

'Ja,' zei Ella zacht, en ze dwong zichzelf haar vader recht aan te kijken. 'Ik weet hoe verschrikkelijk jullie het vinden, maar ik heb er goed over nagedacht. Ik wil eruit.'

'Ella, alsjeblieft. Denk er nog eens over na. Je hoeft vanavond niet naar dat gesprek, ik bel wel dat je ziek bent. Het is nu laat, je bent moe. Morgen praten we er verder over.'

'Ik ben niet moe en ik denk hier al weken, maanden over na. Eigenlijk vanaf het moment dat ik me heb laten dopen. Dat had ik nooit moeten doen. Ik dacht dat het beter zou gaan als ik een duidelijke keuze had gemaakt, maar ik krijg het gevoel alsof ik langzaam word gewurgd.'

Haar moeder wendde haar gezicht af. 'Gewurgd,' zei ze toonloos.

'Zo voelt het als je niet kunt zijn wie je bent, mama. Ik geloof niet in God. Ik geloof niet in het paradijs. Ik kan mijn leven niet bouwen op dingen die ik als verzinsels beschouw.'

Er was iets veranderd in de sfeer in de kamer. Ze had dat soort dingen wel vaker gezegd, maar het leek alsof het nu pas tot haar ouders doordrong dat ze het meende. Dat ze niet op puberale wijze aan het rebelleren was, dat ze geprobeerd had het geloof te omarmen, maar dat daarvoor iets wezenlijks ontbrak.

Haar moeder begon te huilen en haar vader knipperde hevig met zijn ogen. Het deed pijn om hen zo te zien. Even voelde ze haar vastberadenheid wankelen, maar het opstandige deel van haar persoonlijkheid nam het over. Ze ging rechtop zitten, negeerde haar snelle hartslag en zei rustig: 'Ik ga de ouderlingen een brief schrijven. Ik stap eruit.'

23

Ze wist waar ze aan begon. Natuurlijk wist ze dat. Ze was niet de eerste die het geloof verliet. De breuk betekende dat ze niet alleen de kerk de rug toekeerde, maar ook haar familie en vrienden. Niemand mocht nog contact met haar hebben.

Suze werd heel bleek toen ze van Ella's beslissing hoorde.

'Dus het is zover,' zei ze zacht.

'Ja, het is zover.'

Ze stonden tegenover elkaar, met tranen in hun ogen.

'Hoe kún je dit doen, Ella?' zei Suze. 'Hoe kun je dit papa en mama aandoen?'

'Alsof het voor mij zo gemakkelijk is. Ik geloof niet, Suze. Ik houd dit leven niet vol. Ik kán niet anders.'

'Nee,' zei Suze op zachte toon. 'Misschien niet. Maar je hebt er ook nooit echt je best voor gedaan. Ik heb altijd geweten dat ik je op een dag kwijt zou raken.'

'Je raakt me niet kwijt. Niet als je dat niet wilt.'

'Ik wil het niet, maar het kan niet anders. Als je het geloof verlaat, heb ik geen zus meer.'

'Ik zal altijd je zus zijn. Niemand kan dat veranderen. En mijn deur zal altijd voor je openstaan.'

Suze zei niets, en Ella wist dat ze van die uitnodiging geen gebruik zou maken.

In de dagen voor haar officiële uittreding hing er een vreemde sfeer in huis. Haar moeder liep met een bleek gezicht rond, Suze nam al afstand en ook haar vader was enigszins gereserveerd.

Ella kon de pijn van zijn lichaamshouding aflezen. Ze zag aan zijn licht gebogen rug en de moeizame manier waarop hij zich uit zijn stoel omhooghees hoe zwaar hij het had.

Ze wist niet wat ze tegen haar ouders moest zeggen, hun boosheid en teleurstelling hielden haar op afstand. Pas op de avond van de afkondiging, vlak voor ze naar de zaal gingen, trok haar moeder Ella in een lange, zwijgende omhelzing. Haar vader kuste haar op de wang, en ze wist dat dat de laatste keer was dat ze haar aanraakten.

Ella keek toe hoe haar ouders en haar zus in de auto stapten, en ze keek hen na toen ze de straat uit reden.

Om halfacht precies schonk ze een glas wijn in, zowel om het moment te vieren als om zich moed in te drinken. Ze wist dat op dat moment op het podium werd afgeroepen dat Ella van Doornik de jehovagemeenschap had verlaten. Ze stelde zich de schokgolf voor die door de aanwezigen ging, hoorde het geroezemoes en gesnik dat opsteeg. Ze wist hoe dat ging. Er zou woede zijn, maar ook verdriet. Haar vrienden zouden ontdaan zijn en na de dienst troost bij elkaar zoeken, alsof ze dood was. In zekere zin was ze dat ook.

Haar ouders mochten van God hun kind niet verwaarlozen door het op straat te zetten, en dus bleef Ella nog een tijdje thuis tot ze andere woonruimte voor haar hadden gevonden.

'Je mag hier blijven zo lang als nodig is, maar als we bezoek hebben blijf je op je kamer,' zei haar vader. 'We willen niet dat mensen bij ons wegblijven omdat ze door jouw aanwezigheid in verlegenheid worden gebracht.'

Haar ouders hadden meerdere avonden per week gasten. Die bleven ook vaak eten, en dan werd Ella's maaltijd op een dienblad naar boven gebracht. Als ze iets nodig had, appte ze en kwam Suze het haar brengen.

Op de avonden dat ze als gezin bij elkaar waren, zat ze met haar ouders en haar zus aan tafel, maar als de bel ging moest ze snel naar boven.

Na een maand hadden haar ouders een appartement voor haar gevonden, waarvoor zij de huur zouden betalen. Ze kreeg een budget om van te leven en dat was het dan. Bij het afscheid stonden ze wat stuntelig tegenover elkaar.

Niemand omhelsde haar. Niemand gaf haar een kus.

'Nou, succes,' zei haar vader onhandig.

Haar moeder huilde alleen maar, en Suze ging met boze stappen de trap op.

'Dag,' zei Ella. 'Ik hou van jullie.'

Ze wierp haar ouders een kushand toe, die ze met een flauwe glimlach beantwoordden. Vervolgens pakte ze haar tassen en verliet het huis.

Ella had verwacht dat Nikki haar zou volgen, maar dat deed ze niet.

'Sorry,' zei ze op zachte toon. 'Ik kan het niet.'

'Hoezo kun je het niet? We hebben het hier al tijden over. Ik dacht dat je er net zo graag uit wilde als ik!'

'Ja, dat wil ik ook. Maar ik wil ook mijn familie en vrienden blijven zien.'

'En mij niet.'

'Jou ook. Natuurlijk.'

'Maar we zouden niet openlijk een relatie met elkaar kunnen hebben. Ik hou van je, Nik, ik wil met jou verder. Ik wil samenwonen, hand in hand over straat lopen en je zoenen wanneer ik daar zin in heb. Ik ben zo klaar met dat stiekeme gedoe!'

Het bleef even stil.

'Ik ben gewoon niet zo sterk als jij,' zei Nikki toen.

'Natuurlijk wel! We doen het samen!' Ella greep Nikki's hand en keek haar smekend aan.

'Ik zou mijn ouders nooit meer zien,' zei Nikki. 'En mijn broer en zussen. Afgelopen zomer, toen we op vakantie in Frankrijk waren en met z'n allen bij mijn zus logeerden, realiseerde ik me dat ik ook niet zonder hen kan.'

Ella voelde dat ze haar grip op de situatie verloor en zocht wanhopig naar woorden waarmee ze haar vriendin kon overtuigen. Maar toen zei Nikki zachtjes: 'Bovendien ben ik zwanger.'

En toen stortte alles in.

Eén keer zag Ella haar familie terug, tijdens de begrafenis van haar opa. Haar vader stelde haar op de hoogte van tijd en datum, en ze ging. Afscheid nemen was mogelijk, maar onder bepaalde voorwaarden. Ella moest in een apart deel van de zaal blijven.

Toen ze daar zat, helemaal alleen op een bankje, kwam oom Joost naar haar toe. Hij knikte haar toe en zei: 'We accepteren dat je er bent, maar weet dat we er veel moeite mee hebben. Ik hoop dat je daar rekening mee houdt, Ella.'

Het was vreemd om iedereen weer te zien. Ze keek naar haar ouders, die even glimlachten. Suze deed hetzelfde en wendde zich toen snel tot degene die naast haar zat. Eén nicht durfde het aan om naar Ella te zwaaien, de rest van de familie wierp alleen verholen blikken op haar. Er werden hoofden bij elkaar gestoken, er werd gesmoesd.

Ella voelde het ongemak, de spagaat waarin haar familie zat. Alsof er een spanningsveld om haar heen hing dat ze niet durfden te betreden.

Toen een halfjaar later haar oma overleed, hield ze de eer aan zichzelf en ging ze pas na de begrafenis naar haar graf. De plechtigheid sloeg ze over.

Nikki was in verwachting door een onenightstand, een vergissing, zoals ze zelf zei. Dat ze met een man naar bed was geweest kon Ella haar nog wel vergeven – ze wist dat Nikki zich tot beide seksen aangetrokken voelde –, maar dat ze besloot om bij de jehova's te blijven voelde als een dolksteek in haar rug. Natuurlijk, ze was zwanger, en Ella begreep dat dat vertrekken een stuk gecompliceerder maakte, maar ze beloofde Nikki dat ze er niet alleen voor stond. Ze zouden samen voor de baby zorgen. Maar Nikki durfde het niet aan en koos voor de veilige omarming van haar familie, voor de man die bereid was om met haar te trouwen.

Een jaar later was alles weer anders. De zwangerschap was uitgelopen op een vroeggeboorte waarbij het kindje stierf, en de bevalling leverde zo veel complicaties op dat Nikki nooit meer kinderen zou kunnen krijgen. Haar huwelijk was op een mislukking uitgelopen. Maar toen was ze al stevig opgenomen in de jehovagemeenschap.

24

Ruud

In de uren na de eis om losgeld hebben ze niet stilgezeten, en nu, een dag later, hebben ze heel wat interessante informatie verzameld. Ella van Doornik is grondig nageplozen. In het landelijk opsporingssysteem kwam haar naam meteen naar boven.

'Ze heeft vastgezeten,' zegt Ruud tijdens een bespreking in Ingrids kantoor. 'In voorarrest, in het huis van bewaring. Ze werd verdacht van moord, maar ze is vrijgesproken.'

'Moord? Toe maar,' zegt Ingrid. 'Die zaak hebben wij niet behandeld, neem ik aan.'

'Nee, Hilversum. Daar werkte Van Doornik in een verpleegtehuis.'

'Wie was het slachtoffer?'

'Een bewoonster van dat verpleegtehuis. Maar er was niet voldoende bewijs. Wat natuurlijk niet wil zeggen dat ze onschuldig is.'

'Is ze eerder met justitie in aanraking gekomen?'

'Nee, ze heeft geen strafblad.'

Ingrid kijkt naar de anderen. 'Wat weten we verder over haar?'

'Drieëntwintig jaar oud, verpleegkundige, woont alleen,'

zegt Martijn. 'Dochter van Richard en Madelon van Doornik. Ze heeft nog een jongere zus: Suze. De familie is Jehova's getuige, maar Ella heeft op haar zeventiende het geloof verlaten. Sindsdien heeft ze geen contact meer met haar familie.'

'Jehova's getuige? Dat is de familie Hulshof ook,' zegt Ingrid.

'Er zijn meerdere jehovagemeenschappen in de stad.'

'Maar die staan ongetwijfeld met elkaar in contact. De kans dat Ella van Doornik de familie Hulshof kende lijkt mij groot. Wat zijn jullie daar verder over te weten gekomen?'

'Niet veel. De jehova's vormen een erg gesloten gemeenschap.'

'Hmm,' zegt Ingrid. 'Dat lijkt mij iets om verder uit te zoeken. Is er al wat bekend over de verblijfplaats van Ella van Doornik?'

'Nee, ze lijkt van de aardbodem verdwenen te zijn. Haar telefoon wordt getapt en haar huis staat onder observatie, maar ze heeft zich daar nog niet laten zien. Haar auto staat voor de deur, maar wordt niet gebruikt. We proberen erachter te komen wie haar vrienden zijn en met welke familieleden ze nog contact heeft, zodat we hen ook onder observatie kunnen stellen. De bewijzen voor haar betrokkenheid zijn me nog te mager, daar moet harder aan getrokken worden.'

Natuurlijk veroorzaken Ingrids laatste woorden gemor als Ruud ze voor zijn team herhaalt. Alsof ze zich niet een slag in de rondte werken om 'met meer te komen'. Alle verloven zijn ingetrokken, iedereen zit boven op de zaak. Maar zonder steun van justitie kunnen ze niet veel beginnen. De zaak dreigt vast te lopen, terwijl alles erop wijst dat Ella iets met Demi's ontvoering te maken heeft.

Niemand heeft weliswaar gezien wie er achter het stuur van de witte Golf zat, maar Ella is wel in de straat gesignaleerd. Meermalen zelfs. Een gepensioneerde buurtbewoner heeft verteld dat ze heen en weer liep en voor het huis van de Hulshofs bleef staan.

'Niet zo lang, dus ik dacht dat ze het huis bewonderde,' zei de man. 'Dat doen wel meer voorbijgangers. Maar nu dat arme meisje vermist wordt... Heeft die vrouw er soms wat mee te maken?'

Wisten we het maar, denkt Ruud, als hij het verslag leest. Hij gooit de papieren op zijn bureau en loopt voor de zoveelste keer naar de geluidskamer van de digitale recherche. Daar staat alle opname- en afspeelapparatuur om camerabeelden te kunnen bekijken. De opnames kunnen worden stilgezet en vergroot, om de gefilmde personen te identificeren. Hier worden ook opgevraagde telefoongesprekken eindeloos beluisterd.

'Nog nieuws?' vraagt hij aan Leo.

Leo schudt zijn hoofd. 'De mobiele telefoon die ze normaal gesproken gebruikt ligt al dagen stil. Er is geen andere voor in de plaats gekomen, dus waarschijnlijk gebruikt ze nu een prepaid toestel.'

'Heb je informatie uit haar gewone mobiel kunnen halen?'

'Ja. De printgegevens laten de nummers zien van de mensen met wie Ella de afgelopen maanden heeft gebeld. Allemaal vrienden. Niets wijst erop dat ze iets met die ontvoering te maken heeft, al kan het natuurlijk zijn dat ze toen al een prepaid toestel gebruikte om die zaak te regelen.'

'In dat geval heeft ze het slim aangepakt,' zegt Ruud. 'Via haar telefoon komen we niet verder. Onze enige hoop is haar huis. Dat wordt dag en nacht in de gaten gehouden.'

'Geweldig,' zegt Leo. 'Als ze er iets mee te maken heeft, zal ze daar voorlopig wel niet meer komen.'

25

Ella

'Wat doe je?' vraagt Demi. Ze staat in de deuropening van Ella's slaapkamer en kijkt naar de tas die op het bed staat.

Ella draait zich om en schrikt van Demi's gezicht. Ze was al wat bleekjes, maar nu ziet ze grauw. 'Gaat het wel?' vraagt ze.

Demi knikt. 'Een beetje moe.'

Na haar nog even bezorgd aangekeken te hebben, draait Ella zich weer om. 'Ik pak je spullen in.'

'Gaan we weg?'

'Ik niet, alleen jij. Je kunt hier niet te lang blijven, je wordt zo opgehaald.'

Demi leunt tegen de deurpost en wrijft onophoudelijk over haar arm, alsof ze pijn heeft, of alsof ze zichzelf wil troosten. 'Ik wil niet,' zegt ze zacht. 'Ik ben bang.'

'Dat hoeft niet. Ik heb je toch uitgelegd wat er aan de hand is, en wat er gaat gebeuren?' Ella loopt naar het meisje toe en hurkt bij haar neer.

'Maar ik ben toch bang. Ik wil naar mama. Nu!'

'Lieverd, je weet dat dat niet kan. Je moet nog even flink zijn. Het duurt niet lang meer, oké?'

'Oké...' Demi knippert met haar ogen, maar kan de tranen niet tegenhouden. 'Kun je me echt niet naar huis brengen?' fluistert ze. 'Ik mis papa en mama zo.'

Met een diepe zucht trekt Ella haar naar zich toe en slaat een arm om Demi heen.

Ze weet wat het is om er alleen voor te staan; ze heeft zich altijd een vreemde gevoeld in het gezin waar ze in opgroeide. Deze zomer is het zes jaar geleden dat ze uittrad. Er zijn momenten geweest waarop ze zich afvroeg wat het in vredesnaam allemaal voor zin had, zo zonder liefde en steun. Inmiddels heeft ze haar leven op orde. Ze hoeft niet meer zo vaak te huilen, voelt zich minder eenzaam dan in het begin. Therapie en nieuwe vrienden hebben haar weerbaar gemaakt, maar het gemis blijft.

Diep in haar hart had Ella verwacht dat ze Suze en Nikki niet zou kwijtraken, dat zij de moed zouden hebben om contact te houden. Hoe miniem ook. Maar dat hebben ze niet gedaan, ze hebben zich gevoegd naar de wetten van het geloof die Ella uitsloten.

Op bepaalde momenten kan het oude verdriet haar nog steeds overvallen, zoals wanneer ze hoort dat er een geboorte, huwelijk of begrafenis heeft plaatsgevonden.

Ze dacht dat ze er inmiddels wel overheen was, dat haar gevoelens waren begraven onder een laag zand. Dat is misschien ook wel zo, maar er is slechts een zwakke wind nodig om het zand weg te blazen en de pijn bloot te leggen.

Het eerste jaar was het zwaarst, al leek het goed met haar te gaan. Ze maakte haar middelbare school af en begon aan een opleiding tot verpleegkundige. Ze sloot nieuwe vriendschappen, ging uit, dronk zo veel alcohol als haar lichaam maar aankon, slikte pillen op festivals, lachte en danste. Ondanks de eenzaamheid en het verdriet was de vrijheid van die zomer een verademing. Maar toen kwam de winter, met zijn korte, donkere dagen. De wereld werd steeds somberder. Haar vrienden vierden sinterklaas en kerst met hun familie, en zij zat alleen thuis. Natuurlijk wist ze dat van tevoren, maar toch was ze niet voorbereid op hoe eenzaam het zou voelen.

Ze ging in therapie, zonk in eindeloze praatsessies af naar de bodem. Maar in de modder en het bezinksel vond ze nooit helemaal wat ze zocht, en uiteindelijk begreep ze dat ze het ook nooit zou aantreffen. Dat er altijd een stukje van haarzelf zou ontbreken.

Ze kwam haar oude vrienden en familie regelmatig tegen. Dan draaiden ze zich om, of liepen met een boogje om haar heen. Zelfs Nikki liep haar voorbij alsof ze lucht was.

Maar opeens was daar een appje van haar moeder.

Kunnen we afspreken?

Diep in haar hart had Ella die vraag wel verwacht. Van haar vader niet, maar van haar moeder wel. Het had alleen veel langer geduurd dan ze had gedacht.

Dat kon aldoor al, schreef ze terug.

De ontmoeting vond plaats in een grand café in een andere stad, waar de kans dat ze bekenden tegenkwamen kleiner was. Die voorzorgsmaatregel irriteerde Ella, maar ze besloot zich er niet te druk over te maken. Ze was benieuwd wat haar moeder te zeggen had. Ze was ook blij.

Nadat ze zich bijna een jaar lang wees had gevoeld, zaten ze opeens weer tegenover elkaar. Haar moeder zag er goed uit, zoals altijd. Haar blonde haar was net opnieuw gekleurd en ze droeg een donkerblauwe spijkerbroek met een wit truitje. Tijdens de diensten en als ze langs de deuren ging, droeg ze keurig een lange rok en een hooggesloten blouse, maar in haar vrije tijd maakte ze zelf wel uit hoe ze zich kleedde, zoals ze altijd zei.

Alles leek net als anders, alsof ze samen een dagje op stap waren. Maar haar moeder had haar niet omhelsd of gekust toen ze aankwam, en ze gedroeg zich wat onzeker.

'Hoe gaat het met je?' vroeg ze, nadat ze koffie hadden besteld.

'Goed,' zei Ella. 'En met jou?'

Het ging goed, met iedereen. Ze moest de groeten van Suze hebben.

'En van papa?'

'Van papa ook.'

'Weet hij dat we afgesproken hebben?'

'Ja, natuurlijk. Dat zou ik nooit voor hem verborgen houden.'

'Maar hij wilde niet mee?'

Haar moeder slaakte een diepe zucht. 'Het is erg moeilijk voor hem, Ella. Hij is wekenlang depressief geweest. Niet alleen jij bent gestraft, hij ook. Jarenlang heeft hij zijn best gedaan om hogerop te komen, en net toen dat gelukt was werd hem alles afgenomen.'

'Dus als ik het goed begrijp is hij ongelukkig omdat hij zijn macht en status kwijt is. Niet omdat ik weg ben.'

'Dat is niet eerlijk,' zei haar moeder op verwijtende toon.

'Nee, het leven is ook niet eerlijk. Hoe denk je dat ik me voel, zo in m'n eentje?'

'Dat was je eigen keus.'

'Ik hád helemaal geen keus. Binnen de gemeenschap was ik net zo eenzaam. Nu kan ik in ieder geval mijn eigen leven leiden, mijn eigen beslissingen nemen.'

Er viel een korte stilte, waarin haar moeder haar onderzoekend aankeek. 'Dus je hebt er geen spijt van?'

'Dat ik eruit gestapt ben? Zeker niet.'

'Maar mis je ons dan niet?'

'Elke dag,' zei Ella.

Hun koffie werd op tafel gezet, en toen de ober weg was, zei haar moeder: 'Je kunt terugkomen, hè? Dat weet je.'

'Ik kom niet terug, mama. Dat weet jij ook.'

Haar moeder knikte langzaam en dronk zwijgend van haar koffie.

'Waarom wilde je met me afspreken? Toch niet omdat je dacht dat je me terug kon halen?' vroeg Ella.

'Nee, omdat ik contact met je wil. Wat je ook denkt, ik hou van je, Ella. Het is zo zwaar om niets meer van je te horen, niet te weten hoe het met je gaat, wat je denkt en doet...' Haar moeder knipperde met haar ogen, haar hand trilde licht en ze zette snel haar koffie neer.

Ella stak haar hand uit en legde hem op die van haar moeder. Haar moeder keek ernaar, zei niets. Na een paar seconden trok ze de hare langzaam terug.

'En nu?' vroeg Ella. 'Je mag geen contact met mij hebben, dus hoe zie je dat voor je?'

'We kunnen appen, en af en toe afspreken, zoals nu.'

'Dat is contact. We kunnen naar een andere stad gaan, maar God ziet alles, mama.'

'Ik weet het. Maar soms vraagt Hij wel erg veel. Hij kan toch niet verwachten dat we jou helemaal uit ons leven laten verdwijnen? We kunnen elkaar toch om de zoveel weken wel even zien?'

'Vindt papa dat goed?'

Haar moeder aarzelde voor ze knikte.

'Hij weet niet dat je hier bent, hè?'

'Jawel, dat zei ik toch net. Hij was het er niet helemaal mee eens, maar hij begreep dat ik het niet langer kon volhouden.'

Ella dronk haar koude koffie op. 'Dus hij komt de volgende keer niet mee?'

'Als we het goed verborgen houden wel. Maar dan moeten we nog verder weg afspreken.'

'In een andere provincie? Of in het buitenland misschien? Is dat ver genoeg?'

'Ella. Probeer het een beetje te begrijpen.'

'Ik begrijp het heel goed. Jullie verweten mij vroeger dat ik me niet aan de regels hield, dezelfde regels die jullie nu zelf willen overtreden. Ik heb helemaal geen zin om uren in de trein te zitten om een kop koffie te kunnen drinken. Trouwens, denk je nou echt dat God daarin trapt?'

Verslagen keek haar moeder voor zich uit. 'Ik was al bang dat je zo zou reageren.'

'Wat had je dan verwacht?'

'Dat je ons net zo miste als wij jou. Dat we iets konden... regelen.'

Even snel als ze was komen opzetten verdween Ella's boosheid ook weer. Ze keek naar haar moeder, van wie ze altijd zoveel had gehouden, en van wie ze nog steeds hield.

Alsof haar moeder haar gedachten kon raden, keek ze op en zei zacht: 'Ik mis je.'

De tranen die Ella tot nu toe had weten tegen te houden wonnen terrein. Ze knipperde ze weg en zei: 'Ik mis jou ook, mam.'

Drie maanden na hun laatste contact kwam er weer een appje van haar moeder. Toen Ella niet reageerde, volgde er een van haar vader. Hij wilde haar zien. In het geheim.

Ella las het bericht telkens weer, maar ze wist niet wat ze ermee aan moest. Geen contact was geen contact. God zat dan wel niet op WhatsApp, maar dit kon hem onmogelijk ontgaan.

Maar ze wilde haar vader zo graag zien dat ze er toch op inging. Hun ontmoeting, in een restaurant op een uur rijden van hun woonplaats, werd een bittere teleurstelling. Er was geen enkele ruimte voor haar gevoelens, geen enkele toenadering. Het enige wat haar vader probeerde was haar terug te halen naar het geloof. Na een verhitte discussie maakte Ella een einde aan het gesprek en stapte ze op. Dat was de laatste keer dat ze haar vader sprak.

26

Ruud

Er zijn momenten waarop je het gevoel hebt door stroop te waden, zodat je amper verder komt, en dan opeens komt alles om je heen weer vlot in beweging. Er komt een bericht binnen dat de witte Golf is gevonden, een paar kilometer buiten de stad. Een man die met zijn hond liep te wandelen had hem zien staan en besloot er melding van te maken.

'Hij stond er gisteren al, en nu nog steeds,' zegt hij. 'Dat vond ik vreemd.'

De technische recherche gaat er meteen op af. Ook Ruud gaat poolshoogte nemen, samen met Sabhia.

De auto staat aan het einde van een dijkje, bij de omheining van een beschermd natuurgebied. Ze lopen om de wagen heen, kijken naar binnen zonder iets aan te raken en bestuderen de kentekenplaat. Die is besmeurd met modder en te vies om van een afstand te ontcijferen, maar van dichtbij is het kenteken leesbaar.

Ruud pakt zijn telefoon, belt de centrale post en vraagt de dienstdoende collega om het kenteken na te trekken. Vervolgens wendt hij zich tot de technische recherche. 'Dit moet hem zijn. De Golf waar Demi in meegenomen werd had ook een vieze kentekenplaat. Zo te zien is die modder er expres op aangebracht, want de achterkant van de wagen is verder schoon.'

De technische rechercheurs pakken hun spullen, trekken witte overalls en handschoenen aan, openen de portieren en gaan aan de slag.

'Het ziet er vrij schoon uit,' zegt een van hen, een jonge vent die Mark heet, na een minuut of tien. 'Iemand heeft flink zijn best gedaan om sporen te verwijderen. Het stuur is brandschoon, de versnellingspook, het dashboard en de binnenkant van de portieren ook. Maar de bekleding is lastiger schoon te maken. Haren en vezels blijven daar altijd hardnekkig op zitten. Er is gestofzuigd, maar niet alles is verdwenen.' Mark laat iets kleins in een buisje vallen en bergt het op.

'Stel ook de bandensporen veilig,' zegt Ruud. 'En de schoenafdrukken.'

'Kijk eens wat we hier hebben!' Mark houdt een leeg colaflesje omhoog. 'Altijd onder de stoelen kijken als je je sporen wilt uitwissen.'

Het flesje verdwijnt in een zakje en wordt veilig opgeborgen in een plastic box.

'Nog een paar van die fouten en we schieten lekker op,' zegt Ruud terwijl hij om zich heen kijkt. 'Ze moeten hier van auto gewisseld zijn. Maar waarom hier, op een doodlopende dijk? Als je achtervolgd wordt, kun je geen kant meer op.'

'Misschien zijn ze het natuurgebied in gegaan,' zegt Sabhia.

'Lopend? Dat lijkt me niet.'

Sabhia gaat naar de afrastering, die van gaas is, en werpt

er een onderzoekende blik op. ‘Geen schrikdraad, en hier is het hek kapot. Er is net genoeg ruimte om doorheen te kruipen.’

‘Je hebt gelijk, het is een mogelijkheid. Zorg dat dit gebied doorzocht wordt,’ zegt Ruud. Zijn telefoon gaat en hij neemt op. ‘Met Brandt.’ Hij luistert een tijdje, humt een paar keer en bedankt de beller voor hij de verbinding verbreekt.

‘Is er nieuws over het kenteken?’ vraagt Sabhia.

‘Ja, zoals te verwachten was is deze wagen gestolen.’

‘Waar? Hier in de buurt?’

‘Nee, in Assen. Dus er zijn twee mogelijkheden: de ontvoerder komt uit die streek, of hij wil ons dat laten geloven.’ Ruud zet zijn handen in zijn zij en kijkt om zich heen. ‘Als hij met een andere auto verder is gegaan, moet hij ergens door een camera zijn vastgelegd. Hier staan geen camera’s, maar verderop wel. Als de kentekenplaat van het voertuig onleesbaar is, weten we genoeg.’

Terug op het bureau belt Ruud het Nederlands Forensisch Instituut en vraagt de medewerker om spoed te zetten achter het onderzoek met de sporen op het colaflesje en met de haren die op de stoelbekleding zijn aangetroffen. Het kan wel zes weken duren voor de resultaten van een DNA-onderzoek terugkomen, zo veel tijd hebben ze niet.

Zodra hij heeft opgehangen gaat zijn telefoon. Hij werpt een blik op het schermpje en neemt op.

‘Marlies, ik ben even...’ begint hij, maar zijn vrouw valt hem in de rede.

'Lotte ligt in het ziekenhuis.'
Ruud blijft abrupt staan. 'Wat is er gebeurd?'
'De weeën zijn begonnen.'
'Maar dat is twee maanden te vroeg!'
'Ik weet het, daarom is ze ook opgenomen. Ik ben nu bij haar. Ze krijgt weeënremmers.'
'Is dat niet schadelijk voor de baby?'
'Volgens de arts kan een kleine dosis geen kwaad. Het is in ieder geval beter dan een vroeggeboorte.'
Sabhia komt met snelle stappen op hem af. Als ze ziet dat hij in gesprek is blijft ze op enige afstand staan wachten.
'Moet ik komen?' vraagt Ruud aan Marlies.
'Kun je weg dan?'
'Niet echt. Maar als het moet...'
'Nee, niet per se. Lotte zou het natuurlijk wel fijn vinden, maar je kunt toch niets doen. Als die weeënremmers niet werken, dan wordt de baby geboren en gaat hij meteen in de couveuse.'
'Alsjeblieft niet. Het is echt te vroeg!'
'We moeten het afwachten,' zegt Marlies met een zucht. 'Ik bel je als ik meer weet.'
'Graag. Zeg tegen Lotte dat ik van haar hou en dat ik aan haar denk.' Ruud verbreekt de verbinding en laat met een somber gezicht zijn telefoon in zijn broekzak glijden.
Sabhia kijkt hem onderzoekend aan. 'Alles goed, chef?'
'Lotte heeft weeën. Twee maanden te vroeg.'
Sabhia schrikt zichtbaar. 'En nu?'
'Ze gaan proberen om het met weeënremmers te stoppen.'

Voetstappen klinken, en even later komt Ingrid binnenlopen.

'Ik kom zo wel terug,' zegt Sabhia. 'Het was niet zo belangrijk.'

Ze glimlacht naar de hoofdinspecteur en wil de kamer verlaten, maar Ingrid steekt haar hand op. 'Blijf er maar bij.' Ze wappert met een vel papier.

'De resultaten?' vraagt Ruud hoopvol.

Ingrid knikt. 'De haren op de bijrijdersstoel zijn vergeleken met haren uit een borstel van Demi. De match is 100 procent. Er zijn ook andere haren gevonden, en het DNA komt overeen met dat van ene Manuel Vroman. De vingerafdrukken op het colaflesje zijn ook van hem.'

'Manuel Vroman?' zegt Sabhia. 'Dat is interessant!'

'Hoezo?' vraagt Ingrid.

'Ik heb net nagekeken hoe het zit met die moord waar Ella van Doornik van verdacht werd. Ze werkte in een verpleegtehuis en zou een bewoonster verstikt hebben. Ze kon het erg goed vinden met die bewoonster, Ans Verkerk. Zo goed dat mevrouw Verkerk haar in haar testament opnam. Niet lang daarna werd ze dood aangetroffen in haar bed.'

'Wat heeft Manuel Vroman daarmee te maken?' informeert Ingrid.

'Ans Verkerk was zijn oma.'

Nu heeft ze de aandacht.

'Waarom dachten ze dat mevrouw Verkerk geen natuurlijke dood gestorven was?' vraagt Ingrid.

'Omdat haar kussen op de grond lag en haar gezicht een heel verkrampte uitdrukking had.'

'Dat doet de dood met je,' zegt Ruud. 'Maar het is dus niet zeker dat het om moord ging?'

'Nee, daarom kwam Ella ook vrij. Maar het kan natuurlijk toch moord zijn geweest. Het is wel erg toevallig dat Ans Verkerk Ella kort voor haar dood tot erfgename had benoemd.'

'Ging het om een groot bedrag?' vraagt Ingrid.

'Valt wel mee. Een paar duizend euro. Haar zoon, Peter Verkerk, erfde het grootste deel, en dan was er nog een bedrag voor haar kleinzoon, Manuel, de zoon van haar overleden dochter. Hij erfde twintigduizend euro,' zegt Sabhia. 'Ik heb die kleinzoon nagetrokken en hij bleek geen lekker type te zijn. Hij heeft heel wat keren voor de rechter gestaan, voor kleine en grote misdrijven, maar het is nooit tot een veroordeling gekomen. Hij heeft geen alibi, maar hij is ook niet in het verpleegtehuis gezien op de avond dat Ans Verkerk stierf. Peter Verkerk heeft wel een alibi, hij lag in die week in een ziekenhuis in Portugal. Dus Ella van Doornik bleef over, maar ze is vrijgesproken wegens gebrek aan bewijs. De rechter oordeelde dat niet aangetoond kon worden dat het überhaupt om moord ging. Een vooraanstaand arts had getuigd dat Ans Verkerk heel goed aan een hartkwaal gestorven kon zijn.'

Ingrid speelt met haar pen en kijkt even in gedachten verzonken voor zich uit. 'Maar misschien ook niet. Manuel Vroman is niet gezien in het verpleegtehuis, maar dat wil niet zeggen dat hij er niet was. Hij kan ook onder één hoedje hebben gespeeld met Ella van Doornik. We gaan hem signaleren. Ik ga de officier van justitie bellen voor toestemming om Vromans telefoon te tappen, en ook die van zijn familie, vrienden en kennissen. En ik wil dat zijn woonadres geobserveerd wordt. Maar denk eraan, we gaan niet naar binnen.'

Ruud knikt. In dit soort zaken heb je niet alleen te maken met het opsporen van de dader, maar ook met het risico dat het slachtoffer loopt. Hij heeft wel eens meegemaakt dat ze ervan overtuigd waren dat op een adres dat al dagen onder observatie stond een vermist jongetje werd vastgehouden. Maar toen ze de woning binnenvielen, was alleen de verdachte aanwezig. Uiteindelijk is dat toen bijna verkeerd afgelopen. Terwijl de verdachte werd verhoord, en een of ander verhaal ophing, zat het ontvoerde jongetje zonder eten en drinken gevangen in een kelder.

'Het zou zomaar een een-tweetje geweest kunnen zijn,' zegt Sabhia opeens. 'Van Ella en Manuel, bedoel ik.'

'Daar moeten we zeker rekening mee houden.' Ingrid kijkt naar Sabhia. 'Goed werk. Zoek verder op dit spoor. Ik wil alles op tafel hebben over Manuel Vroman, en zo snel mogelijk. Laat de anderen je helpen.'

'Ze zijn al bezig, chef,' zegt Sabhia met een glimlach.

27

Ella

Het afscheid van Demi valt Ella zwaarder dan ze had verwacht. Een dag en een nacht is het meisje onder haar hoede geweest, en nu moet ze de zorg overdragen.

'Vergeet haar medicijnen niet,' zegt ze tegen Jacqueline, de vrouw die voor de deur staat. 'Tweemaal per dag. Ze zitten in haar tas.' Dan kijkt ze naar Demi, die een beetje verloren in de gang staat. 'Ga maar mee, lieverd.'

Ze had gehoopt op een knuffel, een glimlachje, íets, maar Demi loopt zwijgend de deur uit.

'Het is allemaal moeilijk te begrijpen voor haar,' zegt Ella.

'Ik weet het, maar het komt wel goed. Dankjewel, Ella.'

Ze glimlachen naar elkaar en dan loopt Jacqueline naar haar auto, met Demi aan de hand. Pas als Demi bij de auto is, draait ze zich om en steekt ze haar hand op.

Ella zwaait terug. 'Sterkte,' fluistert ze.

De opleiding tot verpleegkundige duurde vier jaar, waarbij Ella één dag per week studeerde en vier dagen werkte. Dat beviel haar goed; zo kon ze geld verdienen tijdens haar opleiding. Ze hield van haar werk, van het menselijk contact en de band die ze met bewoners opbouwde. Het was haar taak om voor hen te zorgen, maar andersom zorgden zij net zo goed voor haar.

Om zeven uur begon in het tehuis de dag, dan werd iedereen uit bed gehaald, gewassen en aangekleed, en twee keer per week ook gedoucht. Er werden medicijnen uitgedeeld, de kamers moesten worden opgeruimd, de bedden verschoond en opgemaakt, mensen moesten naar het toilet gebracht worden. Ella's pieper bleef maar gaan, iedereen riep 'Zuster!', er viel iemand, een broek moest worden opgehesen.

Om tien uur was iedereen eindelijk klaar en gingen ze ontbijten. En na de lunch om één uur wilden de eersten alweer naar bed.

Met mevrouw Verkerk kreeg Ella de sterkste band. De oude dame was eenentachtig en leed aan een hartkwaal en reuma, maar haar gevoel voor humor was nergens door aangetast. Op een ochtend bekeek Ella vol belangstelling de foto's in de kast van mevrouw Verkerk. Ze wees naar een heel oud uitziende zwart-witfoto in een zilveren lijstje en vroeg: 'Wat een mooi meisje. Bent u dat?'

Mevrouw Verkerk keek opzij. 'Nee,' zei ze, 'dat is de Heilige Bernadette.'

Vervolgens kregen ze zo de slappe lach dat Jiska, een collega van Ella, kwam kijken of alles wel goed ging.

Mevrouw Verkerk deelde met Ella haar levensverhaal, en op haar beurt vertelde Ella dat ze geen contact meer had met haar familie.

'Hoe kúnnen ze! Je bent zo'n lieve meid,' zei mevrouw

Verkerk. 'Je voelt meer als mijn kleindochter dan als de zuster.'

Ella vond het grappig dat veel bewoners het ouderwetse woord 'zuster' nog gebruikten, en ze verbeterde het nooit.

Op de avond dat mevrouw Verkerk stierf had Ella dienst, maar het was een nieuwe collega, Annemiek, die haar vond. Ze kwam haastig de keuken in lopen, waar Ella en Jiska koffie stonden te drinken.

'Niet schrikken, maar mevrouw Verkerk is dood,' zei ze. 'En het ziet er heel raar uit. Tien minuten geleden was de deur van haar kamer dicht, en net stond hij opeens open. Daarom ging ik ook bij haar kijken, en nu is ze dood. En haar kussen ligt op de grond. Er klopt iets niet.'

Ella en Jiska renden met haar mee, alsof die haast nog een verschil zou kunnen maken. Maar misschien had Annemiek zich vergist.

De angst kolkte door Ella's lichaam, en toen ze de kamer van mevrouw Verkerk binnenkwam, bleef ze stokstijf staan. Ze had in haar werk wel vaker doden gezien, maar nog niet eerder deed het zoveel met haar.

Mevrouw Verkerk lag op haar rug, met haar mond wijd open en verkrampte vingers, alsof ze een vreselijke strijd had geleverd. Het beddengoed was deels van haar afgegleden en haar hoofdkussen lag inderdaad op de grond.

'Ik ga Carla halen,' zei Jiska.

Ella ging op de rand van het bed zitten, streelde mevrouw Verkerk over haar wang en deed geen moeite om haar tranen tegen te houden. Mevrouw Verkerk had altijd gezegd dat ze hoopte dat Ella dienst zou hebben als ze kwam te overlijden. Dat zij er zou zijn om haar hand vast te houden.

'Het spijt me zo,' zei ze zacht.

De leidinggevende, Carla, en Jiska kwamen binnen. Carla onderzocht mevrouw Verkerk en zei: 'Waarschijnlijk heeft ze een hartaanval gehad. Het is triest, maar ze had een hartaandoening. Dit was te verwachten.'

'Ik weet het niet, ik vind het vreemd,' zei Jiska. 'Volgens Annemiek was de deur van haar kamer dicht, en stond hij even later opeens open. Toen ze bij haar ging kijken, lag haar kussen op de grond en was ze dood. Hoe kan haar kussen op de grond gevallen zijn als ze zelf keurig recht ligt?'

Carla keek haar een paar seconden zwijgend aan en vroeg toen: 'Wat wil je daarmee zeggen, Jiska?'

'Ik weet het niet. Ik heb hier geen goed gevoel over.'

'Heb je iemand de kamer van mevrouw Verkerk in of uit zien gaan?'

'Nee. Ella en ik hebben haar samen gewassen, in bed gelegd en de deur dichtgedaan.'

'En jij?' Carla wendde zich tot Ella.

'Ik heb ook niemand gezien.'

'We hebben het er nog wel over. Zorgen jullie dat mevrouw Verkerk er netjes bij ligt, dan waarschuw ik haar familie.' Carla draaide zich om en verliet de kamer.

Intussen keek Jiska Ella met een vreemde blik aan. Net toen Ella wilde vragen wat er was, draaide ze zich om en liep eveneens weg.

Wat er vervolgens gebeurde leek op een nachtmerrie die zich in een steeds sneller tempo ontwikkelde. Jiska kondigde aan dat ze met Carla moest praten en liet de zorg voor de bewoners aan Ella en Annemiek over.

De volgende dag, toen Ella weer op haar werk verscheen, werd er door haar collega's achter haar rug gefluisterd en kreeg ze vreemde blikken toegeworpen. Een week later vroeg Carla haar even mee te komen.

'Ik heb iets gehoord waar ik me zorgen over maak,' zei ze, terwijl ze achter haar bureau plaatsnam.

'Wat dan?'

'Een van de kleinkinderen van mevrouw Verkerk belde me en vertelde dat jij in haar testament staat. Klopt dat?'

Even was Ella sprakeloos. Ze schudde verbijsterd haar hoofd en zei: 'In haar testament? Welnee. Daar weet ik niets van. Als ze mij daarin opgenomen heeft, dan heeft ze dat niet tegen mij gezegd.'

'Waarom zou ze dat voor zich houden?'

'Omdat ik niets van haar aan wilde nemen. Ik weet dat het tegen de regels is om cadeautjes te krijgen, en dat heb ik haar ook meerdere keren verteld.'

Carla knikte langzaam. 'Goed, dan weet ik voorlopig genoeg. Dank je, Ella, je kunt gaan.'

Ella bleef zitten. 'Je denkt toch niet dat ik mevrouw Verkerk iets heb aangedaan?'

Even bleef het stil tussen hen.

'Nee,' zei Carla toen. 'Volgens mij is mevrouw Verkerk een natuurlijke dood gestorven. Maar je begrijpt dat ik dit wel moet onderzoeken.'

'Ja, natuurlijk.' Ella schoof haar stoel naar achteren en kwam overeind. 'Nou, dan ga ik maar weer aan het werk.'

In plaats van met haar collega's te gaan lunchen, ging ze naar buiten. Het was geen mooi weer, maar ze had behoefte aan frisse lucht. De koude wind beet in haar gezicht, alsof hij haar wilde dwingen deze kwestie serieus te nemen en zich te verdedigen. Maar waarmee? Het enige wat ze kon geven was haar woord, het enige waar ze mee kon schermen was haar goede staat van dienst.

Ella stond stil en stak haar handen diep in haar jaszakken. Ze balde haar vuisten, voelde hoe de angst bezit van haar nam. Laat me alsjeblieft niets bijzonders geërfd hebben, dacht ze.

28

De forensisch geneeskundigen deden onderzoek, en het sectierapport wees uit dat mevrouw Verkerk was gestorven door verstikking. Iemand had iets tegen haar mond gedrukt, waarschijnlijk het kussen dat op de grond lag. Het werd onderzocht op sporen, maar er werd geen ander DNA op aangetroffen dan dat van Jiska, Ella en mevrouw Verkerk zelf.

Mevrouw Verkerk had Ella tweeduizend euro nagelaten. Geen vermogen, maar er waren mensen die voor minder een moord pleegden. Om die reden zette Carla haar op non-actief zolang het onderzoek liep.

Ella kon nauwelijks geloven dat dit allemaal echt gebeurde. Dat de politie haar op het werk vragen kwam stellen en alles wat ze zei noteerde. Dat ze met haar collega's gingen praten, en dat ze zelf later naar het politiebureau moest komen om haar verklaring te herhalen. Daarna mocht ze gaan, maar ze wist dat dat niet het einde van het verhaal was.

Twee dagen later kwam de politie, toen ze 's morgens bij het aanrecht een cracker met kaas stond te beleggen. De geur van koffie dreef door de keuken, de televisie stond aan en ze volgde het nieuws met een half oor.

Een donkerblauwe auto stopte voor de deur, maar ze sloeg er geen acht op. Pas toen er twee mensen uitstapten die beiden naar haar huis keken, bekroop haar een gevoel van naderend onheil. Hoewel ze in burger gekleed waren, wist ze meteen wie het waren.

Het bloed in haar hoofd stolde, ze kon het niet anders omschrijven. Het was alsof van het ene moment op het andere alles stil kwam te staan, en er geen gedachte meer tot haar door kon dringen.

De bel snerpte en haalde haar uit haar staat van verdoving. Ze moest opendoen. Even overwoog ze om dat niet te doen, om via de achterdeur weg te sluipen, maar dat was natuurlijk geen optie.

Ella liep naar de voordeur, en elke stap kostte moeite. Ze deed open en zag twee mannen staan. Hun gezichten stonden strak.

'Mevrouw Van Doornik?'

'Ja.'

Ze lieten hun legitimatiebewijzen zien. 'We zouden graag even met u willen praten over de dood van mevrouw Verkerk,' zei een van hen, een wat oudere man met een ringbaardje, die zich voorstelde als inspecteur De Bruin.

'Word ik gearresteerd? Heb ik een advocaat nodig?'

'Nee, we willen alleen even met u praten. U bent niet verplicht om onze vragen te beantwoorden, en u hebt recht op een advocaat.'

Ella deed de deur wat verder open, maar het was de bedoeling dat ze meeging naar het bureau, zodat ze het gesprek konden opnemen. Dat klonk toch een stuk ernstiger dan 'even praten', vond ze. Ze hield zichzelf voor dat ze de rechercheurs alleen maar duidelijk hoefde te maken dat ze zich vergisten, en dat ze dan weer naar huis kon.

Als in een droom pakte ze haar tas, trok een jas aan, sloot de deur af en liep mee naar de auto. In de straat was het rustig, maar voor haar gevoel bewogen overal gordijnen.

Op het politiebureau aangekomen werd ze naar een verhoorkamer geleid. Er werd koffie gehaald en toen zat ze tegenover inspecteur De Bruin. Zijn jongere collega, Dennis Stroombergen, nam naast hem plaats.

In eerste instantie leek het gesprek goed te verlopen. De rechercheurs knikten op alles wat ze zei, en daardoor gerustgesteld zei Ella: 'Ik vind het heel erg dat mevrouw Verkerk is overleden. Ik was erg aan haar gehecht, en zij aan mij.'

'Heeft ze u daarom in haar testament opgenomen?' vroeg De Bruin.

'Ik denk het.'

'En u wist daar niets van?'

'Nee, ik had geen idee.'

'Waarom heeft ze u dat niet verteld?'

'Waarschijnlijk omdat ze wist dat ik zou protesteren. Ze wilde me wel vaker iets geven, maar dat weigerde ik altijd. Cadeautjes aannemen is tegen de regels van het tehuis, en ik wilde mijn baan niet kwijt.'

De Bruin knikte. 'We hebben navraag gedaan, en mevrouw Verkerk bleek niet de enige te zijn die gestorven is terwijl u dienst had. Bij lange niet. En meestal onverwacht.'

'Vindt u dat gek? Ik werk in een verpleegtehuis. Oude mensen kunnen plotseling doodgaan. Het ene moment lijkt er niets aan de hand, en het volgende moment kom je hun kamer binnen en ademen ze niet meer. Ik heb dat inderdaad vaker meegemaakt.'

'Is dat zo? Hoe vaak precies?'

'Regelmatig. Dat heb je als je in de ouderenzorg werkt.'

'En waar stierven die bewoners dan zoal aan?'

'Aan van alles. Een hartstilstand, nierfalen, of aan een onschuldig lijkend griepje. Het zijn oude mensen, hun lichamen zijn op. Daarom zitten ze ook in een verpleegtehuis.'

'Maar ze zijn niet allemaal "op", zoals u het omschrijft. Mijn moeder zit ook in een verpleegtehuis, omdat ze slecht ter been is. Maar ik zou niet willen zeggen dat ze "op" is.'

'Nee, natuurlijk niet. Er zijn inderdaad ook mensen die zich niet zelfstandig kunnen redden, en daarom bij ons wonen. Maar de meesten...'

'Was mevrouw Verkerk "op"?' viel De Bruin haar in de rede.

'Nou, nee. Ze had een hartkwaal, maar daar kreeg ze medicijnen voor. En ze kon nog vrij goed lopen, al was het met een rollator. Ze was op leeftijd, maar ik zou haar niet "op" willen noemen.'

'Dus haar dood kwam als een verrassing?'

Ella knikte en beet op haar lip. 'Een grote verrassing.'

'Heeft ze wel eens toespelingen gemaakt dat ze u in haar testament wilde opnemen?'

'Nee, helemaal niet.'

'Waarom denkt u dat ze dat gedaan heeft?'

'Mij in haar testament opnemen? Omdat we een goede band hadden. Ik heb geen contact meer met mijn familie en mevrouw Verkerk was erg lief voor mij.'

De Bruin keek in zijn aantekeningen. 'Hoe was haar relatie met haar kinderen? Kreeg ze vaak bezoek?'

'Ze had een dochter en een zoon. De dochter is omgekomen bij een auto-ongeluk, samen met haar man. De zoon van mevrouw Verkerk is kunstschilder en woont in Portugal. Hij komt nooit naar Nederland. Mevrouw Verkerk kreeg bijna nooit bezoek. Alleen haar kleinkinderen komen af en toe. Daarom bleef ik vaak even wat langer, om wat te praten.'

'Hebt u haar gevonden?'

'Nee, mijn collega.'

'En wie heeft mevrouw Verkerk als laatste in leven gezien?'

'Jiska en ik. We hebben haar samen gewassen en in bed geholpen.'

'Hoeveel tijd zat er tussen het moment dat jullie haar alleen lieten en het moment waarop uw collega haar dood aantrof?'

'Ik denk iets van drie kwartier.'

'En wat deed u in die tussentijd?'

'Ik was met andere bewoners bezig. Ik hielp ze met uitkleden en naar de wc gaan. Dus er zijn getuigen genoeg dat ik mevrouw Verkerk niets heb kunnen aandoen.'

'Volgens uw collega's en uw leidinggevende was het niet onmogelijk om tussendoor haar kamer even binnen te gaan.'

'Weet u hoe druk we het rond die tijd hebben? Je wordt onmiddellijk gemist als je iets anders gaat doen. We hebben amper de tijd om zelf naar de wc te gaan. En we lopen steeds de kamers in en uit, het zou ontzettend riskant zijn.'

'Dat is waar,' zei Stroombergen. 'Maar zoals mijn collega al zei, hoeft het niet lang te duren.'

Zo ging het verhoor nog een tijdje door. Op een gegeven moment leunde De Bruin naar achteren en ordende Stroombergen zijn papieren.

Ze hebben niets, dacht Ella. Er is ook niets, dus ze kunnen me niet vasthouden.

'Mag ik nu naar huis?' vroeg ze.

De Bruin schudde zijn hoofd. 'We zijn nog niet klaar, mevrouw Van Doornik. Nog lang niet.'

'Waarom niet? Ik heb alles verteld, en ik ben onschuldig.'

'Daar zijn wij helaas niet van overtuigd. We willen graag nog wat langer met u praten.'

Ella haalde diep adem om de golf van paniek die in haar opkwam te onderdrukken. 'Dan wil ik een advocaat,' zei ze.

29

De rechercheurs gingen weg en Ella bleef in de verhoorkamer achter. Na lang wachten werd ze opgehaald en naar een andere kamer gebracht. Daar zat een lange, blonde man, die meteen opstond en zijn hand uitstak.

'Ik ben Peter Sterrenburg, je advocaat,' zei hij. 'Ik kom je helpen.'

Hij was een volslagen vreemde, maar hij voelde als een dierbare vriend.

'Ella van Doornik,' zei ze.

Peter hield haar hand een tijdje vast. 'Hoe gaat het met je?'

'Nu wat beter. Ik ben zó blij dat u er bent.'

'Dat geloof ik graag. En zeg maar "je". Kom, ga zitten, dan spreken we alles door. Ik heb je dossier nog niet gekregen, dus ik weet nog maar weinig van je zaak af. Vertel eens wat er is gebeurd.'

'Weet je dat niet?' Geschrokken keek Ella hem aan; ze had gehoopt dat Peter met oplossingen zou komen. Misschien wel met het bericht dat ze hier dadelijk weg zou mogen.

'Ik weet wel iets, natuurlijk. Dat je verdacht wordt van moord.'

Dat woord viel met een bons tussen hen in op tafel. Ella slikte moeizaam.

'Ik heb niemand vermoord. Echt niet.'

'Waarom verdenken ze je dan?'

'Omdat ik de gelegenheid had. En een motief, blijkt nu. Maar ik wist helemaal niet dat mevrouw Verkerk mij in haar testament had opgenomen. Ze heeft me dat nooit verteld.'

'Wie is mevrouw Verkerk?' vroeg Peter, terwijl hij een aantekening maakte. 'Ik bedoel, vertel eens iets over jullie relatie?'

'Ze was een van de bewoners van het verpleegtehuis waar ik werk. We konden het goed met elkaar vinden, ik was erg op haar gesteld. En zij op mij. Ze wilde me wel vaker cadeautjes geven. Sieraden, en geld.'

'Nam je wel eens iets aan?'

'Nee, dat mag niet. Ik probeerde dat elke keer uit te leggen, maar ze begreep het niet goed. "Waarom mag ik jou niet iets geven als ik daar zin in heb? Het zijn mijn eigendommen, ik beslis zelf wel wie ze krijgt."'

'Dat moet lastig zijn geweest.'

'Ja, inderdaad. Ik begreep haar, maar zij begreep mij niet. Op een gegeven moment dacht ik van wel, want ze hield erover op, maar nu blijkt dus dat ze me in haar testament had opgenomen. Het was een grote verrassing. En niet zo'n aangename,' voegde Ella er bitter aan toe. 'Zonder dat testament zou ik niet verdacht worden.'

Ze vertelde hem het hele verhaal, inclusief de manier waarop het verhoor door de politie was verlopen. Af en toe stelde Peter een vraag, maar het grootste deel van de tijd luisterde hij en maakte hij aantekeningen. Uiteindelijk leunde hij naar achteren en keek Ella aan.

'Dus als ik het goed begrijp berust deze hele zaak alleen op het feit dat mevrouw Verkerk jou tot erfgenaam heeft benoemd. Je hebt haar samen met een collega verzorgd, en daarna was je druk bezig met de andere bewoners. En of mevrouw Verkerk vermoord is, valt nog te bezien. Het lijkt mij dat ze bijzonder weinig hebben om je vast te houden. Ik weet dat ze die andere erfgenaam, Manuel Vroman, ook onderzoeken. Ik ga aan de slag, en intussen onthoud jij je van commentaar. Dat betekent dat je geen vragen van de politie beantwoordt als ik niet aanwezig ben.'

'En als ze me gaan verhoren?'

'Dan zeg je "Geen commentaar". Je antwoordt pas als ik naast je zit en als ik zeg dat je de vraag kunt beantwoorden. Afgesproken?'

Ella knikte. 'Ze zullen me toch wel laten gaan? Ik hoef toch niet in een cel?'

'Je mag niet langer dan zes uur worden vastgehouden. Als ze daarna nog niet klaar zijn, moeten ze je in verzekering stellen.'

'In verzekering? Wat wil dat zeggen?'

'Dat ze je op het bureau vasthouden en dat je in een cel overnacht. Voor drie dagen maximaal, al kan de officier van justitie die termijn verlengen met nog eens drie dagen. Maar meestal wordt een verdachte na drie dagen aan de rechter-commissaris voorgeleid, en die bepaalt of je wordt vrijgelaten of niet.'

Met grote ogen keek Ella hem aan. 'Ik word toch wel vrijgelaten? Ik heb niets gedaan!'

'Dan gaan we ze daarvan overtuigen,' zei Peter.

Drie volle dagen hielden ze haar vast. De eerste nacht in de cel was een verschrikking. Zij, Ella van Doornik, in een cel. Als een misdadiger. Dat kon toch niet waar zijn! Maar de doffe klap waarmee de stalen deur achter haar dichtviel, klonk echt genoeg.

Alles was van beton: de vloer, de muren en de bank. Er was geen raam. Het enige licht kwam van een felle lamp aan het plafond.

Ella vermoedde dat er ergens een camera zat waarmee ze haar in de gaten konden houden, en ze gunde hun niet het genoegen haar te zien huilen.

Onthoud wie je bent, prentte ze zichzelf in. Je bent géén misdadiger. Je bent onschuldig.

Ze deed geen oog dicht op de betonnen bank onder het dunne dekentje, en al was ze moe genoeg om door dat ongemak heen te slapen, het felle licht verhinderde dat. Haar verzoek of het uit mocht, of in ieder geval gedimd kon worden, werd genegeerd.

De volgende dag verhoorden ze haar weer, uur na uur. Als Peter haar niet had gesteund, was ze gek geworden. Op de vierde dag moest ze in vrijheid worden gesteld, maar al snel werd duidelijk dat de politie haar langer wilde vasthouden. Op grond van ernstige verdenking zou ze aan de rechter-commissaris worden voorgeleid.

'Wat gebeurt er als hij me niet laat gaan?' vroeg ze aan Peter.

‘Dan word je naar een huis van bewaring overgebracht.’

‘Echt? Maar de rechter-commissaris zal me toch wel laten gaan?’

‘Dat is moeilijk te zeggen. Er is geen hard bewijs voor je schuld, maar dat hoeft niet per se. Officieel is er maar één grond nodig om je in hechtenis te nemen, en dat kan ook een onderzoeksgrond zijn. Dat houdt in dat er bijvoorbeeld nog getuigen moeten worden gehoord.’

‘Dus als ze nog getuigen willen horen, kunnen ze me vasthouden?’

‘Ja.’

‘In de gevangenis?’

‘In het huis van bewaring. Daar blijf je tot het proces.’

Ella trok wit weg.

‘Maar daar gaan we niet van uit,’ zei Peter. ‘Ik denk dat ze je wel zullen laten gaan.’

‘Dat móet toch wel? Hebben ze al onderzocht of Manuel er iets mee te maken heeft?’

‘Ja, maar daar is geen enkele aanwijzing voor. Hij is niet gezien in het verzorgingstehuis en hij staat ook niet op camerabeelden.’

‘Er zijn daar bijna geen camera’s, alleen bij de ingang. Als je een beetje de weg kent in dat tehuis, is het helemaal niet moeilijk om ongezien binnen te komen.’

‘Denk je dat hij het gedaan heeft?’

Ella zuchtte. ‘Nee. Ik denk dat mevrouw Verkerk gewoon een natuurlijke dood is gestorven.’

‘Dat zou heel goed kunnen,’ zei Peter, ‘maar het gaat erom wat de rechter-commissaris denkt.’

Op de dag van de zitting was ze bloednerveus. En terecht, want de rechter-commissaris had niet lang nodig om tot een besluit te komen. Binnen een kwartier kreeg Ella te horen dat ze dertig dagen vastgehouden zou worden in het huis van bewaring in Breda.

30

Thuis opgehaald worden door de politie, in een cel zitten en verhoord worden bleek nog niets te zijn vergeleken bij haar verblijf in het huis van bewaring.

Bij aankomst brachten de agenten haar naar een kale, koude ruimte waar twee vrouwelijke bewaarders klaarstonden. Een van hen gaf Ella opdracht haar zakken leeg te halen en zich uit te kleden.

Ongelovig keek Ella de vrouw aan. 'Uitkleden? Waarom?'

'Doet u het nou maar gewoon.'

Ella gehoorzaamde en legde haar kleren op de stoel. De bewaarster begon de zakken en voeringen te doorzoeken, haar collega zei: 'En uw ondergoed, mevrouw.'

Sprakeloos staarde Ella haar aan, maar aan de rustige blik waarmee de vrouw terugkeek, zag ze dat ze geen grapje maakte.

Met haar ogen op de vloer gericht trok ze haar ondergoed uit. Ze schaamde zich voor elke naakte centimeter die zichtbaar werd, maar bedwong zich om haar lichaam met haar handen te bedekken. Ze bleef rustig staan en staarde voor zich uit.

‘Wilt u even met uw armen ronddraaien?’

Ze deed het.

‘Heel goed. En nu vooroverbuigen, alstublieft.’

Ze boog voorover en klemde haar kiezen op elkaar.

De bewaarster gaf haar ondergoed terug en Ella griste het uit haar hand. Ze kleedde zich weer aan, maar haar kleren voelden opeens vies en bezoedeld. De bewaarsters gebaarden haar mee te komen.

Ze gingen een sluis door, een deur werd geopend. Trillend op haar benen liep Ella het cellenblok in. Wat ze zag kende ze van tv-series: de verdiepingen met galerijen, de geelgeverfde metalen deuren van de cellen, de brede ijzeren trap in het midden van de enorme ruimte.

Met het gevoel dat ze uit haar lichaam was getreden liep Ella mee over het groene zeil, nagekeken door de andere gedetineerden.

Dit gebeurt niet echt, dacht ze. Niet met mij. Dat kán niet.

In gedachten herhaalde ze keer op keer haar mantra. Onthoud wie je bent. Je bent géén misdadiger. Je bent onschuldig.

Haar cel was een langwerpig kamertje met een bed, twee stoelen, een bureaublad dat aan de muur was bevestigd en een kledingkast. Witte muren, een betonnen vloer. In de verste hoek een toiletpot en een wastafel. Op het matras van haar bed een bundel beddengoed, verpakt in plastic. De enige vorm van luxe die ze kon ontdekken was het tv’tje dat op het bureaublad stond.

Langzaam liep Ella verder de cel in, tot aan het raam. Dat keek uit op een doorgaande weg en een fietspad. Op bomen en een groenstrook, op mensen die hun hond uitlieten of in een auto voorbijreden. Mensen voor wie dit een gewone dag was, en die niet wisten hoe gelukkig ze waren dat ze vannacht gewoon in hun eigen bed konden slapen.

Ze wist niet hoelang ze daar had gestaan voor ze zich omdraaide. De bewaarders waren verdwenen, de deur stond open. Om het vergeelde matras niet te hoeven zien, begon ze het bed op te maken. Toen ze klaar was hoorde ze iets en ze keek opzij. Een vrouw met prachtig ingevlochten kroeshaar leunde tegen de deurpost en peuterde aan haar nagel.

'Hoi,' zei ze. 'Ik ben Sunita.'

'Ella.'

'Wil je nog even hier blijven, of zal ik je rondleiden?'

Ella wilde geen van beide, maar ze begreep dat ze het vriendelijke gebaar niet moest afslaan. Het moest er toch een keer van komen. Ze kon niet eeuwig in haar cel blijven, ze zou zich op een gegeven moment onder haar medegevangenen moeten begeven.

Sunita leek te begrijpen wat er in haar omging. 'Het is even spannend, maar dan heb je het maar gehad.'

Ella had zich altijd voorgesteld dat je in de gevangenis overal naartoe werd gebracht door cipiers, die met rammelende sleutelbossen naast je liepen. In werkelijkheid kon ze zich vrij bewegen van haar cel naar de eetruimte en de werkzaal. Zodra ze hoorde dat je je kon opgeven om te werken, had ze zich aangemeld. Het was geestdodend werk, maar ze had in ieder geval iets te doen, en het was prettig om met de andere vrouwen te praten.

Er was beperkte tijd ingeruimd voor de gezamenlijke maaltijden en ze mocht een uurtje per dag sporten. Toch bleef er heel wat tijd over die ze alleen in haar cel moest doorbrengen. Ze schreef een brief aan Nikki, maar kreeg geen antwoord.

De dagen begonnen vroeg, de avonden duurden lang. Om zeven uur gingen de celdeuren dicht en moest ze zichzelf zien te vermaken.

Iedereen had recht op één uur bezoek per week, maar voor Ella kwam er niemand. Dat had ze ook niet verwacht. Diep in haar hart vond ze het wel prima dat ze zich in deze omgeving niet aan bekenden hoefde te vertonen. De enige die ze zag was haar advocaat.

Maar op een ochtend verscheen Ron, een van de 'piewies', zoals de penitentiair medewerkers werden genoemd, op de drempel van haar cel. 'Je hebt bezoek, Ella.'

Verbaasd keek Ella hem aan. 'Wie dan?'

'Dat weet ik niet. Ga je mee?'

Ze legde haar boek opzij en kwam overeind. Ze liep met Ron mee naar de bezoekersruimte en liet haar ogen rondgaan. In eerste instantie kon ze niemand ontdekken die ze kende, tot iemand half overeind kwam en haar hand opstak. Ze had haar lange donkere haar afgeknipt tot een korte coupe, die haar erg goed stond. Ze was nog even mooi als vroeger, en Ella viel opnieuw als een blok voor haar toen ze Nikki omhelsde.

31

Lis

Ze ontbijten in de auto met een paar krentenbollen die ze uit Olafs vriezer hebben gehaald en in de magnetron hebben ontdooid. Terwijl Manuel rijdt, bekijkt Lis de Facebook-pagina van Annelies van Mourik. Niet zo slim van haar om dat filmpje erop te zetten. Het verbaast haar sowieso dat mensen hun hele hebben en houden op de sociale media zetten.

'Dat ze dat gepost heeft,' zegt ze. 'Mensen zijn veel te goed van vertrouwen.'

'Die Bram is veel voorzichtiger. Waarschijnlijk weet hij niet eens dat zijn vrouw dat filmpje heeft gepost, hij zit niet op Facebook.'

'Straks zitten Ella en Demi daar helemaal niet.'

'Dat zien we dan wel weer. Misschien vinden we dan een aanwijzing waar ze wel zitten.' Manuels blik glijdt naar de navigatie. 'Over vier uur zijn we er.'

'Hoe wil je het gaan aanpakken?'

'Gewoon, binnenvallen, dat kind grijpen en wegwezen.'

'En Ella?'

Manuel zegt niets en Lis kijkt hem van opzij aan. Er speelt een fijn glimlachje om zijn mond, en ze voelt een steek van irritatie. Wat gaat er door hem heen? Ze krijgt het gevoel dat hij zijn eigen plannetjes heeft, dat hij haar niet alles vertelt.

Ze onderdrukt haar ergernis en zegt zo rustig mogelijk: 'We kunnen niet nog meer doden gebruiken, Manuel. Dat gaat te veel opvallen.'

'Hoezo? Niemand die het verband ziet tussen een verdwenen kind in Nederland, een brand in België en een dode vrouw in Frankrijk.'

'Nog niet, nee. Tot ze het wel zien. Hoe je het ook bekijkt, we laten een spoor na en dat bevalt me niet.'

'Wat had jij dan in gedachten?'

'We nemen ze allebei mee, en we houden Ella vast tot we het losgeld hebben.'

'En dan?'

'Wat jij wilt. Maar het is belangrijk dat we geen onnodige aandacht trekken.'

'Ik weet het niet. Als we haar op een afgelegen plek begraven, kraait er geen haan naar. Niemand weet dat ze daar zit, dus niemand weet dat ze is verdwenen. Ik zou me een stuk beter voelen als ze ergens diep onder de grond lag. Jou kent ze niet, maar mij wel. Als we haar laten gaan zodra we het losgeld hebben, zal ze verhoord worden door de politie en over mij gaan lullen.'

'Dat is waar.' Lis denkt even na. 'We zouden ook haar de schuld kunnen geven.'

'Hoe bedoel je?'

'Wat ik zeg. We laten haar de onderhandelingen voeren, berichten inspreken, briefjes schrijven. Dan zit ze er tot aan haar nek in.'

Ze rijden enige tijd door zonder iets te zeggen, en dan zegt Manuel: ‘Oké, we doen het zoals jij het zegt, en als we haar onze zaakjes hebben laten opknappen, schieten we haar dood. Dan leidt er geen enkel spoor naar ons.’

Lis doet alsof ze erover nadenkt, maar in haar hoofd rijpt een heel ander plan.

‘Nou?’ zegt Manuel.

Ze glimlacht naar hem en zegt: ‘Doen we.’

32

Manuel

Manuel was op het idee gekomen tijdens de lofzang die zijn oma afstak over de 'zusters', en met name over Ella. Die naam viel opvallend vaak, ook toen hij haar op een warme middag in de rolstoel meenam naar het park.

'Ze is altijd zo lief voor me,' zei oma. 'Ik wilde haar iets geven, maar ze zei dat ze dat niet kon aannemen.'

'Wat wilde u haar geven?'

'Gewoon, een cadeautje. Eerst gaf ik haar een gouden kettinkje, dat draag ik toch nooit meer, maar ze gaf het weer terug.'

'Waarom?' vroeg hij, terwijl hij de rolstoel voorzichtig de stoep af reed en in de richting van het park liep.

'Omdat dat niet mag van de leiding. Vind je dat niet vreemd? Ik mag toch zeker zelf weten aan wie ik iets geef?'

'Het heeft er waarschijnlijk mee te maken dat die meiden u anders uw spullen zouden aftroggelen.'

'Dat zouden ze nooit doen, en Ella zeker niet.'

'Dat weet u niet. Hoe goed kent u haar nou helemaal?'

'Goed genoeg,' zei zijn oma op besliste toon. 'Het is een lief meisje dat veel heeft meegemaakt in haar leven. Ze heeft niemand meer.'

'Hoezo?'

'Haar ouders zijn jehova's, en ze hebben Ella het huis uit gezet toen ze uit het geloof stapte. Nou vraag ik je! Wat voor ouders doen zoiets? Ik was ook niet blij toen jouw moeder niet meer naar de kerk wilde, maar ik zou haar nooit om die reden de deur hebben gewezen.'

'Nee, natuurlijk niet.'

'En nu is ze helemaal alleen. Daarom wilde ik haar dat kettinkje geven, maar dat mocht dus niet. Ik vind het zo jammer. Er is zo weinig dat ik terug kan doen, terwijl ze in haar vrije tijd altijd nog een halfuurtje met me blijft praten. Dat hoeft ze niet te doen, ze kan ook meteen naar huis gaan, maar ze zegt dat ze het gezellig vindt. Dat is toch lief?'

'Heel lief. Heeft ze echt nooit iets van u aangenomen? Ook niet iets kleins?'

'Nee. Ik zou haar wel wat geld willen geven, maar dat neemt ze ook vast niet aan. Ik vind het zo vervelend!'

Manuel dacht even na en zei toen: 'Oma, als u iets voor haar wilt doen, dan zijn er wel mogelijkheden, hoor. U zou haar in uw testament kunnen opnemen. Niet met een groot bedrag, maar een paar duizend euro of zo. Dat is voor haar vast veel geld. En als u er niet meer bent, kan ze het moeilijk teruggeven.'

Met een peinzende uitdrukking op haar gezicht keek zijn oma om. 'Dat is waar, maar het duurt hoop ik nog een tijdje voor ik doodga. Ik zou wel tegen haar kunnen zeggen dat ik van plan ben om haar in mijn testament op te nemen. Dan heeft ze iets om naar uit te kijken.'

'Dat zou ik niet doen. Waarschijnlijk zegt ze dan dat ze

dat niet wil en probeert ze u van gedachten te laten veranderen. Ik zou haar gewoon de verrassing van haar leven bezorgen.'

'Maar ik wil haar zo graag blij maken en haar reactie zien.'

'Ik ben bang dat dat niet gaat, oma. Dit is de enige manier. Denk er nog maar even over na. Als u wilt kan ik een afspraak maken bij de notaris, en dan kom ik u ophalen en gaan we er samen naartoe.'

'Ja,' zei oma. 'Laten we dat doen.'

Vanuit Maastricht is het zes uur rijden naar Beaune, een afstand die ze met één tussenstop afleggen. 's Ochtends komen ze er aan, maar ze belanden in de oude binnenstad, waar ze met de auto nauwelijks vooruitkomen. Op de terrassen zitten mensen koffie te drinken, en toeristen lopen midden op straat.

Met een verbeten gezicht slalomt Manuel tussen de voetgangers door.

'Die klotenavigatie,' zegt hij. 'We hadden gewoon om de stad heen gemoeten. Zal je zien dat Ella straks net weg is met dat kind.'

'Waarom zou ze? Ze heeft geen idee dat wij weten dat ze naar Frankrijk is gegaan.'

'Nee, maar toch. Dit gaat allemaal bijna té makkelijk.'

'Soms zijn de dingen ook makkelijk, Manuel. Doe niet zo gestrest en rij niet zo hard. Straks belandt er nog een toerist op de motorkap en dan hebben we echt een probleem.'

Uiteindelijk slagen ze erin om Beaune achter zich te laten. De navigatie leidt hen naar een weg die door de glooiende velden voert. Hier en daar staan huizen, en in de berm wijzen borden op 'maisons' waar je wijn kunt proeven en kopen.

'Nuiton-Beaunoy,' zegt Lis. 'Rechtdoor. Kijk, dit is het stuk weg dat Annelies gefilmd heeft.'

Ze volgen de Route de Pommard, zeggen geen woord meer. Manuels gezicht staat strak van de spanning.

Aan het einde van de weg verlaten ze de bebouwde kom. De huizen maken plaats voor wijngaarden en een groot bord maakt hen erop attent dat ze Nuiton-Beaunoy naderen. Even later rijden ze erlangs.

'Bij de rotonde links,' zegt Lis.

Manuel mindert vaart en rijdt de rotonde op. Het huis van Bram en Annelies ligt een stukje verderop.

'Daar is het,' zegt Lis.

Manuel parkeert de auto in de berm, in de beschutting van een enorme hibiscus.

Zonder een woord te zeggen stappen ze uit. Een met flagstones geplaveid pad leidt naar de voordeur. De luiken zijn open, en een van de ramen op de bovenverdieping ook. De vitrage beweegt zacht in de wind.

'Bellen we aan?' vraagt Lis.

'Jij belt aan, ik loop door naar achteren. Als ze opendoet, duw je haar naar binnen.'

Lis knikt. Ze doet een paar dunne handschoenen aan en haalt haar pistool tevoorschijn. Ook Manuel trekt handschoenen aan en pakt zijn wapen. Vervolgens loopt hij naar de zijkant van het huis. Er ligt gelukkig geen grind, en geruisloos sluipt hij naar achteren. Stemmen komen hem tegemoet, van een man en een vrouw.

Hij drukt zijn rug tegen de muur en kijkt voorzichtig om de hoek. Op het terras achter het huis zit een man koffie te drinken, een krant op schoot. Tegenover hem zit een blonde vrouw die Manuel alleen op de rug kan zien, maar die hij toch meteen herkent. Hij herkent de man trouwens ook.

Met een diepe zucht laat Manuel zijn hoofd tegen de muur rusten. 'Fuck!' zegt hij zacht. Hij pakt zijn telefoon en stuurt een appje naar Lis dat Bram en Annelies op het terras zitten. Hij voegt eraan toe:

Kom hierheen.

Vervolgens stapt hij het terras op.

33

Het echtpaar schrikt duidelijk van het onverwachte bezoek. Zonder iets te zeggen staren ze hem aan.

'Goedemorgen!' Manuel heeft het pistool in de zak van zijn spijkerjasje gestoken, waar het hopelijk niet opvalt.

'Wie ben jij?' vraagt Bram op barse toon.

'Sorry dat ik zomaar aan kom lopen. Ik ben een vriend van Ella. Ik dacht dat zij hier zat.'

'Ella?' Annelies kijkt hem niet-begrijpend aan.

'Ella van Doornik, de vriendin van uw dochter. Ik dacht dat zij hier zaten.' De naam van hun dochter is Manuel ontschoten, maar zoals hij wel had verwacht helpen haar ouders hem herinneren.

'Céline is gewoon in Nederland, op haar werk,' zegt Bram met gefronste wenkbrauwen.

'O, echt? Jee, wat stom van me. Dan heb ik het verkeerd begrepen. Ik dacht dat ze met Ella een weekje vakantie zou houden.'

'Nou, niet dus.' Bram kijkt naar Manuels handschoenen.

'Zonneallergie,' zegt Manuel. 'In de zomer zitten mijn handen vol met van die rode bultjes. Jeukt als de pest.'

'Wat vervelend dat jullie dat hele eind voor niets hebben

gereden,' zegt Annelies op meelevende toon.

'Zo erg is het niet. Mijn vriendin en ik zijn op weg naar Zuid-Frankrijk. Het leek ons leuk om even gedag te zeggen. Ik moet me vergist hebben in de datum. Stom van me. Het spijt me vreselijk.'

'Waar is je vriendin?' vraagt Bram.

'Ik denk dat ze nog bij de voordeur staat.'

Aan de zijkant klinken voetstappen en even later verschijnt Lis. Ze heeft haar handschoenen uitgetrokken en kijkt van de een naar de ander.

'We hebben ons vergist in de datum,' zegt Manuel. 'Ella en Céline zijn er niet. Ik begrijp er niets van. Ik dacht dat ze de tweede week van juli hadden gezegd.'

'Céline was helemaal niet van plan om hier vakantie te houden. Ze zou met haar vriend naar Portugal gaan.' De wantrouwige trek keert terug op Brams gezicht. Zijn ogen laten Manuel geen moment los.

Intussen begroet Lis Annelies door haar een hand te geven en zich voor te stellen. Ze doet dat zo rustig en vriendelijk dat ze Annelies meteen voor zich inneemt, ziet Manuel. Ze geeft Bram ook een hand, die hij met enige reserve schudt.

'Het spijt ons vreselijk, het is een groot misverstand,' zegt Lis. 'Céline zei tegen ons dat ze naar het huisje in Frankrijk wilde, maar blijkbaar is dat niet doorgegaan. We hadden ook niets afgesproken, het kwam onderweg in ons op om langs te gaan omdat we hier in de buurt gingen overnachten. We zullen u niet langer storen.'

'Het is al goed. Vervelend voor jullie, maar ja, ze zijn er niet. Goede reis,' zegt Bram.

‘Zou ik even gebruik mogen maken van het toilet?’ vraagt Lis.

‘Natuurlijk,’ zegt Annelies. ‘En willen jullie een kop koffie voor jullie verdergaan?’

‘Nou, dat sla ik niet af.’ Manuel gaat meteen zitten en glimlacht naar Bram.

Hij weet dat Lis haar handschoenen weer aan zal trekken, dat ze het huis snel zal inspecteren en op het toilet zo veel mogelijk informatie over Céline zal opzoeken op haar telefoon. Intussen zitten Bram en hij in een ongemakkelijk stilzwijgen tegenover elkaar.

‘Jullie wonen hier mooi,’ zegt Manuel ten slotte. ‘Heel... vredig. Hebben jullie dit huis al lang?’

‘Twee jaar.’ Bram lijkt wat te ontspannen. Hij slaat zijn ene been over het andere en kijkt uit over de velden. ‘Het was altijd al Annelies’ droom om een huisje in Frankrijk te hebben. Voor mij hoefde het niet per se, ik zag voornamelijk veel werk voor me. En het ís ook veel werk.’

‘Maar nu is het zeker wel chill.’

‘Ja, nu is het wel chill. Vertel eens, waar ken jij mijn dochter van? Hoe heet je eigenlijk?’

‘Jeroen van Veen.’

‘Nooit van gehoord.’

‘Ik ben ook eigenlijk meer een vriend van Ella. Ik heb Céline via haar leren kennen.’

Bram knikt en doopt een stuk croissant in zijn koffie. ‘Misschien zit ze in haar eigen huisje.’

‘Wie?’

‘Ella.’

Manuel staart Bram aan. 'Heeft Ella een eigen vakantiehuisje? In Frankrijk?'

'Wist je dat niet?'

Brams wantrouwen is terug, Manuel ziet het aan zijn gezicht. Het heeft geen zin om te liegen.

'Nee, dat heeft ze me nooit verteld. Maar we hebben ook een tijdje wat minder contact gehad. Ella is erg op zichzelf.'

'Dat valt toch wel mee? Ze heeft juist graag mensen om zich heen. Al ligt het er natuurlijk wel aan wíe.'

Die opmerking laat Manuel passeren. 'Hebt u het adres?'

Annelies komt aanlopen met een dienblad met bekers, suiker, melk en koeken. 'Adres? Van wie?' vraagt ze.

'Van Ella's vakantiehuis.' Bram zegt het op een toon waardoor zijn vrouw hem opmerkzaam aankijkt. 'Jeroen wist niet dat ze zelf een vakantiehuisje heeft, dus zo'n goede vriend kan hij niet zijn. In ieder geval niet goed genoeg om hem die informatie zomaar te geven. Ik denk dat ik Ella maar eens bel.' Hij haalt zijn telefoon tevoorschijn, maar hij komt niet ver.

Manuel haalt zijn pistool uit zijn jaszak en richt het op Annelies. 'Dat moest je maar niet doen. Als je niet wilt dat er ongelukken gebeuren tenminste.'

Annelies slaakt een kreet, net op het moment dat Lis in de deuropening verschijnt.

'Leg dat pistool weg. Ze geven dat adres echt wel.' Ze wendt zich tot Annelies en voegt er op geruststellende toon aan toe: 'Het is niet echt, hoor.'

'Jawel.' Manuel richt op een duif die op het gazon landt,

en schiet. Er klinkt een doffe plof en de veren vliegen in het rond.

Annelies gilt en Bram komt overeind, zo wild dat hij zijn koffie omgooit.

'Zitten blijven.' De loop van het pistool zwaait van Annelies naar Bram. 'Het adres. Nu!'

Annelies noemt haastig de straat.

Manuel komt overeind terwijl hij Bram onder schot blijft houden. 'Jullie telefoons,' zegt hij.

Met een van woede vertrokken gezicht schuift Bram zijn toestel over tafel naar hem toe. Manuel loopt naar Annelies en gaat vlak voor haar staan. 'En die van jou?'

Het dienblad in haar handen trilt hevig. 'Hij ligt binnen, aan de oplader,' fluistert ze.

Lis verdwijnt in het huis. Terwijl hij wacht, pakt Manuel een mok koffie van het dienblad en neemt een paar slokken. Hij kijkt Annelies, die op het punt staat om in tranen uit te barsten, strak aan, het pistool op haar borst gericht. Vanuit zijn ooghoeken houdt hij Bram in de gaten. Die zit nog steeds op zijn stoel, als bevroren.

Voetstappen klinken, Lis komt naar buiten. 'Gevonden!' zegt ze opgewekt, met de telefoon en een lader in haar hand. 'En ze hebben een kelder, zag ik.'

'Mooi, dan gaan we daarnaartoe. Hup!' Met zijn pistool dirigeert Manuel het echtpaar naar binnen, de gang door, naar de keldertrap. Ze stommelen naar beneden, Bram valt bijna en vloekt.

'Niet zulke lelijke woorden gebruiken,' zegt Manuel. 'Jezus kan er ook niets aan doen. Je kunt hem beter bedanken dat ik je niet door je kop heb geschoten. Of misschien moet je mijn vriendin bedanken, want die is niet zo van het schieten.'

'En nu?' vraagt Bram. 'Sluiten jullie ons hier op? Jullie kunnen ons niet zo achterlaten. Het kan wel dagen duren voor iemand ons mist. We zullen verhongeren!'

'Nee hoor,' zegt Manuel terwijl hij wat secuurder richt. 'Zover komt het niet.'

Ze gaan naar buiten, drinken de koffie op en nemen de koeken mee voor onderweg. Als ze bij de auto zijn, blijft Manuel staan.

'Ik zag in de keuken een paar mooie wijnen liggen,' zegt hij. 'Die kan ik nog wel even halen.'

'Het lijkt me beter dat we er als een speer vandoor gaan.'

'Waarom? Ze hadden gelijk: het kan dagen duren voor ze gemist worden. Tegen die tijd zijn wij ver weg. Ik ga die wijn halen, ga jij maar alvast in de auto zitten en houd de boel in de gaten.'

Lis knikt en loopt naar de voorkant van het huis. Het zit haar niet helemaal lekker dat Manuel die twee heeft neergeschoten, maar ze beseft dat hij weinig keus had.

Ze gaat bij de auto staan en kijkt om zich heen. Niets en niemand te zien. Verderop, bij het wijnhuis, zijn wel auto's te horen, en een ervan komt even later langsrijden, maar de hibiscus onttrekt haar aan het zicht.

Het duurt even voor Manuel terugkomt, en als ze hem eindelijk ziet, loopt hij gehaast.

'Waar is die wijn nou?' vraagt ze.

‘Waardeloos spul. Dat ga ik niet meeslepen.’

‘Je bleef lang weg. Wat heb je gedaan?’ Wantrouwig kijkt Lis haar neef aan.

‘Onze sporen uitgewist.’

‘We hebben geen sporen achtergelaten, we droegen handschoenen. Zeg op, wat heb je gedaan? Toch geen brand gesticht, hè?’

‘Zeik niet zo, Lis. Stap in!’

Lis blijft met haar armen over elkaar geslagen staan. ‘Ik ben je partner, weet je nog? Ik heb er recht op om het te weten.’

Manuel stapt in, start de motor en rijdt weg.

‘Hé!’ roept Lis.

De auto verdwijnt de bocht om en Lis vloekt. Manuel zal haar niet achterlaten, daarvoor heeft hij haar te hard nodig, maar elke seconde dat ze bij dit huis staat is er een te veel. Dat kan hij toch zelf ook bedenken? Af en toe vraagt ze zich af of hij überhaupt wel nadenkt. Manuel bezit een zekere boerenslimheid, maar hij is ook impulsief.

Een scherpe rooklucht dringt tot haar door en ze kijkt om naar het huis. Ook dat nog, hij heeft de boel in de fik gestoken. Straks slaan de vlammen eruit en staat zij hier langs de weg.

Maar op dat moment ziet ze de Peugeot aankomen, en met een strak gezicht wacht ze tot die naast haar tot stilstand komt.

Manuel gooit het portier open. ‘Nou, kom je nog?’

Zonder iets te zeggen laat Lis zich op haar stoel vallen.

‘Wat ben je toch een pyromaan,’ zegt ze als ze wegrijden.

'Was dat nou echt nodig? Nu staat het hier straks vol politie en brandweer.'

'Het was nodig, ja.'

'Hou toch op. Je kon jezelf gewoon weer niet in bedwang houden.'

'Kappen nu, Lis, anders gooi ik je er echt uit.' Manuel werpt haar een donkere blik toe.

Lis doet er het zwijgen toe. Het heeft geen zin om ruzie te maken, het is nu toch al gebeurd. Maar ze moet Manuel wel beter in de gaten houden.

Ze rijden om Beaune heen, en dan begint het. Een paar auto's van de gendarmerie rijden hun met zwaailichten tegemoet, gevolgd door een brandweerwagen met gillende sirenes. Als Lis omkijkt ziet ze op de plek waar het huis van Bram en Annelies moet staan een enorme rookpluim opstijgen.

Manuel kijkt ernaar via de achteruitkijkspiegel en lacht luid. 'Moet je zien, wat een fik! Kicken!'

Met een zucht draait Lis zich weer om en kijkt naar de weg voor zich. Dit wordt een lange dag.

34

Ruud

Het mooie zomerweer heeft hem naar buiten gelokt, met een broodje in de hand het nabijgelegen park in. De hele dag binnen zitten werkt niet bevorderend voor het concentratievermogen, en als het even kan probeert Ruud wat frisse lucht op te snuiven. Terwijl hij zijn broodje opeet loopt hij wat over de paden, zijn gedachten bij Manuel Vroman.

Hij heeft zich verdiept in het verleden van die jongen en het verraste hem dat Vroman bijna een collega van hem was geworden. Hij heeft schijnbaar meermalen geprobeerd om door de toelatingstesten voor de politieacademie te komen. Dat is niet gelukt, hij liep vast op het psychologische onderzoek, en daarna heeft hij voor een heel andere loopbaan gekozen.

Ruud zou hem graag aan de tand willen voelen, maar hij heeft geen idee waar hij uithangt. De telefoon die onder de tap staat gebruikt Vroman niet, en iets zegt Ruud dat hij dat ook niet zal doen.

Terug bij het bureau ziet hij een jonge vrouw bij de ingang staan die wat aarzelend naar hem kijkt. Hij knikt haar toe en dan vraagt ze: 'Bent u inspecteur Brandt?'

'Ja,' zegt hij, terwijl hij de vrouw onderzoekend opneemt. 'Kennen wij elkaar?'

'Nee, maar ik weet dat u de verdwijning van Demi onderzoekt. Iedereen heeft het erover. Ik wilde iemand van de recherche spreken en bij de balie zeiden ze dat u zo terugkwam, dus ik heb even gewacht.'

'En met wie heb ik het genoegen?'

'Sorry. Myrthe van Straten. Ik ben Jehova's getuige, ik ga naar dezelfde zaal als Demi's ouders.'

'Aha,' zegt Ruud. 'Zullen we binnen verder praten? Dan haal ik koffie en gaan we even rustig zitten.'

Myrthe schudt haar hoofd. 'Daar heb ik geen tijd voor, ik moet naar mijn werk. En zoveel heb ik ook weer niet te vertellen. Ik wil ook niet dat het opgeschreven of opgenomen wordt. Bij de jehova's is het niet de gewoonte om dit soort dingen met de buitenwereld te delen.'

'Wat voor soort dingen?'

'Gevoelige zaken. Maar in dit geval vond ik dat u het toch moest weten. Ik denk niet dat het ertoe doet, maar je weet maar nooit. Wat ik wilde zeggen is dat Naomi Hulshof niet Demi's echte moeder is. Demi is wel van Stan, maar niet van haar.'

'Hoe weet u dat?'

'Dat doet er niet toe. Vraagt u Naomi er maar naar, of onderzoek het. U zult geen gegevens over een bevalling vinden. Wel over haar zwangerschap daarvóór, maar niets over Demi.'

'En wie is Demi's biologische moeder dan wel?'

'Geen idee. Er gaan geruchten dat Stan het vroeger met

minderjarige meisjes aanlegde, en dat hij er een zwanger heeft gemaakt. Maar ik weet niet of dat waar is. Hoe dan ook, het leek me belangrijk om dat te vertellen.'

Myrthe wil weglopen, maar Ruud houdt haar tegen. 'Kent u de namen van die meisjes?' vraagt hij.

Myrthe aarzelt zichtbaar en schudt dan haar hoofd. 'Sorry, ik kan u echt niet meer vertellen.' Ze glimlacht verontschuldigend en loopt haastig weg.

Ruud kijkt haar na. Myrthe van Straten. Die naam zal wel vals zijn.

'Op Vromans naam staat een donkergroene Peugeot, en die is door de kentekenregistratie gesignaleerd toen hij de Belgische grens passeerde. Tot twee keer toe,' zegt Ingrid tijdens het teamoverleg. 'De auto van Ella van Doornik, een zilvergrijze Citroën, staat nog steeds voor haar deur, maar zij heeft zich daar niet meer laten zien. Het kan natuurlijk zijn dat ze met een andere wagen is vertrokken, maar het is niet bekend waar ze die dan vandaan gehaald zou hebben. Bij de verhuurbedrijven die we tot nu toe hebben gebeld is haar naam in ieder geval niet bekend.'

'Is ze nou wel of niet bij die ontvoering betrokken?' vraagt Martijn.

'Dat is nog steeds de vraag,' zegt Ingrid. 'We mogen niet uitsluiten dat zij Demi op dit moment bij zich heeft, want er is meer. Demi en haar ouders zijn Jehova's getuigen. Dat was Ella ook, tot haar uittreding. We hebben Stan Hulshof gevraagd of hij haar kende en hij zegt van wel, maar alleen van naam. Hij was verbaasd te horen dat Ella regelmatig bij zijn huis rondhing en heeft aangepapt met Demi's oppas.'

'Toen ik net aankwam werd ik aangesproken door een meisje, Myrthe van Straten,' zegt Ruud. 'Althans, ze beweerde dat ze zo heet. Ze bezoekt dezelfde zaal als de familie Hulshof, en ze zei dat er geruchten de ronde doen dat onze Stan een voorkeur voor minderjarige meisjes heeft. En dat Naomi niet de biologische moeder van Demi is. De vraag is natuurlijk hoe serieus we haar verhaal moeten nemen.'

'We moeten het in ieder geval onderzoeken,' zegt Ingrid. 'Want als Naomi niet Demi's moeder is, wie dan wel?'

'Hoeveel schelen Stan en Ella in leeftijd?' vraagt Martijn.

'Vijftien jaar,' zegt Ruud.

Het is even stil, tot Ingrid zegt: 'Dat lijkt me wat vergezocht. Sowieso. Waarom zou de biologische moeder van Demi losgeld vragen?'

'Ze kan die ontvoering in scène hebben gezet om de aandacht van zichzelf af te leiden,' zegt Ruud. 'En ik vind het niet zo'n gek idee dat Ella dat gedaan zou hebben. Denk er eens over na: Ella wil het kind terug dat ze in haar puberteit heeft gekregen. Ze kent Manuel Vroman uit het verzorgingstehuis waar zijn oma zat, en ze krijgt hem zo gek dat hij Demi voor haar ontvoert. Misschien heeft ze Vroman niet verteld dat het haar kind is, maar misschien ook wel. Hoe dan ook, Ella gaat ervandoor met Demi en Manuel Vroman strijkt het losgeld op.'

Als Ruud zijn blik laat rondgaan, ziet hij veel nadenkende en twijfelende gezichten.

'Goed, het is een wilde theorie, maar wel een die we verder moeten onderzoeken,' zegt Ingrid ten slotte. 'Er is één iemand die zeker weet of Demi haar kind is of niet en dat is Naomi. Ik wil alles over haar zwangerschap en bevalling weten. Waar ze bevallen is, wie haar verloskundige was, álles.'

Na het teamoverleg checkt Ruud zijn berichten en ziet hij dat hij een gemiste oproep heeft van Marlies. Hij belt haar meteen.

'De weeënremmers lijken te helpen,' zegt ze. 'De krampen zijn opgehouden.'

'Gelukkig! Ik neem aan dat Lot nog een tijdje in het ziekenhuis moet blijven?'

'Ja, zeker. Ze houden haar nog minimaal een week.'

'Blijven ze haar dan al die tijd die rommel geven?'

'Die rommel heeft het leven van het kind gered, Ruud.'

'Dat begrijp ik, maar ik maak me zorgen over wat het met zijn ontwikkeling doet.'

'Ik ook, maar zeg dat niet tegen Lotte als je haar komt opzoeken. Wanneer kun je eigenlijk komen?'

'Hopelijk kan ik vanmiddag even weg, maar ik weet het niet zeker. Er zit net schot in die ontvoeringszaak.'

'Je hebt toch wel éven tijd?'

'Ik doe mijn best.'

Ruud kijkt even uit het raam, zucht en gaat weer aan het werk.

Een uurtje later komt Martijn binnen. 'Naomi Hulshof heeft zes jaar geleden een kind gekregen,' zegt hij. 'De zwangerschap eindigde in een vroeggeboorte, waarbij het kind overleden is. Over een nieuwe zwangerschap is niets bekend.'

Ruud slaat het dossier dat hij aan het lezen was dicht en leunt achterover in zijn stoel. 'Dus toch.'

'Ja. Naomi heeft óf van geen enkele instantie of arts gebruik willen maken, of ze heeft ze niet nodig gehad omdat ze na die eerste keer niet meer zwanger is geweest. Het lijkt erop dat het laatste het geval is. Ik ken geen vrouw die nooit een controle laat doen, geen echo laat maken, en die thuis bevalt zonder de hulp van een vroedvrouw. Dat is vreemd, want ook jehova's mogen dat allemaal gewoon. Bij haar eerste zwangerschap heeft ze ook gebruikgemaakt van medische zorg.'

'Tijd voor een babbeltje met mevrouw Hulshof,' zegt Ruud.

'Gaan we naar haar toe?'

Ruud schudt zijn hoofd. 'Ik wil haar in de verhoorkamer hebben.'

Ook al hebben ze Naomi in een kamer laten plaatsnemen waar vaste vloerbedekking ligt en sfeervolle schilderijen aan de muur hangen, ze is zichtbaar nerveus.

Voor hij naar binnen gaat slaat Ruud haar gade via de doorkijkspiegel. Hij kijkt een tijdje toe hoe ze aan haar ring zit te friemelen en loopt dan de kamer in.

'Mevrouw Hulshof,' zegt hij. 'Fijn dat u zo snel kon komen.'

'Is er nieuws?' Naomi gaat rechtop zitten.

'Helaas niet.' Ruud gaat zitten. 'En daarom zijn we genoodzaakt om wat dieper te graven.'

'Wat wilt u nog meer weten? Ik heb alles al verteld.'

'Dat betwijfel ik. Ik heb een belangrijke vraag voor u.'

Naomi kijkt hem afwachtend aan.

'Is Demi uw biologische dochter?'

'Wat een rare vraag. Ja, natuurlijk is ze mijn dochter. Hoe komt u erbij dat ze dat niet zou zijn?'

'We hebben wat onderzoek verricht en daaruit is gebleken dat u in de periode vóór Demi's geboorte nooit een arts heeft bezocht. Terwijl u dat tijdens uw eerste zwangerschap wél heeft gedaan.'

'Ik vond het niet nodig. Mijn zwangerschap verliep voorspoedig, en de bevalling ging ook goed. Het voelde heel anders, de tweede keer.'

'U had geen behoefte aan een medische check nadat het de vorige keer was misgegaan?'

'Mijn man was bang dat de geluidsgolven schadelijk zouden zijn voor het kind. Hij dacht dat dat de reden was dat ons kindje te vroeg geboren werd. Dus nee, we hebben bij Demi geen echo laten doen.'

'Ik begrijp het.' Ruud kijkt haar even peinzend aan en zegt dan: 'Dus als we uw DNA afnemen en het vergelijken met dat van Demi, dan komt u als de biologische moeder uit de bus.'

Voor zo'n actie zal hij nooit toestemming krijgen, maar Ruud is benieuwd naar Naomi's reactie.

Er valt een korte stilte, waarin Naomi even lijkt te aarzelen, maar daarna knikt ze.

'Mooi,' zegt Ruud. 'Wilt u aan zo'n onderzoek meewerken?'

'Nee.'

'Waarom niet?'

'Omdat ik het nut er niet van inzie. Omdat ik niet wil dat u uw tijd verknoeit met een onzinnig DNA-onderzoek. Wat heeft dit alles met Demi's verdwijning te maken?'

'Waarschijnlijk niets. Of heel veel.'

Naomi zucht geërgerd. 'Kunt u niet gewoon aan het werk gaan en mijn dochter zoeken?'

'Geloof me, daar zijn we druk mee bezig. Ik zal u niet te lang ophouden, maar ik heb nog één vraag. Zegt de naam Ella van Doornik u echt niets?'

'Dat hebben uw mensen al een paar keer gevraagd.'

'Ik weet het, en toen zei u dat u haar niet kende. En dat verbaasde me.'

'Waarom?'

'Nou ja, het is wel vreemd. Ella van Doornik is ook Jehova's getuige. U bent elkaar vast een keer tegen het lijf gelopen binnen de jehovagemeenschap.'

'Hebt u enig idee hoeveel mensen daarbij aangesloten zijn? Denkt u nou echt dat ik die allemaal ken?'

'Uw oppas kende haar wel. En Demi ook.'

'Ik weet het, ik heb Chantal erover gesproken. Heeft die vrouw iets met Demi's verdwijning te maken?'

'Dat probeer ik uit te zoeken. Uw man kent haar wel, van vroeger. Niet heel goed, eigenlijk kende hij vooral haar vader, maar toch.'

'Ja? Dus?'

'En dus proberen we uit te zoeken of uw man Ella toch wat beter kent dan hij wil toegeven.'

'Ik heb geen idee. Stan is een stuk ouder dan ik.'

'En ook een stuk ouder dan Ella. Wat moest zij van uw man, denkt u? Waarom sloot ze vriendschap met jullie oppas en hing ze voortdurend bij jullie huis rond? Waarom, mevrouw Hulshof?'

'Ik weet het niet. Ik begrijp er niets van.'

'Volgens mij begrijpt u het heel goed. Waarom vertelt u niet gewoon de waarheid, namelijk dat Ella de biologische moeder van Demi is, en uw man de vader? Dat hij Ella heeft misbruikt, want zo heet dat als een kerel van dertig het aanlegt met een meisje van net vijftien, en dat daar een kind van is gekomen? Een kind dat hij, na overleg met u, in huis heeft genomen, waarbij u een zwangerschap fakete? Want zó zit het, nietwaar, mevrouw Hulshof?'

Naomi kijkt hem koeltjes aan. 'Nee,' zegt ze, 'zo zit het helemaal niet.'

35

Manuel

Ella's huis ligt aan de andere kant van Beaune, te midden van velden en wijngaarden. Een lang grindpad leidt naar de voordeur, de luiken voor de ramen zijn gesloten. Aan de voorgevel hangt een houten bord waar HET PARADIJS op staat.

Manuel trekt zijn wenkbrauwen op. 'Dat wás het,' zegt hij terwijl hij het portier opengooit en uitstapt.

Ze lopen het grindpad op, dat luid knerpt.

'Het ziet er verlaten uit. Ik zie ook geen auto,' zegt Lis.

'Die zal ze wel uit het zicht hebben gezet. We doen het op dezelfde manier als daarnet. Jij houdt hier de wacht.' Manuel steekt zijn hand in zijn jaszak, maar haalt zijn pistool pas tevoorschijn als hij de achterzijde van het huis nadert. Hij kijkt om de hoek de tuin in. Niemand te zien. Ook het terras ligt er verlaten bij.

Ze zitten binnen, dat moet wel. Ze kúnnen niet vertrokken zijn, zo veel pech kan hij niet hebben.

Hij loopt het terras op en kijkt door het raam, maar binnen is het te donker om veel te kunnen zien.

Zijn hand gaat naar de deurklink en duwt hem naar beneden. Op slot.

Manuel vloekt. Zie je wel, hij is te laat, ze zijn al weg. Hij drukt zijn wang tegen het raampje van de deur en ziet dat de sleutel aan de binnenkant in het slot zit.

Met de kolf van zijn pistool slaat hij het raam in, en hij steekt zijn hand door de opening. Hij draait de sleutel om en gaat naar binnen.

De keuken is verlaten. Brood op de snijplank, koffie in een mok.

Ella moet zijn gewaarschuwd. Door Bram en Annelies? Maar wanneer dan? Bram heeft hij niet uit het oog verloren. De telefoon van Annelies lag binnen, en ze is even alleen geweest, toen Lis op de wc zat. Zij moet Ella gebeld hebben.

Geconcentreerd kijkt Manuel om zich heen. Iemand die er opeens vandoor gaat, maakt fouten. Misschien is er een aanwijzing waar Ella naartoe is gegaan. Hij keert de pedaalemmer om en doorzoekt het afval, maar meer dan plastic verpakkingen vindt hij niet. Hij loopt door naar de woonkamer en bekijkt alles wat Ella op tafel heeft achtergelaten, al is dat niet veel. Hij trekt kasten en laden open, pakt elk velletje papier dat hij tegenkomt, maar nergens ziet hij iets waar hij wat aan heeft. Geen notities, geen snel opgeschreven adres of telefoonnummer, geen in de haast vergeten tas. Misschien heeft hij boven meer geluk.

Met twee treden tegelijk springt hij de trap op en hij doorzoekt systematisch alle kamers en kasten. In de kleinste kamer, die uitkijkt op de tuin en de velden, ligt een plastic armbandje op de grond, van het soort dat meisjes zelf in elkaar knutselen.

Manuel bukt en raapt het op, loopt ermee naar het raam, dat hij opent. Vanwaar hij staat kan hij een deel van een grote schuur zien, die zich aan de zijkant van het huis bevindt. Erachter is nog net iets roods te zien. Hij kijkt er een paar seconden naar en gaat dan snel de trap af.

Beneden treft hij Lis in de woonkamer aan.

'Ze zijn weg, hè?' zegt ze.

'Dat weet ik nog niet zo zeker.'

Manuel loopt naar buiten en Lis volgt hem. Nog voor hij de schuur heeft bereikt, ziet hij de Ford Fiësta al staan. Hij draait zich om naar Lis en zegt: 'Ze zijn er nog. Misschien maken ze een wandelingetje.' Hij loopt naar de rand van de wijngaarden en kijkt het dichtstbijzijnde pad in.

Lis komt naast hem staan. 'Een wandelingetje? Met een ontvoerd kind? Dat lijkt me niet. Die zijn ervandoor.'

'Waarom staat haar auto er dan nog? Nee, ze zijn in de buurt.' Manuel draait zich om en loopt de tuin weer in. 'Ik weet zeker dat ze terugkomt. We doen alsof we vertrekken, maar een van ons blijft hier.'

'Laten we eerst nog even zoeken. Kijk jij in die schuur, dan loop ik een rondje.'

Ze splitsen zich op. Manuel probeert de deur van de schuur, maar die is afgesloten. Hij kijkt om zich heen. Rechts van hem is een houthok, en na even zoeken vindt hij een bijl. Hij loopt naar de schuur en na een paar ferme slagen begeeft het slot het. De deur zwaait open en hij gaat naar binnen.

De ruimte is groter dan hij had verwacht. Er staat ook niet veel: een grasmaaier, tuinmeubilair, een paar kapotte stoelen. In het midden een oude grenen kast.

Manuel loopt ernaartoe. Onderweg trekt hij her en der dekzeilen weg en kijkt hij achter opslagvaten. Als hij bij de kast is, loopt hij eromheen. Niemand.

Hij rukt de deur open. Plastic flessen met onkruidverdelger en een stapel mierenlokdoosjes vallen van de plank. Geërgerd springt hij opzij. Dan hoort hij iets achter zich, en hij draait zich om.

Ella.

'Hallo Manuel,' zegt ze. 'Zoek je iets?'

Een paar seconden is hij uit het veld geslagen en kan hij haar alleen maar aanstaren. Dan herstelt hij zich en stoot een lachje uit. 'Ja, ik dacht, het wordt tijd om je vakantiehuis eens te bekijken.'

'Je had op een uitnodiging moeten wachten,' zegt Ella, en ze richt een pistool op hem.

Manuels hand glijdt naar zijn jaszak, maar Ella doet een stap naar voren en richt op zijn hoofd. 'Geen beweging!'

'Oké! Rustig maar! Ik wilde alleen maar even praten. We zijn partners, weet je nog? Dat hadden we toch afgesproken?'

'Partners slaan geen ruiten bij elkaar in, en sluipen niet gewapend naar binnen.'

'Je hebt gelijk. Sorry daarvoor. Leg dat pistool weg, dat heb je echt niet nodig.'

'Wat doe je hier?'

Met een nerveus lachje knikt Manuel naar haar wapen. 'Hoe kom je daaraan? Weet je eigenlijk wel hoe zo'n ding werkt?'

'Ja, ik weet hoe zo'n ding werkt. Wil je een demonstratie?' Ella richt op zijn knie.

'Nee, ik geloof je,' zegt Manuel haastig. 'Kom op, Ella, we kunnen hier toch over praten? Ik weet waarom je dit doet, en echt, het spijt me. Ik heb je de helft van het losgeld geboden, maar dat kan meer worden. Wil je dat? Meer geld? Je kunt het deel van Lis krijgen. Ik heb haar toch niet meer nodig. Ik was sowieso niet van plan om de buit met Jan en alleman te delen.'

'Maar wel met mij? Je komt niet echt over als een betrouwbare businesspartner, Manuel.'

'Een klus als deze moet je met minimaal twee mensen doen, en ik heb jou nu harder nodig dan Lis. Klote voor haar, maar het is niet anders.'

'Tja,' zegt Ella.

Er klinken voetstappen. Lis komt de schuur binnenlopen, met getrokken pistool.

'Lis! Ze is gewapend, schiet haar neer!' roept Manuel.

Langzaam komt Lis dichterbij. 'Waarom zou ik dat doen?'

'Je denkt toch niet dat ik meende wat ik zei, dat ik háár nodig heb? Vooruit, schiet haar neer!'

'Wat ben je toch een *asshole*, Manuel,' zegt ze. 'En dat niet alleen, je bent ook nog ontzettend dom. Je hebt het mis. Een klus als deze kun je best alleen doen. Ik heb helemaal geen zin om de buit met jou te delen.'

'Hé, wat zeg je nou? Kom op, Lis! Ik ben het, je neef! Familie!'

'Nou en? Jij had ook niet veel gewetensnood toen je je

in oma's kamer verstopte en haar verstikte.'

'Wat? Hoe kom je...'

'En er dan ook nog over opscheppen tegen Freek. Die zich tegen mij versprak. Je hebt je na het bezoekuur in haar kamer verstopt en toen de kust vrij was, ben je weggelopen. Niet door de hoofdingang, maar aan de achterkant van het gebouw, door een raam dat je eerder open had gezet.'

Manuel kijkt van zijn nicht naar Ella, die beiden met een koude blik terugkijken. Hij ziet in dat ontkennen geen zin heeft, en gooit het over een andere boeg. 'Kom op, Lis, Ella, ze was al oud, ze zou toch snel doodgaan. Misschien wel heel langzaam en pijnlijk. Mijn methode ging tenminste snel.'

'Iemand verstikken met een kussen, noem je dat snel?' zegt Ella op scherpe toon. 'Hoe kón je? Je eigen oma!'

'Ja,' zegt Lis. 'Ik hield van haar. Ik kan je veel vergeven, maar dat niet.'

'Kom op, zeg. Je kwam nooit bij haar.'

'Omdat ze me niet meer wilde zien, nadat ik in de gevangenis had gezeten. Omdat jij haar had wijsgemaakt dat ik een puinhoop van mijn leven maakte en haar geld niet waard was. Dat heeft ze allemaal aan Ella verteld. Door jouw gestook wilde ze mij niet meer zien, terwijl jij de lieve kleinzoon uithing. En toen heb je haar ook nog vermoord. Dat had je niet moeten doen, Manuel.'

Lis doet een stap naar Manuel toe en richt op zijn hoofd.

'Laten we erover praten.' Manuels ogen schieten nerveus heen en weer.

'Niet nodig, we zijn uitgepraat,' zegt Lis. 'Ik heb mijn

eigen plannen, en daar kan ik zo'n gestoorde als jij niet bij gebruiken. Dag Manuel.'

En terwijl ze die laatste twee woorden uitspreekt, haalt ze de trekker over.

36

Ella

'Je had laatst bezoek, hè?' zei Sunita.

Ze zaten tegenover elkaar aan tafel in de werkzaal van het huis van bewaring afwasborstels op kleur te sorteren. Het was rustig, er heerste griep en er waren veel zieken. Alleen Lis zat erbij, een stukje verderop.

'Ja,' zei Ella.

'Was dat je zus?'

'Nee. Ik heb geen contact meer met mijn familie.'

'Waarom niet? Heb je zo'n nare jeugd gehad?'

'Helemaal niet. Mijn jeugd was juist heel fijn.'

'Maar...?'

Ella zweeg. Het was geen geheim, ze wilde het best vertellen, en toch wilden de woorden niet gemakkelijk komen. Na de breuk was de grendel erop gegaan, en die liet zich, oud en roestig als hij was, niet zomaar wegschuiven. Maar ze begreep ook dat ze geen nieuwe vrienden kon maken als ze zich niet openstelde. In de normale wereld zou haar dat niet interesseren, maar ze zat niet in de normale wereld. Ze bevond zich in een ander universum, waar andere regels golden en waar vrienden uitermate belangrijk waren. Soms, als ze zo zaten te werken, leek alles normaal, maar Ella kon bijna geen moment vergeten waar ze was.

Als ze daar al even in slaagde, werd ze eraan herinnerd door het geluid van een dichtslaande celdeur, van de voetstappen op de ijzeren trap, en door een geur die ze niet kon thuisbrengen maar die om alle gevangenen heen hing.

'Je hóeft het niet te vertellen, hoor,' zei Sunita terwijl ze een nieuwe doos afwasborstels naar zich toe trok. 'Ik wilde niet nieuwsgierig zijn.'

'Dat is het niet, ik dacht even na over de juiste woorden. Mijn ouders zijn Jehova's getuigen.'

'Echt? Van die gasten die langs de deuren gaan?'

Ella knikte.

'Dus jij bent ook een jehova?'

'Nee, ik ben uitgetreden toen ik zeventien was.'

'Aha. Kan dat zomaar? Ik dacht dat het een heel strenge beweging was, dat ze niemand lieten gaan.'

'Je mag wel weg, maar dan moet je alles en iedereen achterlaten. Je ouders, broers en zussen, neven en nichten, ooms en tantes, je vrienden. Voorgoed. Niemand mag meer contact met je hebben.'

'Word je er gewoon uit geschopt?'

'Daar komt het wel op neer, ja.'

'Heftig,' zei Sunita. 'Mijn ouders zijn ook heel gelovig. Ze zijn nog niet één keer op bezoek geweest. Ze schamen zich dood voor me, maar intussen licht mijn vader wel voortdurend de verzekering op.'

Verderop aan de tafel schoot Lis in de lach. Ella had niet veel contact met haar.

Lis stond een beetje buiten de groep. Ze sprak niet veel,

maar als ze iets zei luisterde iedereen. Haar mening deed ertoe. Ook nu keek Sunita haar even oplettend aan, maar toen Lis niets zei, praatte ze verder.

'Waarvoor zit jij hier?' vroeg ze aan Ella.

Dat was een behoorlijk onbeleefde vraag. Het was niet de gewoonte om te praten over het vergrijp waarvoor ze in de gevangenis zaten. Soms liet iemand zich wel eens iets ontvallen, maar niemand vond het van groot belang om dat te weten. In de buitenwereld waren de verschillen in afkomst en levensstijl af en toe groot, maar op deze plek was iedereen gelijk.

Ella had er geen bezwaar tegen om haar verhaal te doen, maar ze hield het kort.

Ze vertelde dat ze werd verdacht van moord, en hoe die verdenking was ontstaan.

'Ik wist niet eens dat ze mij in haar testament had opgenomen,' zei ze. 'Weet je, ik heb me hier lang het hoofd over gebroken, maar het is eigenlijk heel duidelijk. Er was nog iemand die gebaat was bij de dood van mevrouw Verkerk: haar kleinzoon Manuel.'

Met een ruk keek Lis op. 'Manuel Vroman? Donker haar, groene ogen?'

'Ken je hem?'

'Ja,' zei ze. 'Dat is mijn neef.'

Op de dag dat haar zaak behandeld zou worden, was Ella bloednerveus. Ze probeerde rustig te blijven, deed ademhalingsoefeningen, maar toen twee justitiemedewerkers haar kwamen halen om haar naar de rechtszaal te brengen, had ze pijn in haar buik. Onderweg, in het busje, voelde ze haar mooie witte blouse nat worden van het zweet.

De rechtszaak werd een zenuwslopende toestand. Ella werd geconfronteerd met absurde beschuldigingen. Haar verklaringen werden door de openbare aanklager op ironische toon voorgelezen, verkeerd uitgelegd of als leugenachtig bestempeld.

'Wat hij ook zegt, nergens op reageren,' had Peter haar ingeprent. 'Niet protesteren, laat het aan je voorbijgaan. Rechters houden niet van verdachten die anderen onderbreken of boos uitvallen. Recht je rug, wees beleefd en gedraag je rustig. Daar hebben ze respect voor.'

Dat mocht zo zijn, maar het liefst was Ella opgesprongen om zich te verweren tegen de aanvallen van de aanklager, die haar op scherpe toon voor leugenares en moordenares uitmaakte, alsof hij haar kénde. Alsof hij precies wist wie zij was, en wat haar normen en waarden waren. Alsof haar motieven om in de zorg te gaan werken, om mensen te hélpen, niet bestonden en ze daar had rondgelopen met de intentie om de bejaarden die van haar afhankelijk waren om het leven te brengen. Het was zo idioot, zo onrechtvaardig, dat Ella al haar zelfbeheersing nodig had om het niet uit te schreeuwen.

De ergste momenten waren de getuigenverklaringen. Elke keer als de deur openging, zette ze zich schrap. En ze waren allemaal opgeroepen. Haar collega's. Haar leidinggevenden. Geen familie, tot haar opluchting. Maar het was al erg genoeg om haar collega's belastende verklaringen over haar te horen afleggen, zoals Annemiek.

'Toen we mevrouw Verkerk dood hadden aangetroffen, ging Ella op de rand van haar bed zitten,' vertelde ze.

'En wat deed ze toen?' vroeg de openbare aanklager.

'Ze pakte haar hand en zei: "Het spijt me."'

De zaal roezemoesde. Toen Ella het woord kreeg, legde ze uit dat ze met die woorden bedoeld had dat het haar speet dat ze er niet bij was geweest toen mevrouw Verkerk overleed.

'Ze zei altijd dat ze hoopte dat ik dienst had als het zover was. Dat ik er zou zijn om haar hand vast te houden, dat ze afscheid van me wilde nemen. Ik vind het een verschrikkelijke gedachte dat ze helemaal alleen gestorven is,' zei ze op zachte toon.

De rechter knikte en vroeg of de openbare aanklager nog meer vragen had. Die had hij niet, en toen was het Peters beurt. Hij deed zijn werk geweldig en betoogde vol oprechte verontwaardiging dat hij niet begreep waarom Ella gearresteerd was, en hoe het mogelijk was dat ze al weken vastzat. Dat het nu wel lang genoeg geduurd had, aangezien er alleen indirect bewijs tegen haar was. Hij liet een paar artsen aan het woord, die getuigden dat mevrouw Verkerk ook heel goed een natuurlijke dood kon zijn gestorven omdat versmoring geen sporen op het lichaam achterliet.

Tijdens zijn pleidooi hamerde Peter erop dat om die reden niet kon worden vastgesteld dat er een misdrijf was gepleegd, laat staan dat er een verdachte kon worden aangewezen, en hij verzocht om onmiddellijke invrijheidstelling.

Na een kort beraad sprak de rechter het officiële vonnis uit. Hij deelde Peters mening en liet weten dat de verdachte diende te worden vrijgesproken, omdat de rechtbank haar schuld niet wettig en overtuigend bewezen achtte.

Een maand lang was Ella's wereld niet groter geweest dan haar cel, de recreatieruimte en de werkzaal. De blauwe hemel had ze alleen gezien door het raam en vanaf de luchtplaats. De frisse wind of de warmte van de zon had ze een uurtje per dag gevoeld. Haar tijd in de gevangenis zat erop, haar onschuld was aangetoond en daarmee moest het maar klaar zijn. Maar de herinnering aan de maand die ze in het huis van bewaring had doorgebracht was nooit ver weg.

Echt normaal wilde haar leven niet meer worden, daarvoor was die periode te ingrijpend geweest. Haar detentie was geen intermezzo, geen kortstondige onaangename ervaring die ze opzij kon schuiven door er gewoon niet meer aan te denken. Een deel van haar was in de gevangenis achtergebleven. Dertig dagen gevangenschap had een ander mens van haar gemaakt.

37

Ruud

Het onderzoek vordert langzaam, maar het vordert in ieder geval. Stap voor stap krijgen ze meer informatie, kleine sporen die leiden naar een volgende aanwijzing, naar namen en adressen, tot er uiteindelijk een beeld ontstaat van de mensen die bij Demi's verdwijning betrokken zouden kunnen zijn.

Alle informatie hangt met magneetjes op het witte bord. Ruud heeft er een gewoonte van gemaakt om zijn koffie staande voor dat bord op te drinken.

Het kan ook nooit eens gemakkelijk gaan, denkt hij als hij er aan het einde van de dag weer staat. Manuel Vroman en Ella van Doornik hebben hun telefoons nog steeds niet gebruikt, waardoor ze onder de radar blijven. Toch is er over Ella inmiddels wat meer bekend. Ze weten nu dat ze in de Ardennen heeft gezeten, in een dorp vlak bij Sankt Vith. Daar heeft ze een huisje gehuurd van een Nederlandse vrouw, Rianne Diepenbeek. Het huisje is afgebrand en er zijn twee verkoolde lichamen gevonden. Waarschijnlijk dat van Rianne, van wie geen spoor meer te bekennen is, en van een nog onbekende man. Manuel Vroman?

De Belgische politie heeft laten weten dat ze niet door

de brand om het leven gekomen zijn, maar door een schot door het hoofd. Wie heeft die twee om het leven gebracht? Ella van Doornik? Wilde ze van haar partners af en zelf het losgeld opstrijken? De rode Ford Fiësta waar ze in reed, is door camera's geregistreerd en ze hebben hem kunnen volgen tot in Frankrijk. Maar vanaf het moment dat ze de snelweg heeft verlaten zijn ze haar kwijt, dus waarschijnlijk houdt ze zich schuil op het platteland. In ieder geval ergens waar geen camera's hangen. Dat maakt Ella nog verdachter dan ze al was. Als ze onschuldig zou zijn, had ze Demi wel teruggebracht. Behalve als Demi inderdaad haar kind is...

Het liefst zou hij nu in de auto springen en naar Frankrijk rijden, maar dat is onmogelijk. Als een verdachte opgepakt of verhoord moet worden en in het buitenland zit, worden de politie en de rechterlijke macht in dat land daarvoor ingeschakeld. De resultaten van hun onderzoek worden dan opgestuurd.

Op zich zou hij wel naar de Ardennen kunnen gaan en daar zijn diensten aanbieden, maar die zouden niet geaccepteerd worden, en bovendien heeft hij het volste vertrouwen in de kundigheid van zijn Belgische collega's. En er is hier, in Nederland, nog genoeg uit te zoeken. Zoals het verleden van Van Doornik en haar relatie met Manuel Vroman.

Ingrid komt binnen en gaat naast hem staan, ook met een kop koffie in haar hand. 'Goedemorgen,' zegt ze. 'Hoe is het met je dochter?'

'Geen veranderingen. De weeën zijn gestopt, maar zodra ze geen weeënremmers meer krijgt, begint het weer.'

'Dat klinkt alsof het kind er met alle geweld uit wil.'

'Ja, daar ziet het wel naar uit.'

Ze drinken hun koffie op en kijken naar het bord.

'Van Doornik en Vroman kennen elkaar,' zegt Ruud. 'Maar hebben ze Demi samen ontvoerd? En zijn ze ook beiden schuldig aan de dood van Ans Verkerk? Ella van Doornik had vóór dat akkefietje in het verpleegtehuis een blanco strafblad, en er zijn geen aanwijzingen dat ze veel met Manuel omging.'

Ingrid haalt haar schouders op. 'Eens moet de eerste keer zijn. Misschien hebben ze in dat verpleegtehuis de handen ineengeslagen.'

'Misschien.'

38

Ella

Manuel is dood, dat is duidelijk. Het bloed stroomt uit zijn hoofd en verspreidt zich langzaam over de betonnen vloer.

De eerste minuut kan Ella alleen naar zijn lichaam staren, te verbijsterd om iets te zeggen of zelfs maar tot zich te laten doordringen wat er is gebeurd. Ze komt pas bij haar positieven als ze Lis' stem hoort.

'Het was hij of wij, Ella. Manuel is nooit van plan geweest om ons in leven te laten. Dat is me zo langzamerhand wel duidelijk geworden.'

Ella maakt haar blik los van Manuels lichaam en kijkt naar Lis. 'Ik dacht dat je zei dat hij maar een kleine crimineel was.'

'Dat was hij ook, maar hij is veranderd. Je moest eens weten wat hij allemaal heeft gedaan gisteren en vandaag. Ik weet zeker dat hij van plan was om ons om te leggen.' Lis steekt haar pistool in haar jaszak en loopt naar Ella toe. 'Hoi,' zegt ze dan met een glimlach. 'Goed je weer te zien.'

Ze omhelzen elkaar. Uiteindelijk maakt Lis zich los en vraagt: 'Waar is Demi?'

'Ze is veilig.'

'Is ze binnen?'

'Nee, ze is al opgehaald,' zegt Ella.

'Mooi. Precies op tijd.'

'Ja.' Ella's blik gaat weer naar Manuel. 'Wat doen we met hem?'

'Begraven.'

'Maar niet op mijn terrein. Als de politie hier komt rondneuzen...'

'Oké, laten we even goed nadenken.' Lis gebaart haar mee te komen.

Ze verlaten de schuur. Ella knippert met haar ogen tegen het felle zonlicht en gaat snel naar binnen, de koele keuken in. Daar nemen ze plaats aan de tafel bij het openstaande raam.

'Vertel,' zegt Ella. 'Wat is er allemaal gebeurd?'

'In het begin ging het precies volgens plan. Ik heb alles gedaan zoals we het hadden afgesproken. Ik heb Demi meegenomen naar het huis in de Ardennen, en daar wachtten Manuel en Freek op ons.'

'Waar ís Freek eigenlijk?'

'Dood. Manuel heeft hem door het hoofd geschoten omdat hij dacht dat Freek dubbel spel speelde.'

'Dubbel spel? Hoezo?'

'Freek had die tracker in de zoom van Demi's vest gestopt. Daarom appte ik je dat je dat vest weg moest doen. Ik had alleen geen tijd om je te vertellen waarom.'

'Ik had haar toevallig al iets anders aangetrokken omdat ze had overgegeven. Maar als jij niet geappt had, zou ik het meegenomen hebben. Die tracker was dus Freeks werk.'

'Ja. Ik denk dat hij Manuel niet helemaal vertrouwde, en daardoor vertrouwde Manuel hem ook niet meer. Dat kwam mij wel goed uit. Freek had jou een keer voorbij zien rijden, en ik verzon dat ik iemand op het terrein had zien lopen. Manuel werd compleet paranoïde, hij wilde meteen vertrekken. Toen heb ik jou geappt dat je kon komen. Manuel drogeerde Demi zodat ze rustig bleef en toen jij mij appte dat je klaarstond heb ik haar in de auto gelegd.'

'Vonden Manuel en Freek het niet gek dat je haar alleen liet?'

'Nee, we stonden op het punt om te vertrekken. De mannen pakten nog snel hun spullen bij elkaar, en ik liep terug naar het huis, zogenaamd om te vragen waar ze bleven. En toen verscheen jij, keurig op tijd.'

Ze lachen beiden.

'Maar ik had nooit gedacht dat het zo uit de hand zou lopen,' zegt Lis. 'Toen Freek op de plee was, trok Manuel de deur opeens open en zag hij waar Freek mee bezig was. Hij schoot hem zó door zijn hoofd. Manuel dacht dat hij hem besodemieterde.'

'Deed hij dat?'

'Geen idee, ik kon het hem niet meer vragen.' Lis kijkt naar buiten, waar de vogels zingen en een zacht windje de veldbloemen in beweging brengt. 'Die vrouw, Rianne, is ook dood. En Bram en Annelies.'

'Wát? Waar was dat goed voor?'

'Nergens voor. Dat was ook weer een actie van Manuel.'

Als verdoofd kijkt Ella voor zich uit. 'Bram en Annelies, dóód?'

'Manuel wilde geen sporen achterlaten. Ze hadden onze gezichten gezien.'

'Was jij het daarmee eens?' vraagt Ella op scherpe toon.

'Natuurlijk niet. Gezocht worden voor ontvoering is al erg genoeg, maar voor meervoudige moord...' Lis zucht, zet haar ellebogen op tafel en verbergt haar gezicht in haar handen. 'Wat een shitzooi.'

'Jíj hebt ze niet vermoord.'

'Maar ik ben wel medeplichtig. Hopelijk legt de politie niet het verband tussen die doden.'

'Je moet verdwijnen. Je kunt nu onmogelijk het losgeld gaan halen, Lis.'

'Ik zal wel moeten. Verdwijnen kost geld. En weet je, ik kán verdwijnen. Hoe erg het ook klinkt, Manuel heeft me wel een dienst bewezen: niemand die mijn gezicht heeft gezien leeft nog. Alleen Demi, maar zij denkt dat ik Marjan heet. En als de politie geen DNA van me vindt, komen ze er nooit achter dat ze mij moeten hebben.'

'Heb je nergens DNA-sporen achtergelaten?'

'Alleen in de auto. Het huis van Rianne en dat van Bram en Annelies zijn afgebrand. Het huis in de Ardennen waar Manuel, Freek en ik zaten, heb ik heel goed schoongemaakt. En om de politie een beetje te helpen heb ik wat haren van Manuel uit zijn kam gehaald en in de badkamer achtergelaten. En haren van Demi. Ik denk niet dat ze iets van mij zullen vinden. Ik heb ervoor gezorgd dat ik in zo min mogelijk kamers kwam, zodat ik niet het hele huis schoon hoefde te maken. En ik had mijn eigen badkamer. Die is zo schoon alsof hij nog nooit gebruikt is.'

Ella staart naar het tafelblad. Na een tijdje kijkt ze op en vraagt: 'Wat bedoelde je toen je tegen Manuel zei dat je je eigen plannen had? Ik dacht dat je wilde dat hij naar de gevangenis ging. Was je van plan om hem sowieso dood te schieten?'

'Ja, natuurlijk. Hij spoort niet. Hij heeft mijn oma vermoord! Ik had niet veel contact met haar sinds ik heb vastgezeten, maar dat zou wel weer goed gekomen zijn. En Manuel ging echt de verkeerde kant uit. Oplichting, fraude, diefstal, daar kan ik wel mee leven, maar móórd...'

'Zag je het dan niet aankomen dat hij Bram en Annelies ging vermoorden? Je appte mij dat jullie naar hun huisje gingen en dat je je afvroeg hoe Manuel zou reageren als ik daar niet was.'

'Ik wist toch niet dat zij daar zaten? Ik dacht dat dat huis leeg zou staan. En wat had ik kunnen doen als ik het wel had geweten? Manuel was op jacht als een bloedhond. Ik heb nu spijt dat ik hem daarnaartoe heb laten gaan, Ella. Echt! Kende je die mensen goed?'

'Ze waren de ouders van een vriendin van mij, dus ja, ik kende ze goed. Dit is jouw schuld, Lis. Jij hebt Manuel erbij gehaald. Als ik geweten had dat hij tot moord in staat was...'

'Wat dan? Dan was je er niet aan begonnen? Bullshit. Je ging met een crimineel in zee, en je wist heel goed dat daar risico's aan verbonden waren.'

'Maar niet zulke grote! En dan alleen voor mezelf, en voor jou! Het was nooit mijn bedoeling om anderen in gevaar te brengen.'

Er valt een stilte.

'Ik had je voor hem moeten waarschuwen,' zegt Lis na enige tijd. 'Maar goed, we zijn van hem af. Dat is wel een voordeel, nu kunnen we alle schuld op hem afschuiven. Zolang de politie hem niet vindt, kunnen we zijn telefoon gebruiken en verdergaan met het plan.'

Met een zucht staat Ella op. 'Eerst koffie.'

Ze kookt water in een pannetje en giet het beetje bij beetje in een filter boven een pot. Terwijl het water doorloopt, snijdt ze een stokbrood in stukjes, legt een homp kaas op een bord en zet alles op tafel. Even later geeft ze Lis een beker koffie aan. Zelf blijft ze staan en drinkt terwijl ze met haar onderrug tegen het aanrecht leunt.

'Manuel heeft één keer losgeld geëist en daarna niets meer van zich laten horen, dus de spanning zal intussen wel groot zijn,' zegt Lis. 'Ik heb een foto of filmpje nodig waarin duidelijk te zien is welke dag het is en dat het goed gaat met Demi. Heb je dat nog kunnen maken?'

Pas als ze opkijkt, ziet ze dat Ella moeite heeft om haar emoties onder controle te houden. Snel staat Lis op en loopt naar haar toe. Ze slaat een arm om haar heen en zegt zacht: 'Sorry.'

'We hadden dit nooit moeten doen.'

'Maar we hebben het wél gedaan, en nu moeten we doorpakken.'

Ella knippert haar tranen weg en wendt haar gezicht af. Lis trekt haar even tegen zich aan.

'Hé,' zegt ze. 'Het komt goed, maar dan moeten we nu wel aan de slag.'

'Je hebt gelijk. Ik zal je het filmpje even sturen.' Als Ella dat heeft gedaan, vraagt ze: 'Wat doen we met Manuel?'

'We leggen hem in de kofferbak van zijn auto, rijden naar een afgelegen plek en begraven hem ergens. Als de politie hem vindt, zullen ze ontdekken dat er een kogelgat in zijn hoofd zit, maar het zal wel een tijdje duren voor ze erachter zijn wie hij is.'

Resoluut loopt Lis naar de keukendeur.

Iets minder energiek volgt Ella haar. Met een lijk slepen is niet hoe ze zich de ochtend had voorgesteld. Maar wat had ze zich dan wel voorgesteld toen ze aan dit avontuur begon? Dat er geen problemen zouden ontstaan?

Niet zulke grote, denkt ze, terwijl ze naar buiten loopt. En zeker niet met zo veel doden.

Het zijn de onschuldige slachtoffers die zwaar op haar geweten drukken. Freek wist waar hij aan begon, maar Rianne, Bram en Annelies hadden niets met deze zaak te maken. Dat Manuel hen in koelen bloede heeft vermoord, zorgt ervoor dat ze geen enkel medelijden voelt als ze de schuur in loopt en hem ziet liggen. Het is er warm. Boven het lichaam gonzen de eerste vliegen al, ze moeten opschieten.

Lis haalt de Peugeot en parkeert hem zo dat ze vanuit de schuur het lichaam ongezien in de kofferbak kunnen leggen. Als ze uitstapt zegt ze: 'Dit lijkt me eigenlijk toch geen goed idee. Ik wil geen bloed of lijkgeur in de auto. We kunnen Manuel beter hier in de buurt begraven.'

'Dan hebben we evengoed de auto nodig. Of wil je hem over de weg slepen?'

'Nee, het veld in. We dumpen hem ergens in de wijngaarden.'

'Daar wordt hij veel te snel gevonden. Verderop is een drooggevallen waterput, laten we hem daarin gooien. Het is alleen wel een stukje lopen.'

Lis kijkt om zich heen en knikt naar een grote kruiwagen die tegen de schuur staat. 'We gebruiken die. Heb je een dekzeil?'

Ella verdwijnt in de schuur en komt terug met een flink stuk zeil. Lis rijdt de kruiwagen de schuur in en legt het zeil op de bodem. Ze schuift haar handen onder Manuels oksels en zegt: 'Pak jij hem bij de benen.'

Het lichaam is zwaar. Manuel is niet lang, maar wel stevig gebouwd. Het valt niet mee om hem zo in de kruiwagen te krijgen dat zijn armen en benen niet te veel over de rand hangen, maar na veel gesjor en geduw lukt het.

Ella en Lis vouwen de flappen van het dekzeil over Manuels lichaam heen en binden ze vast met touw.

'Zo,' zegt Ella. 'Rijden maar.'

'Eerst de vloer schoonmaken. Als de politie binnenvalt moet dat bloed weg zijn.'

Ze verzamelen alle flessen schoonmaakmiddel die ze kunnen vinden, dragen emmers heet water de schuur in en boenen zo hard ze kunnen. Slechts een vage vlek blijft achter op het beton. Lis gooit er zo veel chloor overheen dat ze beiden naar buiten vluchten voor de bijtende lucht, maar de vlek gaat niet helemaal weg.

'We zetten die kast erop,' zegt Ella.

Samen verschuiven ze de grenen kast, en dan kijken ze naar het schone stuk vloer dat vrijgekomen is. Ella pakt een bezem en veegt er zo veel mogelijk stof en rommel overheen. Ze haalt een hand over haar bezwete voorhoofd en kijkt om zich heen. 'Zo is het goed, toch?'

'Prima,' zegt Lis. 'Laten we gaan.'

Hijgend en zwetend duwen ze om beurten de kruiwagen over het ongelijke terrein, terwijl de ander steeds zorgt dat Manuel er niet uit valt.

Af en toe kijkt Ella van opzij naar Lis. Vreemd, hoe de dingen kunnen lopen. Dat ze Lis heeft ontmoet in het huis van bewaring waar ze was beland door Lis' neef.

Aanvankelijk keken ze beiden de kat uit de boom, maar op een gegeven moment hebben ze vriendschap gesloten. Ze leken op elkaar. Ze bemoeiden zich beiden niet te veel met de anderen, zonder zichzelf buiten de groep te plaatsen, en ze reageerden op dezelfde manier op allerlei grote en kleine voorvallen. Zo konden ze in de lach schieten om dingen waar de anderen de humor niet van begrepen, deden ze niet mee aan het geroddel en spraken ze graag over boeken die ze hadden gelezen. Steeds vaker zaten ze met z'n tweeën op de luchtplaats, en in de werkzaal en de kantine zochten ze elkaar ook meteen op.

Van begin af aan had Ella gemerkt dat Lis meer voor haar voelde dan vriendschap alleen. Maar voor er iets tussen hen kon ontstaan kwam ze al vrij. Lis moest een halfjaar zitten en gaf haar neef daar de schuld van.

'Hij heeft me erin geluisd,' zei ze. 'Hij heeft de mail en alle transacties vanuit mijn naam gedaan. En vanaf mijn laptop, als hij bij mij thuis was. Ik weet dat jij onschuldig bent, Ella, en dat híj mijn oma naar de andere wereld heeft geholpen. Ik heb er alleen geen bewijzen voor, dus je hebt er weinig aan.'

'Het is een onbetrouwbare hond. Tegen mij heeft hij gezegd dat zijn nicht, jij dus, verkeerd bezig was. Dat je voortdurend in de gevangenis zat en je geld uitgaf aan drugs. Dat je oma je daarom niet meer wilde zien en dat ze alleen hem nog had. Ik geloofde hem, vond het heel lief dat hij zich om haar bekommerde.'

'Wat? Heeft hij dat tegen mijn oma gezegd? Vandaar dat ze me niet meer wilde zien. Als ik vrijkom grijp ik hem. Ik neem wraak, echt!'

Ella zei dat ze Lis daar graag bij zou willen helpen, en ze hebben erover gefantaseerd hoe ze het zouden aanpakken. In het begin was hun plan om Manuel de gevangenis in te krijgen hypothetisch, maar op een gegeven moment keken ze elkaar aan. En zei Ella: 'Waarom doen we het niet gewoon?'

39

Lis

Manuel uit de kruiwagen tillen is nog lastiger dan het was om hem erin te leggen, en het kost hun heel wat moeite om hem over de rand van de waterput te gooien. Met een doffe bons belandt zijn lijk op de bodem.

Lis ziet dat Ella ineenkrimpt. Het zou haar ook wat moeten doen, per slot van rekening was hij haar neef, maar alle liefde en vriendschap die ze ooit voor hem voelde zijn verdwenen.

Ze kijkt om zich heen en kiepert de kruiwagen ook in de put.

'Wegwezen,' zegt ze.

Voor zover ze kunnen nagaan heeft niemand hen gezien. Onderweg komen ze ook niemand tegen en Lis is opgelucht als ze de oprit van Ella's huis bereiken. Daar maken ze de Peugeot grondig schoon. Alleen de achterbank en het stuur, die vol zitten met Manuels vingerafdrukken, laten ze met rust.

'Zal de politie het niet vreemd vinden dat ze daar niets vinden als ze de auto onderzoeken?' vraagt Ella.

'Vast wel, maar wat maakt het uit. Als het spoor maar naar Manuel leidt,' zegt Lis. 'Ik ga zo het losgeld regelen.'

'Ga je daarmee door?'

'Ja, natuurlijk. Ik laat een miljoen niet liggen.'

'Een miljoen,' zegt Ella hoofdschuddend. 'We zouden helemaal geen losgeld vragen.'

'Maar dat geld is nu toch al onderweg en ik kan het goed gebruiken.' Lis pakt een reistas die in de kofferbak stond en haalt er een zwart pak uit. 'Ik ga me douchen en omkleden. Waar is de badkamer?'

'Boven, maar ik heb geen douche. Alleen een wastafel.'

Met een zucht loopt Lis naar het huis. Even later wast ze boven, in wat de badkamer moet voorstellen, Manuels bloed van zich af terwijl ze zachtjes moppert. Wie koopt er nou een huis zonder bad of douche. En zonder elektriciteit. Totaal gestoord.

Het meeste bloed zit op haar kleding, maar er is ook wat op haar gezicht terechtgekomen. Ze wast zich grondig en als ze klaar is, maakt ze plaats voor Ella.

Weer beneden trekt Lis een zwartleren pak aan, zet een nauwsluitende muts op en doet handschoenen aan. Goedkeurend bekijkt ze zichzelf in de spiegel.

Even later komt Ella naar beneden, haar bebloede kleding tot een pakketje gevouwen in haar hand. 'Wauw,' zegt ze. 'Catwoman.'

Lis lacht en klauwt naar haar. 'Het is wel smoorheet, en het is al zo warm.'

'Ga je nu meteen?'

'Ja, ik heb dit niet voor de lol aan. Het is nu tien over twee, als ik niet te vaak stop, ben ik er nog voor donker. Jij vertrekt ook zo, neem ik aan?'

'Ja, ik wis jouw sporen en dan ga ik.'

'Mooi. Het was een goede samenwerking, hè?'

'Dat kun je wel zeggen. Alles is precies zo gelopen als we hadden gedacht. Op de slachtoffers na dan.' Ella's gezicht betrekt.

Lis loopt naar haar toe en legt een hand op haar schouder. 'Niet meer aan denken. Zoals ik al zei, het was niet jouw schuld. Heb je nog iets te eten voor me voor onderweg? Het liefst iets wat ik gemakkelijk mee kan nemen als ik het losgeld heb opgehaald en ik me een tijdje schuil moet houden.'

'Ik heb gedroogd fruit en maaltijdrepen. Die heb ik altijd in huis voor als ik hier aankom en niet meteen boodschappen kan doen.'

'Dat zou geweldig zijn. En een flesje wijn erbij misschien? Om de goede afloop te vieren?'

'Zeker! Je drinkt rood, hè? Ik haal er een uit de kelder.'

Ella loopt de gang in en op het moment dat ze de kelderdeur opent, zegt Lis, die haar gevolgd is: 'O, wacht eens!'

Ella draait zich half om en laat daarbij de leuning los.

'Het spijt me,' zegt Lis.

Voor Ella kan vragen wat ze bedoelt, geeft Lis haar een stevige duw. Met een gil valt Ella naar beneden. Onder aan de trap blijft ze doodstil liggen. Net als Lis bij haar wil gaan kijken, komt er weer leven in Ella.

'Wat doe je!' kermt ze.

Ze kijkt omhoog, ziet Lis' wapen op zich gericht en houdt haar armen beschermend voor zich. 'Nee!' roept ze, terwijl ze probeert weg te kruipen.

Lis aarzelt. Dit was niet de bedoeling. Ella had haar nek moeten breken of bewusteloos moeten zijn. Maar ze kan nu niet meer terug. Ze richt en schiet.

Een kreet klinkt, dan is het stil.

Langzaam laat Lis haar wapen zakken. Ze doet de deur dicht en draait hem op slot. In eerste instantie wilde ze dat Ella's val op een ongeluk zou lijken, maar ze heeft zich bedacht. Het moet eruitzien als Manuels werk, maar helemaal lekker zit dat haar opeens niet meer.

Niet te lang bij stilstaan, snel handelen nu. Met grote stappen gaat ze naar de schuur, waar ze jerrycans benzine heeft zien staan. Ze neemt ze mee het huis in en sprenkelt de inhoud in de gang en de woonkamer. Niet over de vloer, maar over de meubels.

Ze weet hoe ze brand moet stichten. Manuel heeft haar er alles over verteld, en zij heeft goed geluisterd. Veel moderne banken en stoelen hebben kussens die brandbaar materiaal bevatten. Als dat vlam vat, komen er giftige stoffen en rook vrij. Ze weet ook dat na het uitbreken van een brand je overlevingskans in huis maar een paar minuten is.

Lis legt de lege benzineblikken in het midden van de kamer, zoals Manuel altijd deed, en haalt een aansteker uit de keuken.

Ook al weet ze wat ze doet, het is nog niet eens zo gemakkelijk om een huis in brand te steken. Als je het niet rigoureus aanpakt, dooft het vuur voor je het weet. Maar de rigoureuze methode is heel gevaarlijk, omdat je daardoor langer in de woning moet blijven.

Ze kijkt af en toe naar de vlammen achter haar terwijl

ze doorgaat met aansteken. De bank en de stoel branden al flink. Nu moet ze oppassen, het vuur verspreidt zich heel snel. Straks raakt ze nog ingesloten.

Op het moment dat de vlammen omhoogspringen naar de gordijnen en die in een mum van tijd verteren, besluit Lis dat het tijd is om te gaan. Achteruitlopend, om de vlammen niet uit het oog te verliezen, trekt ze zich terug naar de keuken. Daar draait ze de gasfles open en dan rent ze naar buiten. Ze stapt in de Peugeot en rijdt weg. De onderhandeling over het losgeld zal ze onderweg wel voeren. Eerst zorgen dat ze hier zo ver mogelijk vandaan komt.

40

Ella

Ze moet even bewusteloos zijn geweest, want als Ella haar ogen opent is Lis weg. Langzaam dringt het tot haar door wat er gebeurd is, dat Lis op haar geschoten heeft, en dat ze misschien helemaal niet weg is, dat ze nog een keer kan schieten. Ze durft amper te bewegen of een geluid te maken, maar de pijn is zo hevig dat ze niet kan voorkomen dat er een gekreun uit haar keel komt. In de paar seconden daarna, waarin ze het volgende schot verwacht, staat ze doodsangsten uit. Het blijft stil.

Voorzichtig kijkt Ella omhoog. Er staat niemand boven aan de trap, en voor zover ze kan zien ook niet beneden. Langzaam richt ze zich op. Ze is alleen.

Ze kan nog steeds niet goed geloven dat Lis haar heeft geduwd en neergeschoten. Waarom heeft ze dat in vredesnaam gedaan? Vanwege het losgeld kan het niet zijn, ze wíl er niet eens een deel van. Is ze bang dat zij, Ella, haar zal verraden? Maar Lis heeft haar verwond, niet vermoord. Misschien wilde ze haar in de kelder houden.

Het doet er nu niet toe, ze moet weg zien te komen. Duizelig van de pijn bekijkt Ella de schotwond. Gelukkig heeft de kogel geen slagaderlijke bloeding veroorzaakt, maar ze moet haar been wel verbinden. De verbanddoos ligt in de kast in de woonkamer.

Wanhopig kijkt ze naar de trap. Die komt ze nooit op. Om hulp bellen gaat ook niet, in de kelder is geen bereik. Opnieuw kijkt Ella naar de deur, die eindeloos ver bij haar vandaan lijkt te zijn. Lis heeft hem vast op slot gedaan, als ze haar hier wil houden, maar ze moet het proberen.

Ella zet één hand op de grond en werkt zich omhoog. Met haar andere hand pakt ze de smalle, ijzeren leuning van de trap, waar ze net bij kan. Op het moment dat ze staat, begint alles om haar heen te draaien. Ze klampt zich aan de leuning vast, en als de duizeling voorbij is, klemt ze haar kiezen op elkaar en hijst zich omhoog. Dan ruikt ze iets.

Gealarmeerd kijkt ze omhoog. Achter de deur knettert vuur. Ze ziet de gloed onder de deur door komen, ruikt de rook.

Ella deinst terug. Daarom heeft Lis het bij één schot gehouden! Ze kijkt over haar schouder naar het smalle kelderraam. Misschien kan ze er wel doorheen, en anders kan ze haar telefoon eruit houden en om hulp bellen. Het raam zit vrij hoog, maar er staan wijnrekken onder.

Met haar kiezen op elkaar hinkt Ella ernaartoe en klautert erop. Ze duwt het raam open en probeert zich door de opening heen te wringen. Het is te smal, dat gaat nooit lukken.

Haar voeten hangen ergens boven het wijnrek, haar handen klauwen naar iets wat ze kan pakken om zich aan op te trekken. Ze vinden alleen zand en gras.

Ze steekt haar telefoon naar buiten en toetst het Franse

noodnummer in. Ze doet het zo wild dat het een paar keer verkeerd gaat, en ze het huilend en vloekend opnieuw moet proberen.

Tegen de tijd dat er opgenomen wordt, is ze al haar middelbareschool-Frans vergeten. Ze herinnert zich zelfs het woord voor 'Help' niet meer, en dus praat ze Nederlands. Ze schreeuwt in het Nederlands.

Dan komen er opeens weer wat Franse woorden terug en ze roept: '*Feu! Feu!*'

Hoe erg de brand is weet ze niet, ze ziet geen vlammen, maar ze hoort ze wel.

De stem van de hulpverlener klinkt in haar oor, maar het lijkt wel alsof hij Russisch praat. Ze verstaat er niets van, kan hem ook niet goed horen door het geknetter van het vuur.

Doodsangst kan je bovenmenselijke krachten geven. Ella pakt de kozijnen links en rechts van haar vast, haalt heel diep adem en perst zich door de raamopening. Stukje bij beetje schuift ze naar voren, ze voelt splinters in haar blote buik dringen, maar ze zet door. Met elke centimeter die ze vooruitkomt, schraapt ze iets van haar huid af. Ze negeert de pijn, kronkelt zich als een aal verder naar buiten.

Dan zit ze vast. De vlammen komen dichterbij, ze voelt de hitte op haar benen.

Waar blijft de brandweer? In Beaune zal toch wel een brandweercentrale zijn? Dat móet, het is de grootste stad in deze regio. Natuurlijk hebben ze er een brandweer, die is vast al naar haar op weg. Ze peilen haar telefoon. Ze zijn onderweg. Ze hoort ze al – toch?

Ze worstelt verder en dan opeens ligt ze op haar borst op de grond. Frisse lucht!

Er klinkt een sirene, heel dichtbij, maar Ella weet dat het te laat is. De pijn is te hevig, het wordt zwart om haar heen. Ze denkt aan de gasfles in de keuken, die bijna leeg is maar nog niet helemaal, en op hetzelfde moment komt de explosie.

41

Lis

Urenlang rijdt Lis door, in de greep van een wirwar van gevoelens die ze met moeite uit elkaar kan houden.

Ella zal intussen wel dood zijn. Ze hoopt maar dat ze gestikt is, en niet levend verbrand. Lis is geen onmens, ze had gewoon geen keus. Ella was de enige die haar nog kon verraden. En Demi natuurlijk, maar die denkt dat zij Marjan heet.

Haar plan heeft gewerkt, alles is precies zo gegaan als ze had bedacht. Waarom voelt ze zich dan toch zo kut?

Omdat ze Ella graag mocht, beseft ze nu. Ze leken op elkaar, ze hebben beiden in hun jeugd grote moeilijkheden overwonnen en zijn daar sterker uit gekomen. Ze hebben geleerd om voor zichzelf te zorgen. En dat is precies wat ze zojuist heeft gedaan. Niet meer aan denken nu.

Lis schuift heen en weer op haar stoel. Erg lekker zit dat strakke pak niet, het belangrijkste is dat ze geen DNA door de auto verspreidt. Gelukkig heeft ze airco, anders was het helemaal niet om uit te houden. Nog even afzien. Morgen om deze tijd is ze een rijke vrouw.

Pas als ze op Nederlandse bodem is, maakt Lis een stop. Via Luxemburg en België is ze Limburg binnengereden, en bij het eerste tankstation dat ze tegenkomt neemt ze de afslag. Ze tankt en wacht tot het binnen rustig is, zodat ze niet in de rij hoeft te staan. Dan rekent ze af en neemt een paar broodjes en een fles water mee.

Ze rijdt naar een stil plekje op de picknickplaats en parkeert haar auto. Ze pakt haar telefoon en zoekt het nummer van Demi's ouders op. Tijd voor het laatste bedrijf.

42

Ruud

Bij Stan en Naomi is de opluchting dat hun dochter nog leeft enorm, en bij het rechercheteam niet minder. Het filmpje van Demi is die middag binnengekomen en sindsdien hebben de rechercheurs het ettelijke keren bekeken.

Veel is er niet uit op te maken, behalve dat het recente beelden zijn, want Demi zegt welke datum het is en ze heeft een telefoon vast waarop ze een nieuwsbericht van die dag laat zien. Het filmpje is via WhatsApp naar Stan gestuurd, vergezeld van instructies voor de overdracht van het losgeld. De ontvoerder eist dat het geld de volgende ochtend om tien uur precies in een sporttas wordt achtergelaten. De locatie zal hij pas bekendmaken als de geldrijder onderweg is. In een apart appje heeft hij eraan toegevoegd:

Vertrek morgen om 9.00. Geen politie, alleen jij, Stan.
Anders komt Demi niet terug.

Meteen nadat het bericht is binnengekomen zijn de teamchefs bijeengeroepen om het plan van aanpak te bespreken. Het onderzoek naar Ella van Doornik en Manuel Vroman vordert nog steeds, de Belgen hebben heel wat informatie boven water gehaald.

Om te beginnen is Ella met een klein meisje gezien in dat gehucht bij Sankt Vith, en vervolgens op een picknickplaats langs de snelweg in Frankrijk. De Belgische politie kamt er de hele omgeving af.

'Demi leeft. Dat is in ieder geval iets,' zegt Ingrid. 'En Stan gaat daar absoluut niet naartoe. We sturen een rechercheur, in Stans auto. Ruud, jij hebt de opleiding tot geldrijder gedaan, en als je Stans jas aantrekt, zou je voor hem kunnen doorgaan. Wil jij rijden?'

'Prima,' zegt Ruud.

Het is lang geleden dat hij die opleiding heeft gevolgd, en hij heeft de vaardigheden nooit in praktijk hoeven brengen, maar hij weet dat er verder geen opgeleide rechercheur is. Bovendien wíl hij rijden. Liever dat dan werkeloos afwachten hoe het afloopt.

'Om het leven van Demi niet in gevaar te brengen, zal je het zonder back-up moeten doen. Er zullen een observatieteam en een arrestatieteam om je heen blijven, maar het is in eerste instantie de bedoeling om Demi te vinden, niet om aanhoudingen te verrichten. De overhandiging van het geld zal van een afstand worden geobserveerd.'

Ingrid kijkt in het rond en iedereen knikt.

'We kunnen natuurlijk niet lang van tevoren op de plek van de overdracht zijn als we de locatie niet weten. Maar als we microfoons in Stans auto plaatsen, kan Ruud de informatie hardop voorlezen zodra die op zijn telefoon binnenkomt. Op die manier hoeft hij geen verbinding te zoeken met ons. Misschien wordt hij in de gaten gehouden.'

De rest van het uur nemen ze alle mogelijke scenario's door. Ruud krijgt een zender in de hak van zijn schoen en zal zijn wapen onzichtbaar bij zich dragen.

'Dus nogmaals: het is niet de bedoeling om arrestaties te verrichten. De kans is groot dat de ontvoerders Demi niet bij zich hebben, dus als we ze arresteren of ze komen om, dan vinden we haar misschien nooit meer terug. Het enige wat we doen is het losgeld afleveren en de ontvoerders achtervolgen.'

'En als ze Demi wel bij zich hebben?' vraagt Martijn.

'Dan zullen ze haar daar achterlaten, en dan neemt Ruud haar mee,' zegt Ingrid. 'Maar alleen als dat veilig kan. In de voering van de sporttas wordt ook een zendertje aangebracht. Nog vragen?'

43

Lis

Het is al avond als Lis in Brabant op de plaats van bestemming aankomt. Ze heeft nog een klein uur voor het donker wordt. De meeste wandelaars zijn naar huis en hoe dieper ze in het bos komt, hoe stiller het wordt. Op een gegeven moment houdt het brede zandpad op en kan ze niet verder met de auto. Ze stapt uit.

Al lang van tevoren, als een generaal die een militaire expeditie moet opzetten, heeft Lis nagedacht over de te nemen stappen. Het grootste probleem was hoe ze het losgeld moest ophalen en hoe ze daarna ongezien weg kon komen. Daar heeft ze in de gevangenis op zitten broeden, en ze is tot de conclusie gekomen dat ze het niet te ingewikkeld moest maken. Ze zou de politie pas op het laatste moment de overdrachtsplaats laten weten, en ze zou zelf ruim op tijd aanwezig zijn. Het belangrijkste is dat ze haar DNA niet achterlaat, waar het leren pak voor zorgt, als het goed is, maar dat de politie wel dat van Manuel aantreft. Dus ze moet de Peugeot achterlaten.

Lis haalt een plastic zakje uit het dashboardkastje en verspreidt wat haren van Manuel, die ze bij hem thuis uit het doucheputje heeft gehaald, over de bestuurdersplaats.

Net als in de witte Golf laat ze nog een extraatje achter. In de Golf was dat een colaflesje, in de Peugeot legt ze Manuels aansteker onder de stoel. Dat moet genoeg zijn.

Ze kijkt nog eens goed of ze zelf niets heeft achtergelaten, maar alleen haar rugzak ligt op de achterbank. Ze pakt hem, doet de auto op slot en loopt het bos in. Zo'n achthonderd meter verder, op een kleine open plek, staat ze stil. Ze gooit de tassen op de grond, maakt de rugzak open en haalt er wat kleding uit. Met enige moeite stroopt ze het leren pak van haar huid, vouwt het op en trekt de spijkerbroek en trui aan. Daarna haalt ze een eenpersoonstentje uit de rugzak en zet het op. Tevreden kijkt ze naar haar nachtverblijf. Dat staat, nu eerst wat eten en drinken.

Zittend op haar leren pak haalt ze de broodjes en de fles water die ze bij een tankstation heeft gekocht tevoorschijn.

Langzaam ontspant ze zich. Ze kijkt omhoog naar de ruisende bomen, waar het laatste zonlicht in schuine banen doorheen valt. Om haar heen klinkt enkel vogelgezang. De bewoonde wereld is niet ver weg, maar voor Lis ver genoeg om zich veilig te voelen.

Morgenochtend tussen tien en elf uur zal het hier een enorme drukte zijn. Politieagenten zullen het bos uitkammen, de Peugeot vinden. Ze zullen speurhonden laten komen en een helikopter laten rondcirkelen. Ze zullen haar zien, maar geen bijzondere aandacht aan haar schenken omdat ze een man zoeken. Dat is het geniale van haar plan, dat niemand weet dat zij bij Demi's verdwijning betrokken is. Alleen Ella, en zij is dood.

Lis neemt nog een slokje water en kruipt in de tent. Tijd

om te gaan slapen, morgen wordt een drukke dag. Ze weet nu al dat ze lang wakker zal liggen, maar dat geeft niet. Slaap je niet, dan rust je toch, zei haar oma altijd.

Oma...

Als puber kwam ze vaak bij haar. Ze mist haar. Ze heeft het oma nooit kwalijk genomen dat ze haar op afstand hield omdat ze in de gevangenis had gezeten. Wist oma veel dat Manuel ook niet zo'n lekkertje was. Ze was gek op haar enige kleinzoon en geloofde zijn mooie praatjes. Lis was van plan het haar op een dag uit te leggen, al moest ze dan wel de waarheid over Manuel vertellen. Die kans heeft ze niet gekregen.

Oma is dood, Manuel ook. Maar zij leeft. En morgen is ze rijk.

44
Ruud

Op de dag van de overdracht is Ruud al om vijf uur wakker, en na een uur woelen staat hij op. Langer blijven liggen is zinloos, hij valt toch niet meer in slaap.

Hij heeft heel wat stressvolle situaties meegemaakt in zijn carrière, maar hij heeft zich zelden zo gespannen gevoeld als vandaag. Wat als de ontvoerders Demi bij zich hebben? Wat als hij een fout maakt, al is het maar in hun ogen? Bij een operatie als deze kan er zoveel misgaan...

Hij gaat naar beneden, zet koffie en eet twee geroosterde boterhammen met jam. Dan rijdt hij naar het bureau.

Hij is niet de enige die vroeg is, Ingrid en Martijn zijn ook al aanwezig. Omdat Ruud het losgeld zal overdragen heeft Martijn de tactische leiding van hem overgenomen. Ingrid heeft het commando over het observatieteam op de plek van de overdracht.

‘Heb je een beetje kunnen slapen? Ben je er klaar voor?’ vraagt ze aan Ruud.

‘Nee en ja. Gelukkig is de overdracht niet aan het einde van de dag. Is Stans auto klaar?’

‘Ja, de Technische Dienst heeft hem geprepareerd. Ze zijn nu bezig met wat tests, maar ze verwachten geen problemen.

De microfoons werken. Ik heb overlegd met de hoofdcommissaris en je krijgt ook een camera mee. Een heel kleintje, dat door beweging in werking wordt gesteld. Probeer het ergens op te plakken. De beelden worden meteen naar ons toe gestuurd, zodat we weten wanneer het losgeld wordt opgehaald en door wie.'

Om kwart voor negen verlaat Ruud het bureau. Zijn collega's zullen iets later vertrekken, voor het geval het bureau in de gaten wordt gehouden. Nu hij eindelijk iets kan gaan doen neemt de spanning wat af.

Ruud stapt in de auto, zet Stans mobiele telefoon in de houder en wacht. Precies om negen uur pingelt de telefoon.

Volg de A27 richting Gorinchem.

Ruud leest de instructie hardop voor en start de motor.

45

Lis

Na een lange nacht waarin Lis, zoals ze al had verwacht, weinig heeft geslapen, kruipt ze even na achten haar tent uit. Ze huivert. Het mag dan zomer zijn, hier in Nederland is het vroeg in de ochtend nog fris.

Ze loopt wat heen en weer over de open plek, werkt een maaltijdreep naar binnen en drinkt wat. Gelukkig hoeft ze niet doelloos te zitten wachten tot het tien uur is, ze heeft meer te doen.

Precies om negen uur pakt ze haar telefoon en stuurt ze Stan de eerste instructie. Natuurlijk leest hij die niet zelf. Het zal een ervaren rechercheur zijn die straks komt opdagen, dus ze moet op haar hoede zijn.

Lis wacht tot het bericht verzonden is en trekt het leren pak weer aan. Haar telefoon schuift ze onder de rits, op borsthoogte. Ze breekt de tent af, stopt hem in de rugzak en doet haar trui, spijkerbroek, de wikkels van de maaltijdrepen en de lege fles water erbij. Kritisch kijkt ze om zich heen of er nog iets ligt, maar niets wijst erop dat hier iemand gekampeerd heeft.

Ze hijst de rugzak op haar rug en loopt het bos in. De zon schijnt al door de bladeren heen als ze bij de zandweg komt waar de Peugeot staat.

Dan kijkt ze op haar telefoon: kwart over negen. Als de chauffeur op tijd vertrokken is, moet hij nu in de buurt van Gorinchem zijn. Tijd om weer een appje te versturen. Ze stuurt een bericht dat hij in de richting van Breda moet rijden. Daarna schuift ze haar rugzak onder de auto, zodat er geen vezels in de kofferbak terecht kunnen komen. Er is hier toch niemand die hem kan zien, en straks telt elke seconde.

46

Ruud

Het eerste kwartier gaat Ruuds blik telkens naar het beeldscherm, maar hij krijgt geen berichten meer. Dat verbaast hem niet. Vroman zal de politie zo min mogelijk de tijd willen geven om de situatie te beheersen. Maar wat Vroman niet weet is dat hij opzettelijk langzaam rijdt, om het arrestatieteam de gelegenheid te geven als eerste ter plaatse te zijn. In de kleine tien minuten die ze hebben, zullen ze kijken of ze een verdachte in het vizier kunnen krijgen. Niet om diegene op te pakken, maar om Ruud te beschermen. En om zo veel mogelijk informatie over de ontvoerder te krijgen.

Net voor Gorinchem komt er weer een bericht binnen. Hij moet de A27 blijven volgen, richting Breda.

Ruud leest hardop de instructies voor en herhaalt het bericht, voor het geval zijn collega's hem niet goed hebben verstaan. Hij weet dat er nu in grote haast allerlei maatregelen worden genomen. Het is een prettig idee dat zijn collega's in de buurt zijn.

Tien minuten later komt er opnieuw een bericht binnen.

> Neem bij knooppunt Sint-Annabosch de afslag en volg de A58 richting Ulvenhout.

'Wat is er bij Ulvenhout, jongens?' zegt Ruud terwijl hij gas terugneemt. 'Een bos, volgens mij. Dat zou wel eens de eindbestemming kunnen zijn.'

Hij krijgt gelijk. De laatste instructies voeren hem naar steeds rustiger gebied, tot er bordjes MASTBOS langs de kant van de weg verschijnen. Net als hij zich afvraagt of hij er bijna is, komt er een nieuwe instructie: de naam van een restaurant.

Hij noemt hem een paar keer hardop.

Dus de overdracht vindt plaats op de parkeerplaats van een restaurant. Het is woensdagochtend, nog vroeg, dus waarschijnlijk is het restaurant gesloten.

Weer realiseert hij zich hoe voorzichtig en slim Vroman dit aanpakt. Als ze zijn instructies eerder hadden gekregen, hadden ze er nog voor kunnen zorgen dat alle aanvoerwegen onder observatie kwamen te staan. Dat gaat nu niet lukken, maar hopelijk is er nog wat mogelijk nu zijn team weet waar ze moeten zijn.

Hoe dichter hij bij het restaurant komt, hoe sneller Ruuds hart slaat en hoe krampachtiger hij het stuur vasthoudt. Het arrestatieteam met de speurhonden moet er inmiddels al zijn. Ze hebben de dieren aan de tas met losgeld laten ruiken, zodat ze straks weten waar ze naar moeten zoeken.

Zo rustig mogelijk rijdt Ruud door en verlaat hij de snelweg. Hij volgt een tijdje een B-weg tot een bord de route naar het restaurant aanwijst. Daar slaat hij af.

47

Lis

De overdrachtsplaats is aan de andere kant van het bos. Een paar dagen geleden heeft Lis de route nog gelopen en daarbij allerlei herkenningspunten onthouden, zoals een omgevallen boom, een drooggevallen sloot, open plekken en groepjes struiken. Op plaatsen waar ze in haar haast zou kunnen twijfelen heeft ze voor de zekerheid merktekens aangebracht in de vorm van een kerf in een boomstam.

Even voor halftien stuurt ze opnieuw een appje, waarbij ze de geldrijder in de richting van Ulvenhout dirigeert. Nog een halfuur, dan is hij hier.

Al heeft ze alles onder controle, Lis voelt de spanning toenemen. Ze besluit om alvast naar de overdrachtsplaats te gaan. Hier bij die zandweg loopt ze te veel risico dat iemand haar ziet.

Na precies tien minuten lopen blijft ze staan om een appje naar de chauffeur te sturen en dan gaat ze verder. Na een tijdje ziet ze het restaurant tussen de bomen door schemeren.

Lis laat zich zakken en kruipt op handen en knieën voort. In de beschutting van een groep struiken kijkt ze naar het parkeerterrein. Leeg.

Ze pakt haar telefoon. Kwart voor tien.

Niet ver van een groot reclamebord gaat ze plat op haar buik tussen de bomen liggen wachten.

Tien voor tien.

De chauffeur moet nu dicht in de buurt zijn, met een hele politiemacht in de achterhoede. Er liggen nog vijftien, twintig minuten tussen totale rust en een enorme klopjacht.

Langzaam ademt Lis in en uit. Het is alsof haar hart vrij in haar borst rondfladdert. Ze probeert zichzelf onder controle te krijgen, maar dat lukt maar deels.

Zeven voor tien. Er komt een auto aan.

Gespannen kijkt Lis tussen de bomen en het struikgewas door. Het is Stans auto, maar ze kan niet zien wie er achter het stuur zit.

De chauffeur rijdt langzaam de parkeerplaats op en kiest een plek. Lis pakt haar telefoon en begint te appen.

48

Ruud

Met het zweet in zijn handen draait Ruud de parkeerplaats op. Zes voor tien, iets te vroeg. Hij parkeert zijn auto zo dicht mogelijk bij het restaurant en zet de motor uit. Dan neemt hij een slok water en kijkt om zich heen.

Dit is een goed gekozen plek. Het restaurant is gesloten, de parkeerplaats, die aan een stuk bos grenst, ligt er verlaten bij. Van het arrestatieteam is geen spoor te bekennen. Toch moeten ze er zijn. Als het goed is, liggen ze in een wijde kring om het parkeerterrein heen en bewaken ze de belangrijkste paden.

Hij zou al kunnen uitstappen, maar hij wacht tot het precies tien uur is, zodat iedereen de gelegenheid krijgt om positie in te nemen. Er moet nu intensief radiocontact zijn tussen alle eenheden, maar in zijn auto is het stil. Onwerkelijk stil.

Een appje doet Ruud opschrikken. Hij grijpt zijn telefoon en leest het bericht.

Loop naar het grote bord waar de naam van het restaurant op staat. Leg de tas met het geld erachter en rijd weg zonder om te kijken.

Geen woord over Demi. Even komt hij in de verleiding om terug te appen en naar haar te vragen, maar hij besluit het niet te doen. Het plan is duidelijk: het geld droppen en daarna de ontvoerders achtervolgen.

Ruud sluit een moment zijn ogen en bidt dat dat waar mag zijn.

Hij verlaat zijn auto, laat het portier openstaan voor het geval hij met het kind moet vluchten, en haalt de sporttas met geld uit de kofferbak. Hij heeft zich zelden zo alleen gevoeld. Nu hij de auto heeft verlaten is er geen contact meer. De enige manier waarop ze hem nog kunnen volgen is via de gps-trackers in de voering van de sporttas en in zijn schoen. Maar daar kan hij niet mee communiceren, ze geven alleen zijn locatie aan.

Met de tas stevig in zijn hand loopt Ruud naar het reclamebord. Bij elke stap die hij zet, scannen zijn ogen de omgeving. Niemand te zien. Vroman zit waarschijnlijk ergens in het bos en houdt hem scherp in de gaten. Heeft hij Demi bij zich? Misschien ligt ze bij het bord, vastgebonden en bang.

Ruud houdt zo sterk rekening met die mogelijkheid, dat de leegte achter het bord een klap in zijn gezicht is. Het kost hem al zijn zelfbeheersing om de sporttas neer te zetten, de camera stiekem op het bord te plakken en terug naar de auto te lopen. Het liefst had hij geschreeuwd en gevloekt, maar hij slaagt erin zijn rust te bewaren.

Dit scenario was natuurlijk te verwachten. Eerst het geld, dan het kind. Zelfs als Vroman aan zou komen rennen om de tas weg te grissen, zou hij hem moeten laten gaan. Nu maar hopen dat hij Demi vrij zal laten.

Met een zucht schuift Ruud weer achter het stuur. Plicht gedaan. Om hem heen is alles nog steeds rustig. Hij zweet.

49

Lis

Met ingehouden adem kijkt Lis toe hoe de man de auto parkeert en uitstapt. Van deze afstand kan ze niet zeggen of het Stan is. Ze kent hem niet persoonlijk. Ella heeft een keer een foto van hem laten zien, dat is alles. Hij zou het kunnen zijn, maar het lijkt haar sterk dat hij zelf gekomen is.

De man loopt naar de kofferbak en haalt er een sporttas uit. Hij doet de kofferbak dicht en loopt in de richting van het reclamebord van het restaurant.

Als een havik houdt Lis haar blik op hem gericht. Hij legt de sporttas keurig achter het reclamebord, lijkt even te aarzelen, maar loopt dan terug naar de auto. Rond het parkeerterrein blijft het rustig. Geen geluid verbreekt de stilte, niets wijst erop dat er meer mensen zijn.

De man stapt in de auto en start de motor. De wagen gaat achteruit, maakt een draai en rijdt weg. Lis kijkt hem na. Dan glijden haar ogen weer over de omgeving, scannen elke plek waar iemand zich zou kunnen schuilhouden. Er is echt niemand. Ze moet nú in actie komen.

Het snelle kloppen van haar hart en de spanning in haar spieren maken plaats voor een gevoel van onoverwinnelijkheid, bijna roekeloosheid. De adrenaline raast door haar lichaam en laat haar met grote snelheid handelen.

Ze schiet het struikgewas uit en rent in gebukte houding naar het reclamebord. De sporttas ligt klaar. Ze grijpt hem en verdwijnt, nog steeds gebukt, in het bos. Daar zet ze het op een lopen.

Hoeveel tijd zal ze hebben voor de politiemacht er is? Een kwartier, hooguit.

Lis vliegt door het bos, dankbaar voor het spoor dat ze heeft uitgezet. Af en toe raakt ze van de wijs, maar de kerven in de boomstammen wijzen haar de weg naar de Peugeot.

Hijgend houdt ze halt naast de wagen. Ze laat de sporttas met losgeld op de grond vallen en trekt haar rugzak onder de auto vandaan. Ze haalt er twee grote Albert Heijn-tassen uit, maakt de sporttas open en kiepert het losgeld in de boodschappentassen.

Vervolgens begint ze het leren pak weer uit te trekken. Dat valt nog niet mee, het materiaal heeft zich aan haar bezwete lichaam gehecht. Als een slang die zijn huid aflegt stroopt Lis het, zachtjes vloekend, van zich af.

Ze propt het pak in de rugzak en trekt een linnen broek en een blouse aan. Haar lange haren doet ze in een staart en ze hangt een degelijke schoudertas om, zoals veel vrouwen bij zich hebben als ze boodschappen doen.

Nog steeds is het rustig om haar heen, maar dat zegt niets. De politie zal echt niet met gillende sirenes aan komen rijden. Misschien zijn ze er al, besluipen ze haar nu.

Schichtig kijkt Lis om zich heen. Onmogelijk, houdt ze zichzelf voor. Zo snel kunnen ze hier niet zijn. Ze heeft tijd genoeg.

Toch trillen haar armen en benen als ze een stukje het bos in loopt en het kreupelhout in stapt. Daar, in een greppel, ligt de fiets die ze een paar dagen geleden heeft achtergelaten. Compleet met stevige fietstassen.

Met enige moeite trekt ze hem uit de wirwar van takken die ze eroverheen heeft gegooid. Ze veegt het zand en de blaadjes er zoveel mogelijk af. Dan doet ze de Albert Heijn-tassen met het losgeld in de fietstassen, waarbij ze ervoor zorgt dat een deel van het logo zichtbaar is. Haar rugzak vouwt ze op en stopt ze onder de snelbinders op de bagagedrager. De sporttas waar het losgeld in zat legt ze achter in de auto.

Lis gooit de klep van de kofferbak dicht en pakt de fiets. Ze kijkt om zich heen.

Het bos is nog steeds in diepe rust. Gerustgesteld stapt ze op en rijdt de zandweg af. Na een tijdje stuit ze op een fietspad dat terugvoert naar de bewoonde wereld. In de eerste de beste afvalcontainer die ze tegenkomt, dumpt ze haar rugzak en dan fietst ze verder. Naar een kruising waar een politiewagen langzaam aan komt rijden.

Verstard van schrik ziet Lis hem naderen. Ze vergeet even te trappen, maar ze roept zichzelf snel tot de orde. Ze is gewoon een vrouw die boodschappen gaat doen, niets bijzonders.

De politiewagen passeert haar, en in die paar seconden verwacht ze dat het raampje open zal gaan, dat ze haar zullen aanspreken. Lis werpt een blik opzij en ziet dat de agent achter het stuur naar haar kijkt, maar hij rijdt langzaam door.

Met hamerend hart fietst Lis weg. In de verte verschijnt een kerktoren boven de weiden en akkers. De zon schijnt volop, de vogels fluiten. Het belooft een mooie dag te worden.

50

Ruud

'Het losgeld is weggehaald,' zegt Ingrid. 'Nog geen minuut nadat jij vertrokken was.'

'En? Heeft de camera iets geregistreerd?' vraagt Ruud.

Ze staan op een landweg, niet ver van het restaurant. Normaal gesproken moet dit een rustige weg zijn, nu staat hij vol politiewagens.

'Er dook iemand op uit het bos. Zwart pak, zwarte muts, zwarte handschoenen. Hij kwam van links, dus buiten het bereik van de camera. Pas toen hij het losgeld pakte was hij even in beeld, maar we zagen niet meer dan een flits. Maar de hele omgeving is afgezet, de gps-tracker loopt, dus hij maakt weinig kans om te ontkomen.'

'Waar zit hij nu?'

'In het bos. Hij beweegt zich niet meer voort, dus waarschijnlijk houdt hij zich ergens schuil. Het arrestatieteam is erop afgegaan.'

'We zouden hem niet oppakken, toch?'

'Dat doen we ook niet. We observeren en volgen hem. Maar we moeten er rekening mee houden dat hij het meisje bij zich heeft. Ik sla me voor mijn kop als ze dichtbij is en we haar kwijtraken omdat we op afstand zijn gebleven.'

'Alsjeblieft niet,' zegt Ruud.

De gps-tracker leidt het team naar de bosrand, waar ze op een donkergroene Peugeot stuiten. Het zwaarbewapende Aanhoudings- en Ondersteuningsteam omsingelt de wagen, schreeuwt waarschuwingen en rukt de portieren open. Niemand.

Ze openen de kofferbak – geen Demi. Het enige wat ze aantreffen is de sporttas waar het losgeld in zat.

'Hij heeft het geld in een andere tas gestopt,' zegt Ruud, als hij ter plaatse komt. 'Maar hoe is hij weggekomen? Lopend, of had hij hier een vluchtauto staan?'

'Als hij een andere auto klaar had staan, zouden we die gezien hebben,' zegt Ingrid.

'Niet álle wegen waren afgesloten. Er zijn sluipweggetjes genoeg. Hij kan er te voet vandoor zijn gegaan en een eind verderop in een auto zijn gestapt.'

Met een verbeten gezicht kijkt Ingrid om zich heen. 'Verdomme. Het is die klootzak gelukt.'

Op dat moment gaat haar telefoon. Ruud wil weglopen om haar wat privacy te geven, maar ze gebaart dat hij moet blijven staan. Aan haar gezicht te zien krijgt ze goed nieuws

'Ella van Doornik,' zegt Ingrid als ze de verbinding heeft verbroken. 'Ze hebben haar gevonden.'

De Franse politie heeft de restanten van Ella's vakantiehuis doorzocht, maar het lichaam van Demi is er niet aangetroffen. Ella is in het ziekenhuis opgenomen. Volgens de Franse collega's is ze te zwaar gewond om verhoord te kunnen worden.

Het is goed nieuws en slechts nieuws tegelijk, vindt Ruud, want intussen weten ze nog steeds niet waar Demi is. Het terrein om Ella's huis is onderzocht met een grondpenetrerende radar om te kijken of de bodem is verstoord, en er zijn drie speurhonden ingezet. Die sloegen aan, maar verder dan dat kwamen ze niet. Het hele rechercheteam is chagrijnig van frustratie.

Het is Vroman gelukt. Hij heeft het losgeld geïnd en is verdwenen. Dat hij Demi niet vrijgelaten heeft, belooft weinig goeds, en dat het rechercheteam niet weet waar het moet zoeken nog minder.

Die nacht ligt Ruud urenlang te malen. Elke keer als hij zijn ogen sluit ziet hij Demi voor zich, vastgeklonken aan een muur, opgesloten in een kelder. Zonder eten en drinken. Met iedere dag die verstrijkt zullen haar kansen om te overleven verder afnemen.

Zodra het licht wordt staat hij op, en rijdt naar het bureau.

Hij komt tegelijk met Ingrid aan.

'Ik wilde je net bellen,' zegt ze. 'Ik kreeg onderweg bericht uit Frankrijk. Ella van Doornik kan worden gehoord.'

'Aha, dat is goed nieuws! Is de Franse recherche al begonnen?'

'Ze hebben even met haar gepraat via een tolk, maar er is niet veel uit gekomen. Van Doornik zegt dat ze geen idee heeft waar Demi is.'

'Ze liegt. Ze is met haar gezien.'

'Dat wil niet zeggen dat ze weet waar ze nú is. Maar ze kan ons ongetwijfeld meer vertellen. Daarom wil ik dat je naar Frankrijk gaat en met haar praat. Ik regel het met onze Franse collega's.'

'Goed.'

'En neem Sabhia mee, die spreekt Frans. Ik bel haar meteen.'

'Frankrijk?' zegt Marlies. 'Serieus? Onze dochter ligt in het ziekenhuis, ons kleinkind kan elk moment geboren worden!'

'Ik weet het, maar zij is in goede handen. En dat kan ik van dat andere kind niet zeggen. Ik móet erachteraan, Marlies.' Ruud staat bij het bed in hun slaapkamer en gooit snel wat spullen in een weekendtas.

'Kan iemand anders niet gaan?'

'Nee. Sabhia en ik gaan even op en neer. We blijven hooguit één nacht, en dan rijden we weer terug.'

Marlies zucht en zegt verder niets meer.

'Houd me op de hoogte.' Ruud pakt zijn tas op en kust zijn vrouw. 'Tot morgen.'

Hij haalt Sabhia op en ze vertrekken meteen. Het eerste halfuur zeggen ze niet veel, beiden zijn in gedachten verzonken.

Op een gegeven moment zegt Sabhia: 'Eigenlijk bewonder ik Ella van Doornik wel.'

Ruud kijkt haar verbaasd aan.

'Dat ze bij de jehova's is weggegaan, bedoel ik. Het is niet gemakkelijk om tegen de stroom in te zwemmen. Je moet er grote offers voor brengen, en niet iedereen is daar geschikt voor. Veel mensen gehoorzamen liever dan dat ze voor hun vrijheid kiezen, omdat die vrijheid ze te veel kost. Probeer je eens voor te stellen dat je alles en iedereen achter moet laten: je ouders, broers en zussen, vrienden, iedereen. Dat doet wat met je. Misschien dat ze daarom handelt zoals ze nu doet.'

Ruud rijdt een tijdje zwijgend door en zegt dan: 'Dat zal allemaal best, maar een moeilijke jeugd is geen excuus. We krijgen allemaal de keus tussen meerdere afslagen in het leven. Jij hebt het ook niet gemakkelijk gehad, maar jij hebt een heel andere keus gemaakt.'

'Jawel,' zegt Sabhia. 'Maar toch.'

Het is een flinke rit naar Beaune. Ze rijden de hele dag door en lossen elkaar om de paar uur af. Aan het begin van de avond komen ze vermoeid aan. Ingrid heeft twee kamers voor hen laten boeken in een hotel, maar ze rijden rechtstreeks naar het ziekenhuis.

Ze worden vriendelijk maar enigszins gereserveerd ontvangen door Ella's behandelend arts. Haar patiënt is zwak en snel benauwd, dus of ze het verhoor kort willen houden.

'*Un quart d'heure*,' zegt dokter Longchamp.

'Een kwartier? Hebben we daar dat hele eind voor gereden?' mompelt Sabhia terwijl ze de arts door de gangen volgen.

'In een kwartier kun je een hoop te weten komen. En we kunnen altijd morgen nog terugkomen,' zegt Ruud.

De dokter opent een deur, laat hen naar binnen gaan en stapt zelf ook de kamer in. 'Un quart d'heure,' herhaalt ze met een strenge blik.

Ruud knikt, maar Sabhia negeert haar en loopt langs haar heen. Ella heeft een kamer voor zichzelf. Ze ligt onder een dunne deken en is via haar hand aangesloten op een infuus. Op het tafeltje naast haar ligt een zuurstofkapje.

Ze kijkt televisie, maar zet haar uit als Ruud en Sabhia binnenkomen.

'Goedenavond,' zegt Ruud terwijl hij een stoel bijschuift. 'Ik ben hoofdinspecteur Brandt en dit is mijn collega, Sabhia Amrani.'

Ella kijkt hen beurtelings aan maar zegt niets.

'We zijn gekomen om u wat vragen te stellen, maar eerst moet ik u op uw rechten wijzen. U bent niet tot antwoorden verplicht en u hebt recht op een advocaat.'

'Dat is niet nodig. Ik wil best met u praten.'

'Mooi. De eerste vraag is: hoe voelt u zich?'

'Het kon slechter.'

'Dat kon het zeker,' zegt Ruud. 'U hebt veel geluk gehad. We hebben begrepen dat u een schotwond aan uw been hebt. Wie heeft u neergeschoten?'

'Manuel Vroman. En daarna heeft hij het huis in brand gestoken.'

'Is hij ook verantwoordelijk voor de brand bij dat Nederlandse stel? Bram en Annelies van Mourik?'

'Ja. Hij heeft ze vermoord.' Ella's stem beeft licht.

'Hoe weet u dat?'

'Dat heeft hij me zelf verteld, toen hij mij onder schot hield.'

'Vertel,' zegt Sabhia. 'Vanaf het begin.'

Ella's blik glijdt naar haar toe. 'Ik ken de ontvoerder van

Demi: Manuel Vroman. Hij werkte samen met Freek Hazelaar. Toen ik erachter kwam dat ze een meisje hadden ontvoerd, besloot ik om haar terug te halen.'

'Waarom hebt u dan niet gewoon de politie gewaarschuwd?' vraagt Sabhia.

'Omdat ik dan zoveel moest uitleggen. Ik was bang dat ze te laat zouden komen. En omdat ik persoonlijk wilde afrekenen met Manuel. Door hem ben ik onschuldig in de gevangenis terechtgekomen.'

'U kent Stan en Naomi Hulshof ook,' zegt Ruud. 'Dat is toevallig.'

'Ja, ik denk dat Manuel door mij op het idee is gekomen om Demi te ontvoeren,' zegt Ella. 'Ik had hem het een en ander over Stan verteld. Dat ik hem ken van vroeger en dat hij erg rijk is. Het kan zijn dat Manuel toen besloot om Demi mee te nemen. Maar ik heb daar niets mee te maken. Sterker nog, toen ik erachter kwam dat Manuel Demi had ontvoerd, besloot ik om haar terug te halen.'

'En dat lukte?'

'Ja, vrij gemakkelijk zelfs. Maar toen had ik wel een probleem, want Manuel kwam achter ons aan.'

'Alleen hij? Hij had toch een handlanger?' vraagt Sabhia.

'Freek, ja. Manuel belde me op en vertelde dat hij ruzie had gekregen met Freek en dat hij hem had doodgeschoten. Hij stelde voor om het losgeld met mij te delen.'

'Daar komen we zo op,' zegt Ruud. 'Eerst wil ik weten waarom u Demi niet meteen naar huis hebt gebracht. Of naar de politie.'

'Daar kreeg ik de tijd niet voor. Manuel zat dus achter

ons aan en ik ben in paniek naar mijn vakantiehuisje gevlucht. Ik dacht dat ik daar veilig zou zijn. Ik had het nooit gered om naar Nederland te rijden, en in de Franse politie had ik geen zin. Ik was van plan om haar terug te brengen zodra de kust veilig was.'

Sabhia vouwt haar armen over elkaar en bekijkt haar met een sceptische blik.

'U had de Nederlandse politie kunnen bellen.'

'Dat had ik beter kunnen doen, ja. Maar alles ging zo snel.'

'Laten we ophouden met deze poppenkast,' zegt Sabhia ongeduldig. 'Onze tijd is kostbaar en we zijn niet helemaal uit Nederland komen rijden om ons verhaaltjes te laten vertellen. U hebt lang voordat de ontvoering plaatsvond bij Demi's huis rondgehangen en in een park met haar oppas aangepapt. U kénde Demi. Weet u hoe ik denk dat het is gegaan? U hebt met Manuel Vroman het plan voor de ontvoering uitgedacht en u hebt Demi meegenomen. Ze kende u van het park, dus ze is zonder wantrouwen bij u in de auto gestapt. Daarna hebt u haar even buiten de stad aan Manuel overgedragen. De auto waarin u Demi hebt meegenomen, een witte Golf, hebt u daar achtergelaten. Vroman heeft die wagen waarschijnlijk voor u gestolen; we hebben zijn vingerafdrukken op een colaflesje gevonden. Manuel en Freek hebben u vervolgens ergens afgezet en zijn met het kind naar de Ardennen gereden. Toen u daar aankwam hebben jullie ruzie gekregen en is de zaak uit de hand gelopen.'

'Nee,' zegt Ella. 'Zo is het helemaal niet gegaan.'

'Dit kan wachten. Ik wil eerst weten wat er met Demi is gebeurd. Waar is ze? Leeft ze nog?' vraagt Ruud op dringende toon.

'Dat weet ik niet. Manuel heeft haar meegenomen. Hij viel mijn vakantiehuisje binnen en schoot mij neer. Als Demi daar niet gevonden is, dan moet hij haar hebben meegenomen.'

Zowel Ruud als Sabhia kijkt sceptisch.

'Mevrouw Van Doornik, u staat niet onder ede, maar ik wil u erop wijzen dat liegen tegen een politieambtenaar ook strafbaar is,' zegt Ruud.

'Is dat zo? Volgens mij niet. En ik lieg niet.'

'Maar u vertelt ook niet de hele waarheid.'

'Ik ben moe. Ik wil graag slapen.' Ella kijkt naar de arts, die haar al die tijd in de gaten heeft gehouden.

Dokter Longchamp vangt haar hulpzoekende blik op, stapt naar voren en zegt iets in het Frans.

'We moeten gaan. De patiënt heeft rust nodig.' Sabhia werpt een donkere blik op Ella.

'Goed, dan gaan we. Maar we komen morgenochtend terug,' zegt Ruud. 'En we blijven u net zo lang ondervragen tot u ons hebt verteld waar Demi is.'

'Zoals ik al zei,' zegt Ella, 'ik heb geen idee.'

51

Ella

De twee rechercheurs hebben niet lang bij haar gezeten, maar Ella is evengoed uitgeput. Met gesloten ogen loopt ze haar antwoorden na. Heeft ze zich ergens versproken? Waarschijnlijk niet, anders hadden ze haar wel gearresteerd. Ze heeft tijd genoeg gehad om over haar verhaal na te denken en zich voor te bereiden op dit verhoor. Eigenlijk is het een geluk dat ze in het ziekenhuis ligt, daardoor konden ze haar niet lang lastigvallen. Morgen kan ze ook nog wel onder een kruisverhoor uit komen, maar zodra ze uit het ziekenhuis ontslagen wordt, zal het gesprek vervolgd worden. Op het politiebureau.

Beelden van de betonnen cel, het huis van bewaring en alle vernederende procedures die ze heeft moeten ondergaan doemen op, en ze sluit berustend haar ogen. Als ze weer in de gevangenis belandt, weer voor de rechter moet verschijnen, dan is dat maar zo. Ze ziet er als een berg tegen op, maar ze gaat niet vertellen wat er echt is gebeurd.

Ella opent haar ogen en gaat moeizaam rechtop zitten. Een verpleegkundige die in de gang voorbijloopt ziet het en vraagt of ze iets voor haar kan doen. Ella zegt dat ze graag even wil bellen. Haar eigen telefoon is ze kwijtgeraakt toen ze uit het kelderraam kroop. Hij zal wel verbrand zijn. Dat is balen, maar het betekent ook dat de politie er niets mee kan als ze hem vinden.

De verpleegkundige komt aanlopen met een mobiele telefoon en Ella toetst een nummer in, blij dat ze dat uit het hoofd heeft geleerd. Er wordt meteen opgenomen.

'Hallo?'

'Met mij. Ella.'

'Ella! Hoe gaat het met je?'

'Goed. En met jou?'

'Ook goed. Alles loopt volgens plan.'

'Is het al gebeurd?'

'Ja, gisteren.'

'En? Deden ze niet moeilijk?'

'Nee, de ontvoering is stilgehouden door de politie, dus niemand had argwaan.'

'Hoelang blijft ze daar?'

'Een dag of twee.'

'Zo lang zal ik ook nog wel in het ziekenhuis liggen, dus dat komt goed uit. Dan kunnen ze me niet te streng verhoren.'

'Is de politie al langs geweest?'

'Ja, maar dat heeft ze weinig opgeleverd. Ze komen morgen terug. Met een arrestatiebevel, vrees ik.'

'Zover moet je het niet laten komen, Ella. Vertel ze maar wat ze moeten weten.'

De volgende ochtend komen inspecteur Brandt en zijn collega al vroeg haar kamer in.

'Als u iets weet over Demi kunt u het beter nú zeggen.' Sabhia Amrani neemt plaats naast Ella's bed en kijkt haar ernstig aan. 'U begrijpt toch wel dat we niet kunnen vertrekken zonder dat we weten wat er met haar is gebeurd? U hebt haar gered, zei u, en dat willen we graag geloven. Misschien bent u zelf slachtoffer geworden van die criminelen, wordt u bedreigd. In dat geval kunnen we u bescherming bieden. Vertel ons alstublieft waar Demi is.'

'Ze is veilig.'

Inspecteur Brandt en Sabhia wisselen een blik.

'Dat is goed om te horen, maar hoe weet u dat zo zeker?'

Ella zwijgt even en zegt dan: 'Het is een lang verhaal.'

'Wij hebben de tijd, maar Demi misschien niet, dus kort u het een beetje in,' zegt inspecteur Brandt.

'Zoals ik al zei is ze veilig.' Ella laat haar blik naar buiten dwalen. Dit is het juiste moment om haar verhaal te doen. Althans, een deel ervan.

'Die ontvoering was niet echt,' zegt ze. 'We hebben hem in scène gezet. Het was de enige manier om Demi snel een medische behandeling te laten ondergaan.'

'Wie zijn "we"?' vraagt Sabhia.

'Naomi en ik.'

Er valt een doodse stilte na die woorden. Beide rechercheurs kijken haar vol ongeloof aan.

'Mevrouw Hulshof?' zegt inspecteur Brandt, alsof er nog een andere Naomi zou zijn.

'Ja. Jullie weten vast wel dat Demi ziek is, dat ze chemotherapie heeft gehad en nog meer behandelingen nodig heeft. Die zijn ontzettend zwaar, de laatste keer duurde het heel lang voor ze herstelde. De chemo maakt haar extra vatbaar voor infecties en daarom heeft ze een bloedtransfusie nodig. Die verhoogt haar weerstand. Maar bloedtransfusies zijn verboden bij de jehova's. Haar vader wil absoluut niet dat ze bloed toegediend krijgt, maar haar moeder denkt daar heel anders over.'

'Hoe weet u dat allemaal? Kent u Demi's moeder zo goed?' vraagt Brandt.

Ella knikt. 'Naomi vertelde dat Demi ernstig ziek was en dat ze een bloedtransfusie nodig had. Ze zei dat Stan erop tegen was, maar dat zij, Naomi dus, die behandeling wel graag wilde laten uitvoeren. Ze had het natuurlijk voor de rechter kunnen brengen, maar dat zou erg lang geduurd hebben. Zo lang wilde ze niet wachten. Naomi wist ook dat Stan van haar zou scheiden als ze naar de rechtbank zou stappen. Jehova's mogen in bepaalde gevallen scheiden, als de partner iets doet wat tegen de regels van het geloof ingaat. Dan zou ze Demi kwijtraken.'

'Dat hoeft niet per se,' zegt Brandt. 'De kans is groot dat de rechter Demi aan haar moeder zou hebben toegewezen.'

'Maar Naomi is niet Demi's biologische moeder.'

Sabhia ademt diep in en blaast dan langzaam weer uit. 'Dus toch.'

'Wisten jullie dat?'

'We hadden zo'n vermoeden. Maar vertel verder.'

'Waarschijnlijk had Naomi voor de rechtbank die bloedtransfusie wel kunnen afdwingen, maar zo veel tijd had Demi niet. Ze had die behandeling snel nodig. En dus bedachten Naomi en ik een plan. Naomi is half Frans en heeft familie in Parijs. Haar zus is arts, en zij wilde graag helpen. Het plan was dat ik Demi zou meenemen. Demi kende mij van mijn afspraakjes met de oppas, Chantal, en ik heb haar ook een keer gezien toen ik met Naomi had afgesproken, dus ze ging zonder problemen met me mee. Ik vertelde Manuel Vroman over Demi en hij wilde best helpen met die ontvoering, maar hij wilde er wel iets voor terug.'

'Losgeld,' zegt Sabhia.

'Ja. Dat was onze bedoeling natuurlijk helemaal niet, maar we moesten wel instemmen. We spraken af dat Manuel niet te veel zou vragen. Een paar duizend euro was het plan, maar daar maakte hij zelf een miljoen van.'

'Dus jullie hebben dit plannetje met z'n drieën bedacht,' zegt Ruud met opgetrokken wenkbrauwen. 'Dat is nogal wat. Naomi moet wel een heel goede vriendin zijn.'

'Dat is ze ook. Ik wilde Demi en haar helpen.'

Brandt kijkt alsof hij niet helemaal overtuigd is, maar Sabhia stelt al een nieuwe vraag.

'Van wie is het tweede lichaam dat samen met dat van Rianne Diepenbeek is aangetroffen?'

'Van die vriend van Manuel, Freek Hazelaar. Ik wist niet dat Manuel van plan was hem erbij te betrekken.'

'Vier man dus. Of nog meer?'

Ella schudt haar hoofd, maar inspecteur Brandt blijft haar aankijken.

'Vier man,' herhaalt ze.

Sabhia fronst licht, en ook inspecteur Brandt kijkt alsof hij haar niet helemaal gelooft. Na een korte stilte krabt hij aan zijn kin.

‘Ik vind het een vreemd verhaal. Weet u waarom? Omdat ik het moeilijk te geloven vind dat Naomi en u het geen probleem vonden om Demi aan de zorg van een wildvreemde kerel over te laten. Wie doet nou zoiets? Van ú kan ik me dat nog enigszins voorstellen, maar dat Naomi met zo’n krankzinnig plan akkoord zou gaan, wil er bij mij niet in.’

‘Wel als die moeder wanhopig is en denkt dat het oké is. Het was de bedoeling dat ik bij Demi zou blijven, maar Manuel en Freek gingen er met haar vandoor.

Ik dacht dat ik Manuel kon vertrouwen, maar ik heb me vreselijk in hem vergist. Hij had zijn eigen agenda, haalde Freek erbij, ging losgeld vragen... Toen ik erachter kwam dat ze in de Ardennen zaten, heb ik Demi daar weggehaald. En daarna liep het uit de hand. Het plan van Naomi en mij was om Demi mee te nemen naar mijn vakantiehuis, waar Naomi’s zus Jacqueline haar zou komen ophalen. Na de bloedtransfusie zouden we Demi weer naar huis brengen. Stan zou woedend zijn, maar dan zou Demi de bloedtransfusie al gekregen hebben.’

Terwijl ze praat kijkt inspecteur Brandt haar strak aan, alsof hij haar leugens kan ruiken. Ella trotseert zijn blik.

‘Even voor de duidelijkheid: u hebt Demi opgehaald in die witte Golf,’ zegt Sabhia. ‘Die auto was gestolen, wist u dat?’

‘Nee, maar het verbaast me niet. Manuel had hem voor me geregeld.’ Dat is niet waar, Lis heeft hem voor haar gestolen, maar dat gaat ze niet vertellen.

‘En u liet die wagen even buiten Utrecht achter.’

'Ja, dat had ik met Manuel afgesproken. We zouden in een andere auto overstappen, maar hij scheurde er met Demi vandoor en liet mij daar staan.'

'En wat heeft u toen gedaan?'

Ella aarzelt. Manuel is helemaal niet op dat dijkje geweest. Zíj heeft Demi opgehaald en haar daarnaartoe gebracht, waarna Demi bij Lis in de auto is gestapt. Vervolgens heeft Lis haar een lift gegeven naar de plek waar de rode Ford Fiësta klaarstond.

'Ik ben lopend naar huis gegaan,' zegt ze. 'Ik wist waar Demi zat. Ze had een smartphone bij zich die gesynchroniseerd was met Naomi's telefoon. We hoefden alleen maar de plaatsbepaling te volgen. Naomi bracht mij op de hoogte en zo kwam ik bij dat huis in de Ardennen.' Ze heeft alle tijd gehad om haar verhaal voor te bereiden, de leugens komen er vlot uit.

'Welk huis?' vraagt Sabhia.

Ella noemt het adres van het huis in de Ardennen waar Demi was ondergebracht en Sabhia noteert het.

'En toen?' zegt Ruud.

'Toen heb ik Demi meegenomen naar mijn vakantiehuis in Beaune. Ik liet Jacqueline, Naomi's zus, weten dat ze Demi daar kon ophalen, en dat heeft ze gedaan. Een uur later stond Manuel voor de deur. Er bleek een tracker in Demi's vest te zitten waarmee hij ons kon opsporen. Gelukkig was Demi toen al opgehaald door haar tante. Manuel schoot mij neer en stak mijn huis in brand, en nu lig ik hier.'

Ella kijkt naar het infuus in haar hand, bang dat de leugen van haar gezicht af te lezen is. Het valt haar niet mee om Lis te beschermen, maar zij is de enige die de hele waarheid kent. Als de politie haar te pakken krijgt, zal ze zeker vertellen dat zij samen Manuels lichaam in de put gegooid hebben.

'En waar is Demi?' vraagt Sabhia.

'In het Henry Dunant-ziekenhuis in Parijs. Ze heeft gisteren een bloedtransfusie gehad. Wat er ook met mij gaat gebeuren, het was het waard.'

'Dat hoop ik dan maar, mevrouw Van Doornik,' zegt inspecteur Brandt. 'Want ik vind dit een merkwaardig verhaal.'

'Dat kan ik me voorstellen, het klinkt ook raar, maar Naomi en ik hebben niets verkeerd gedaan. Ik heb Demi niet ontvoerd, ik heb haar alleen niet meteen teruggebracht. En Naomi is wettelijk gezien Demi's moeder, dus zij heeft het recht om haar dochter mee te nemen.'

'Daar denk ik toch anders over. Zoals ik ernaar kijk is het een geval van onttrekking aan het ouderlijk gezag. En daarbij hebben jullie misbruik gemaakt van justitie. De kosten van de inzet van politie zouden wel eens hoog kunnen oplopen. Maar het is waarschijnlijker dat u de gevangenis in draait.'

Ella voelt haar zelfvertrouwen iets slinken, maar probeert dat te verhullen door haar schouders op te halen. 'Zoals ik al zei, wat de straf ook is, het is het waard geweest.'

'Waarom, mevrouw Van Doornik?' Met een frons kijkt Brandt haar aan. 'Van Naomi Hulshof kan ik het me voorstellen, zij is Demi's moeder. Maar waarom voelt ú zich zo betrokken bij Demi's welzijn?'

Ella zwijgt.

'Is dat misschien omdat ú Demi's biologische moeder bent?'

'Hè? Hoe komt u daar nou bij?'

'Ik kan me niet voorstellen waarom u zich anders zo druk zou maken over dat meisje.'

Ella kijkt hem recht aan. 'Goed, als u het per se wilt weten: ik heb een relatie met Naomi. Dáárom was ik zo goed op de hoogte van Demi's gezondheidsproblemen, en daarom wilde ik hen helpen. Nikki en ik zijn al gek op elkaar vanaf ons twaalfde.'

'Nikki?'

'Zo noemde ze zichzelf. Ze vond Naomi te Bijbels. We wisten dat we nooit helemaal onszelf zouden kunnen zijn en dat we nooit openlijk een relatie konden hebben als we Jehova's getuige zouden blijven. Ik ging er op mijn zeventiende uit, maar Nikki had wat meer moeite om die stap te zetten. Ze viel niet alleen op meisjes maar ook op jongens, en toen ze op haar achttiende zwanger raakte van Stan, trouwde ze met hem. Maar in de zesde maand verloor ze de baby. Intussen werd Stan steeds strenger in de leer. Hoe hoger hij in de organisatie kwam, hoe erger het werd. Nikki mocht helemaal niets meer. Het contact tussen ons was verwaterd, maar op een dag kwam ze me opzoeken. De vonk sloeg opnieuw over en we pakten de draad weer op. Nikki vertelde me dat ze doodongelukkig was met Stan en met het strikte regime van de jehova's, maar dat ze niet weg kon omdat ze Demi nooit mee zou krijgen. Ze had een hekel aan Stan, maar ze hield van Demi. Ik wist natuurlijk dat Demi niet van haar was.'

'Van wie is Demi dan wel?' vraagt Sabhia.

'Dat weet ik niet. Kort voor Stan met Nikki trouwde, heeft hij iets gehad met een minderjarig meisje. Hij kende haar van de zaal, en toen ze zwanger bleek te zijn werd dat in de doofpot gestopt. Het meisje was net vijftien toen ze de baby kreeg, en Stan heeft het kind in huis genomen.'

'En dat vindt Naomi niet erg?'

'Jawel, maar ze was zelf ook zwanger. Dus ze trouwden, maar Nikki verloor de baby en daarna beschouwde ze Demi als haar eigen dochter. Daarom wilde Naomi niet scheiden. En helemaal niet toen Demi ziek werd.'

Inspecteur Brandt knikt langzaam. 'Het is een mooi verhaal dat u ons vertelt.'

'Het is de waarheid.'

'Dat zal nog moeten blijken. We gaan het uitzoeken en dan spreken we elkaar nog wel.'

Dokter Longchamp komt binnen en geeft een teken dat het gesprek lang genoeg heeft geduurd. Sabhia staat op en inspecteur Brandt volgt haar voorbeeld.

'We komen er nog op terug, mevrouw Van Doornik. Ik denk dat u ons veel meer kunt vertellen dan u kwijt wilt. Maar het belangrijkste is dat we weten waar Demi is. Bedankt dat u dat verteld heeft. En veel beterschap.'

En dan gaan ze eindelijk weg.

EEN MAAND LATER

52

Ruud

Er liggen vier baby's op de afdeling neonatologie, en een ervan is zijn kleinzoon. Door de glazen wand van de couveusekamer kijkt Ruud naar hem. En naar zijn dochter. Marlies staat naast hem in de gang, met een glimlachje dat hij nog niet van haar kent. Hij begrijpt wat ze voelt, want ook hem overvalt een gevoel van ontroering als hij kijkt naar hun dochter die moeder is geworden.

Lotte zit naast de couveuse met Boaz in haar armen. De weeënremmers hebben de bevalling ruim een week kunnen stoppen, maar daarna was er geen houden meer aan. Boaz werd meteen na de geboorte in de couveuse gelegd. Daar ligt hij nog steeds, maar hij mag er elke dag wat langer uit.

'Dit is zo belangrijk,' zegt Marlies. 'Dat hij lichamelijk contact heeft met Lotte, bedoel ik. Huid op huid. Dat heeft een baby nodig.'

'Dat klopt,' zegt iemand achter hen.

Ze draaien zich om en zien de behandelend arts van Boaz staan.

'Hoe gaat het met hem, dokter?' vraagt Marlies. 'Weet u al wanneer hij naar huis mag?'

'Het gaat de goede kant op. Boaz ademt nog niet helemaal zelfstandig, dus we houden hem nog een tijdje hier. Maar er is geen reden tot ongerustheid, hij doet het goed. Wilt u bij hem?'

'Graag,' zegt Marlies gretig.

'Eén voor één,' zegt de arts.

Ruud gebaart zijn vrouw dat ze naar binnen kan gaan, maar na een paar stappen bedenkt ze zich.

'Ga jij maar, Ruud. Ik heb Boaz al veel vaker vastgehouden dan jij.'

'Zeker weten?'

Marlies knikt. Ruud wast zorgvuldig zijn handen en gaat de couveusekamer in.

'Hé, meis,' zegt hij tegen Lotte, en hij kust haar op de wang.

'Hoi, pap. Ik wist niet dat je er was.'

'Je moeder is er ook. Ze staat op de gang, maar we mochten niet met z'n tweeën naar binnen.' Ruud buigt zich naar zijn kleinzoon toe en streelt zijn handje. 'Het gaat goed, hoorde ik van de dokter.'

'Ja, best wel. Hij mag steeds wat vaker en langer uit de couveuse. Wil je hem vasthouden?' Zonder op antwoord te wachten geeft Lotte haar zoon voorzichtig aan haar vader.

Ruud pakt hem aan. Even voelt het wat onwennig, zo'n ontzettend klein mensje in zijn handen, maar dat vergeet hij als Boaz naar hem kijkt. Althans, zo lijkt het. Hij weet niet wat een te vroeg geboren baby kan zien, misschien reageert hij wel op zijn geur en stem.

'Dag mannetje,' zegt hij, terwijl hij zich over zijn kleinzoon heen buigt. 'Dag Boaz. Ik ben je opa.'

Na zijn bezoekje aan Boaz zegt Ruud Lotte en Marlies gedag. Het is dinsdagochtend, een gewone werkdag. Hij is tussendoor even naar het ziekenhuis gegaan, maar nu moet hij weer aan de slag.

Hij verlaat de afdeling neonatologie en neemt de trap naar beneden. In de drukke aankomsthal blijft hij staan bij de koffiehoek en bestelt een zwarte koffie. Hij neemt plaats op een bankje vanwaar hij de hoofdgang goed kan overzien en drinkt uit het kartonnen bekertje.

Na een minuut of tien staat hij op, gooit het lege bekertje in de vuilnisbak en stapt op iemand af die net aan komt lopen.

'Mevrouw Van Doornik,' zegt hij.

Ella houdt abrupt haar pas in. 'Inspecteur Brandt. Wat doet u nou hier?'

'Op bezoek bij mijn kleinzoon. Ik ben opa geworden.'

'O.' In verwarring kijkt ze hem aan. 'Dat is toevallig.'

'Ja hè? Hoe gaat het?'

'Wel goed. Ik had net controle.'

'Van uw been?'

'En voor mijn brand- en schaafwonden. Maar het gaat goed, ja.'

'Ik zie het. U loopt alweer aardig. Kan ik u een kop koffie aanbieden? Ik zou graag even met u willen praten.'

Ella kijkt de hal in, naar de uitgang, met een blik waar duidelijk uit spreekt dat ze daar zo snel mogelijk naartoe wil.

'Eventjes maar,' dringt Ruud aan.

'Ik heb eigenlijk niet veel tijd, ik heb zo een afspraak. Ik wilde nog even naar huis om te lunchen en...'

'Ze hebben hier vast wel een broodje of een salade. Ik trakteer.'

Met een zucht geeft Ella zich gewonnen. 'Een halfuurtje dan.'

'Dat lijkt mij ruim voldoende.' Ruud gaat haar voor naar het restaurant.

Ze sluiten aan bij de rij voor de zelfbediening en even later zitten ze aan een tafel in een rustig hoekje.

'Hoe gaat het?' vraagt Ruud nogmaals.

'Wel goed, maar ik kan nog niet zo lang lopen. Van die brand- en schaafwonden heb ik niet meer zo veel last. De meeste brandwonden waren eerste- en tweedegraads. Gelukkig waren ze niet zo groot.'

'Dat is mooi. U hebt geluk gehad.'

Ella knikt en neemt een hapje van haar broodje gezond. Ze lijkt slecht op haar gemak, wat hij zich wel kan voorstellen. Dat ze elkaar tegenkwamen was geen toeval, ze zitten hier niet voor de gezelligheid. Het is duidelijk dat Ella dat begrijpt, want na twee happen legt ze haar broodje neer en vraagt ronduit: 'Waar wilde u me over spreken?'

'Tja, dat weet ik zelf eigenlijk niet precies. Ik heb een wat onbevredigd gevoel. Alsof ik iets over het hoofd heb gezien.'

'O ja?'

'Ja. Ik weet dat Manuel Vroman er met het losgeld vandoor is, maar ik begrijp nog steeds niet hoe hij dat voor elkaar heeft gekregen. Hij is door niemand gezien en geen camera heeft hem geregistreerd. Het is net alsof hij dat bos nooit uit gekomen is. En waarom heeft hij zijn auto daar laten staan?'

'Waarschijnlijk omdat hij hem niet meer kon gebruiken.'

'Ja, dat denk ik ook. We wisten dat het zijn wagen was, daarom verbaast het me dat hij hem gebruikt heeft om het losgeld te gaan halen. En waarom was de hele auto schoongemaakt, behalve de bestuurdersplaats? Dat is niet logisch. Als hij zo slim was om ongezien te ontkomen, zou hij dan over dat soort dingen niet hebben nagedacht?'

'Misschien was hij toch niet zo slim.'

'Nee, misschien niet.' Peinzend kijkt Ruud voor zich uit. 'Of misschien is er nog iemand bij betrokken. Iemand die ons wil laten geloven dat Vroman er met het losgeld vandoor is.'

'Wie dan? Zijn partner is dood.'

'Freek Hazelaar. Ja, die is dood.'

'Hebben jullie aanwijzingen dat er nog iemand bij betrokken zou zijn?'

'Ik heb aan u gedacht, maar u hebt een ijzersterk alibi, aangezien u in het ziekenhuis lag.' Ruud glimlacht alsof hij een grapje maakt, maar Ella lacht niet mee.

'Ik weet het ook niet,' zegt ze. 'Manuel is jullie gewoon te slim af geweest.'

'Of u hebt ons niet alles verteld. Ik heb met Demi gepraat en zij vertelde dat er ook een vrouw bij betrokken was. Ene Marjan. En dat vind ik vreemd, want in uw verhaal kwam geen Marjan voor.'

'Marjan? Nee, ik weet niet wie dat is. Misschien iemand die Manuel erbij gehaald had zonder dat Naomi en ik het wisten. Net als Freek. Daar wisten wij ook niets van.'

'Kent u echt geen Marjan? Blond haar, groene ogen, lang en slank?' Ruud kijkt Ella onderzoekend aan.

Ze schudt haar hoofd.

'Het kan natuurlijk een valse naam zijn,' zegt Ruud. 'Ik heb Manuels vrienden- en kennissenkring nog eens onder de loep genomen en toen viel me iets op. Hij bleek heel close te zijn met zijn nicht. En die voldoet uitstekend aan de uiterlijke beschrijving die Demi van "Marjan" heeft gegeven.'

'O ja?'

'Ja. Melissa Verkerk heet ze. En weet u wat zo frappant is? Dat u haar kent!'

'Melissa Verkerk? Nee, die ken ik niet.'

'Jawel. Jullie zaten rond dezelfde tijd in het huis van bewaring.'

'O, Lís.'

'Precies, Lis. De kleindochter van Ans Verkerk, de vrouw die u heeft opgenomen in haar testament. U gaat me toch niet wijsmaken dat u dat niet wist?'

'Ik kende haar achternaam niet, dus nee.'

'Echt niet? De dood van Lis' oma, waar ú voor vastzat, is nooit ter sprake gekomen?'

'In de gevangenis praat je daar niet over.'

'Soms wel. Ik heb een medegevangene van jullie gesproken: Sunita Pinas. Zij bevestigde mijn vermoeden. Ze vertelde dat ze erbij zat toen Lis en u ontdekten dat jullie iets gemeenschappelijk hadden. En toen ik er eens goed in dook, ontdekte ik dat jullie een paar keer met elkaar afgesproken hebben toen jullie weer vrij waren.'

Er valt een stilte.

'Nou en?' zegt Ella dan. 'Ik had een goede band met mevrouw Verkerk en Lis miste haar oma. We hebben een paar keer herinneringen aan haar opgehaald, meer niet. We zijn niet bevriend geraakt of zo, we hebben elkaar daarna nooit meer gezien.'

'Is dat zo?' Ruud kijkt haar recht in de ogen, maar haar blik wijkt niet voor de zijne.

'Ja, dat is zo. Wat suggereert u nou? Dat Lis bij de ontvoering van Demi betrokken was?'

'Dat is precies wat ik wilde zeggen. Want niet alleen Manuel Vroman maar ook Lis Verkerk is van de aardbodem verdwenen.'

'Wat vreemd. Nou, misschien heeft ze er dan toch iets mee te maken, maar daar weet ik niets van. Manuel deelde niet al zijn plannetjes met mij. Als ik u was zou ik dan maar op zoek gaan naar Lis.'

'Daar zijn we mee bezig. Ik had gehoopt dat u een handje kon helpen. Ik geloof best dat Vroman zijn eigen agenda had, en dat u daar niets van afwist, maar misschien weet u iets waardoor we hen kunnen opsporen.'

Ella kijkt nadenkend voor zich uit. 'Nee,' zegt ze na een tijdje. 'Zo goed kende ik die twee ook weer niet. Het spijt me.'

'Jammer.'

'Als me iets te binnen schiet zal ik het zeggen. En nu moet ik echt gaan. Ik heb een afspraak.'

'Ja, dat zei u al. We hebben het er nog wel een keer over.

Fijn dat u even tijd kon vrijmaken.' Ruud komt overeind en geeft Ella een hand.

Ze pakt haar jas en tas en verlaat snel het restaurant. Ruud kijkt haar na, niet helemaal tevreden over hoe het gesprek is verlopen. Het was duidelijk dat Ella loog, of niet de hele waarheid vertelde, maar het is hem ook duidelijk dat ze niet van plan is om hem te helpen. De vraag is: waarom niet?

Heeft ze een deel van het losgeld gekregen, of wordt ze bedreigd door Manuel en Lis? In beide gevallen zal ze haar mond blijven houden.

Met een zucht trekt Ruud zijn jasje aan. Nadat het losgeld was opgehaald zijn ze een zoekactie gestart, met speurhonden, Interpol, alles. Een helikopter met warmtebeeld heeft urenlang rondgevlogen boven het gebied van de overdracht, maar met een warmtegevoelige camera kun je niet door dicht bladerdek heen kijken. Vroman zat ook niet meer in het bos, anders zouden de honden hem zeker hebben gevonden.

Het enige wat ze kunnen doen is naar hem blijven uitkijken, met patrouillewagens en door zo veel mogelijk camerabeelden te bestuderen. De kans bestaat dat Vroman op een schip is gestapt. Maar ook dan hadden ze hem moeten vinden, want in elke haven en bij elke sluis hangen camera's.

De gesprekjes met Demi leverden in eerste instantie ook niet veel op, tot ze zei dat Marjan ook wel eens Lis werd genoemd. Het was die opmerking die hem op het spoor van Melissa Verkerk zette.

Dat Manuel en Lis een team vormen staat nu voor hem

vast. Het zal alleen een lastige klus worden om erachter te komen waar ze zitten. Op dit moment is hij door alle opsporingsmiddelen heen en kan hij niet veel anders doen dan afwachten. Want op een gegeven moment maken ze een fout, laten ze een spoor na, en dan staat hij klaar om de jacht te heropenen en hen in te rekenen. Dat gaat hem lukken. De nummers van de bankbiljetten zijn geregistreerd, de vader van Melissa, die in Portugal woont, wordt in de gaten gehouden. Ze hoeven alleen maar af te wachten tot Manuel en zij ergens opduiken.

53

Ella

Ze had niet gedacht dat ze zou komen, zeker niet meer na een halfuur wachten. Maar ze komt wel. Net als Ella haar koffie wil afrekenen, stapt Suze het grand café binnen. Zoekend kijkt ze om zich heen. Als ze Ella ziet zitten, komt ze snel naar haar toe gelopen en gaat tegenover haar zitten.

'Sorry dat ik zo laat ben.'

'Twijfelde je?'

'Een beetje. Maar ik ben ook te laat van huis weggegaan en toen miste ik de trein.'

'Je bent een uur reizen van huis, niemand die ons hier kent.' Ella neemt haar zus op, speurend naar veranderingen in haar gezicht. 'Fijn dat je gekomen bent, Suus. Het is lang geleden.'

'Heel lang. Ik herkende je bijna niet, je ziet er anders uit. Magerder.'

'Slanker, bedoel je zeker.'

'Nee, magerder. Het staat je niet verkeerd hoor, maar... Nou ja.'

'Dat doet een water-en-brooddieet met je.'

Suze kijkt van haar weg. 'Heel grappig.'

'Galgenhumor noemen ze dat. Daar ben ik erg goed in

geworden.' Ella steekt haar hand op naar de serveerster, die met een knikje aangeeft dat ze het gezien heeft.

Even later komt ze aanlopen en neemt Suzes bestelling op. Ze wil een café latte.

'Doet u mij nog maar een koffie,' zegt Ella.

'Zwart, toch?' vraagt de serveerster.

Ella knikt en het meisje loopt weg. Even hangt er een ongemakkelijke stilte.

'Dat moet een vreselijke tijd voor je geweest zijn. Het spijt me dat ik niet langs ben gekomen,' zegt Suze uiteindelijk.

'Ik ben blij dat jullie niet op bezoek zijn gekomen. Dat zou alleen maar pijnlijk zijn geweest.'

De serveerster komt aanlopen en zet hun koffie op tafel. Als ze weg is, praten ze verder.

'Hoe was die periode voor pap en mam?' vraagt Ella.

'Wat denk je zelf? Een hel, natuurlijk. Iedereen wist ervan, mensen gingen in gebed voor ons en papa's carrière had er ook zwaar onder te lijden. Hij werd ervoor gestraft, mocht geen ouderling meer zijn. En mama huilde zich elke avond in slaap.' Met een verbeten trekje om haar mond roert Suze in haar koffie en vraagt dan: 'Wil je ook weten hoe het voor mij was?'

'Alleen als je ook míjn verhaal wilt horen. Maar eigenlijk heb ik geen zin om het daarover te hebben. Dat is niet waarom ik je wilde spreken.'

'Waarom je me móest spreken, zoals je schreef. Wat is er zo belangrijk dat je het me niet op de app kon vertellen?'

Ella zoekt naar de juiste woorden maar vindt ze niet. Uiteindelijk besluit ze om het Suze ronduit te vertellen.

'Demi heeft een bloedtransfusie gekregen.'

Het is alsof Suze bevriest. Ze staart naar de schuimlaag op haar koffie en zegt geen woord. Na een tijdje kijkt ze op en zegt: 'Een blóedtransfusie?'

'Ja, in Parijs. Haar zus, Jacqueline, werkt daar als arts. Het is gebeurd voor de politie haar kon opsporen, en voor Stan het kon tegenhouden. Demi's arts zei dat ze een bloedtransfusie nodig had, maar daar was Stan zwaar op tegen. Nikki had het voor de rechter kunnen brengen, en dan zou ze waarschijnlijk wel gewonnen hebben, maar een rechtszaak kost tijd. Het ging niet goed met Demi, ze was heel zwak. Een bloedtransfusie zou haar veel weerbaarder maken voor de volgende chemo. Dus...'

Suze staart Ella aan alsof ze haar oren niet kan geloven. 'Dus wat?'

'Dus heb ik haar een handje geholpen.'

'Hoe?'

'Door Demi mee te nemen en te zorgen dat ze naar dat ziekenhuis in Parijs kon. Nikki is erheen gegaan en was erbij toen ze werd behandeld, dus de artsen stelden geen vragen. Jacqueline had alles geregeld. Nikki had Stan niet verteld waar ze naartoe ging, hij dacht dat ze een paar dagen naar haar ouders ging. Ze had een document bij zich waarin Stan toestemming voor de bloedtransfusie gaf, met een vervalste handtekening.'

'Dat meen je niet,' zegt Suze op fluistertoon. 'Hebben jullie dat samen geregeld?'

'Ja.'

'Kwam de politie daarom allemaal vragen stellen over jou en over de Hulshofs? Of je ze kende, en waarvan?'

'Ja. Je weet wat een controlefreak Stan is, en hoe weinig ruimte Nikki en Demi van hem kregen. De enige manier om Demi bij hem vandaan te halen was door haar te ontvoeren. Nikki heeft Demi vlak voor ik haar ophaalde verteld wat er ging gebeuren. Ze legde haar uit dat ze nieuw bloed nodig had, dat ze zich dan veel beter zou voelen, maar dat dat van papa niet mocht. En dat Nikki er, samen met mij, stiekem voor ging zorgen.'

Verbijsterd kijkt Suze haar aan. 'Ella, dit meen je niet. Waren jullie helemaal gék geworden?'

'Nee, wanhopig. Omdat het steeds slechter ging met jouw kind. Omdat we Demi sterker wilden maken, zodat ze de chemokuur beter aan zou kunnen. Wat je ook van Nikki mag vinden, ze houdt van Demi alsof ze haar eigen dochter is. En ze was bereid om Stan en het geloof te verlaten om Demi te redden.'

'Te rédden? Weet je wel wat je zegt? Jullie hebben haar niet gered, maar haar het eeuwige leven ontnomen!'

'Kom op, Suus. Geloof je dat nou echt?'

'Bloed is heilig! Als je bloed van een ander aanneemt, word je onrein. Dat staat in de Bijbel.'

'Dat staat er helemaal niet. Tweeduizend jaar geleden bestonden bloedtransfusies niet, dus hoe kan daar iets over gezegd worden in de Bijbel?'

'Er staat: "Doch het vlees met zijn ziel – dat is zijn bloed – zult gij niet eten."'

'Dat gaat over bloed éten, bloederig vlees dus.'

Met een vermoeid gebaar haalt Suze haar hand door haar haren. 'Jij denkt altijd dat je alles beter weet.'

'Ik heb de Bijbel ook gelezen, Suus. Ik weet wat erin staat, en er staat nergens "Gij zult geen bloedtransfusie ondergaan".'

'Dat komt op hetzelfde neer. Luister, ik weet dat je het goed bedoelde, maar je had dit niet moeten doen. Je had het recht niet.'

'O nee? Demi is mijn nichtje. Als haar biologische ouders niet voor haar opkomen, heb ik het volste recht om dat te doen. En Nikki wettelijk gezien ook.'

'Nou, bedankt. Jullie hebben ervoor gezorgd dat ik Demi niet alleen in dit leven, maar ook in het paradijs kwijt ben.' Opeens lopen er tranen over Suzes gezicht.

'Nee,' zegt Ella op troostende toon. 'Dat is niet zo. Demi is een kind, ze was wilsonbekwaam toen ze die bloedtransfusie kreeg. Het geloof verwijt haar dat niet, en als ze wil kan ze later gedoopt worden en zullen alle zonden haar worden vergeven. Dus ook een medische ingreep, als je die zo nodig een zonde wilt noemen. Nikki heeft dat van tevoren uitgezocht, voor het geval Demi er later toch voor kiest om Jehova's getuige te worden. En die keuze krijgt ze alleen als ze blijft leven.'

Suze veegt haar tranen weg. 'Hoe moet het nu verder? Weet Stan ervan?'

'Natuurlijk. Na de bloedtransfusie heeft Nikki aan hem en aan de politie verteld wat er is gebeurd. Stan heeft besloten geen aanklacht tegen haar in te dienen en Demi niet te verstoten. Dat hoeft ook niet van het geloof, omdat hij van niets wist.'

'Dus ze blijft bij Stan?'

'Ja. Volgens Nikki is hij diep in zijn hart wel blij dat Demi die behandeling heeft gekregen.'

'En Nikki?'

'Ze gaat het geloof verlaten. Dat wilde ze toch al.'

Er valt een stilte. Suze verkruimelt het stukje boterkoek dat ze bij de koffie heeft gekregen en kijkt over Ella's schouder heen naar buiten. 'Krijg je hier geen problemen met de politie door?'

'Nikki en ik hebben een taakstraf gekregen, en daar blijft het bij als Stan geen aanklacht indient. En dat doet hij dus niet.'

Suze knikt en dan zitten ze even in stilte bij elkaar. Ella heeft ervoor gekozen om haar zus niet het hele verhaal te vertellen, met het aandeel van Lis, Freek en Manuel. Lis is spoorloos verdwenen, en de politie gaat ervan uit dat Manuel en zij er samen met het losgeld vandoor zijn gegaan.

'Hij heeft me niet misbruikt,' zegt Suze na een tijdje. 'Iedereen denkt dat, maar zo is het niet gegaan. Ik was verliefd op Stan.'

'Je was net vijftien, Suus. En hij dertig.'

'Ik weet dat het dan officieel misbruik is, maar zo voelde het niet. Ik was echt gek op hem, en ik was er kapot van dat hij me dumpte. En toen bleek ik zwanger te zijn. Ik deed alsof ik misbruikt was om het respect van papa en mama niet te verliezen, en om niet uitgesloten te worden.'

'Dat heb ik altijd wel vermoed,' zegt Ella. 'En papa en mama ook, denk ik. Maar Stan de schuld geven was veel gemakkelijker. Zo konden ze hem ook dwingen om voor het kind te zorgen.'

'Ik heb het nooit met zoveel woorden gezegd, maar ik wil dat je weet dat ik van hem hield. En van Demi. Haar moeten afstaan was mijn straf van God, en daar zal ik de rest van mijn leven verdriet van hebben. Ik vind het niet oké wat je hebt gedaan, maar ik ben wel blij dat het beter gaat met Demi.'

'Dat klinkt nogal tegenstrijdig.'

'Zo voelt het ook. Wordt Demi weer helemaal beter?'

'Die kans is groot. De bloedtransfusie heeft haar erg goedgedaan. De artsen zijn tevreden.'

Er verschijnen opnieuw tranen in Suzes ogen. 'Dank je,' zegt ze zacht.

Onderzoekend kijkt Ella haar aan. 'Dus je bent niet boos?'

'Omdat je mijn kind gered hebt? Nee. Ik zou het wel moeten zijn, maar dat kan niemand van me vragen. Ook God niet.'

'God knijpt vast wel een oogje toe.'

'Echt een antwoord voor jou.'

'Dat soort antwoorden gaf jij vroeger ook, Suus.'

'Ik geef toe dat ik lang getwijfeld heb voor ik me liet dopen. Dat deed jij ook, dat is normaal. Maar op een gegeven moment viel alles op zijn plek. Luister, we kunnen er lang over praten, maar er verandert niets. Jij hebt jouw keus gemaakt en ik die van mij. Jij hoopt dat ik de jehova's verlaat, ik hoop dat jij terugkomt. Maar we weten allebei dat dat niet gaat gebeuren.'

'Nee. Dus straks sta je op en loop je weg, en dan zie ik je nooit meer.'

Suze bijt op haar lip. 'Dat kan nou eenmaal niet anders.'

'We zouden af en toe kunnen afspreken en dan doe jij een poging om me te bekeren. Als je dat doet, mogen we wél contact hebben. Je praat vijf minuutjes over het geloof, en dan hebben we het over iets anders. Over onszelf.'

'Dat zou nogal hypocriet zijn.'

'En dat je hier nu tegenover me zit is wel oké? Suze, wat voor een god scheidt ouders en kinderen, broers en zussen? Hoe kan God liefde zijn als Hij zoiets eist?'

Suze schuift haar stoel naar achteren en staat op. 'Ik wist wel dat we het uiteindelijk dáár weer over zouden hebben. Laten we dat niet doen, El. We komen er toch niet uit.'

Ella voelt dat het fijne draadje tussen hen op knappen staat en ze bindt in.

Ze komt ook overeind en zegt: 'Zullen we dan af en toe met elkaar appen? Dat is toch niet zo erg?'

'Ik zal erover nadenken.' Suze glimlacht, zegt nogmaals 'Dank je' en dan loopt ze weg.

Ella kijkt haar na. Als Suze de deur uit is, staat ze nog steeds bewegingloos naast haar stoel, tot ze een stem achter zich hoort.

'Dat gesprek viel niet mee, zo te zien,' zegt Nikki, terwijl ze een arm om Ella heen slaat.

'Ik hoop altijd dat ik mijn zus terugkrijg, maar nee.' Ella knippert met haar ogen.

'Ze huilde toen ze wegliep. Ik denk dat ze af en toe wel contact met je zal opnemen,' zegt Nikki. 'Maar je staat er sowieso niet meer alleen voor.'

'Dat is waar.' Ella glimlacht en pakt haar hand. 'Kom, we gaan naar huis.'

Woord van dank

Het idee voor de achtergrond van mijn hoofdpersoon Ella is ontstaan door Soraya Dingler, die mij haar verhaal verteld heeft. Ik heb van dichtbij meegemaakt hoe zij als jong meisje worstelde met de regels van de Jehova's getuigen, en hoe ze als zeventienjarige uit het geloof stapte en moest breken met haar familie. Maar natuurlijk heb ik haar verhaal bewerkt en is zij niet Ella.

Ik ben ook veel dank verschuldigd aan mijn redacteuren Marieke van Oostrom, Monique Postma, aan Eline Reinhoud en Melinda van Kessel van de bureauredactie van Uitgeverij Prometheus, en aan mijn persklaarmaker Sabine Mutsaers. Hetzelfde geldt voor mijn meelezers: Wim, Ko, Sylvia, Jacobine en Joke. Karin Westrate, verpleegkundig specialist Hematologie in het Erasmus MC, mocht ik bellen voor meer informatie over de medische kant van het verhaal.

Een speciaal woord van dank is voor voormalig (undercover)politieman en opsporingsspecialist Marcel van de Ven, met wie ik de politiescènes heb doorgesproken en die het manuscript kritisch heeft nagelezen.